티그리스
의
개

fio
ret

티그리스의 개 2

초판 1쇄 인쇄 2016년 12월 6일
초판 1쇄 발행 2016년 12월 13일

지은이 이현성
발행인 오영배
기획 박성인
책임편집 김보나, 박주애
표지 · 본문 디자인 RAEHA
제작 조하늬

펴낸곳 (주)삼양출판사 · 피오렛
주소 서울시 강북구 도봉로 173
대표 전화 02-980-2112 팩스 / 02-983-0660
편집부 전화 02-980-2116 팩스 / 02-983-8201
블로그 blog.naver.com/dan_gul
출판등록 1999년 3월 11일 제9-00046호

ISBN 979-11-283-9016-6 (04810) / 979-11-283-9014-2 (세트)

fioret 은 (주)삼양출판사의 로맨스 판타지 문학 브랜드입니다.

이현성 장편소설
ROMANCE FANTASY

티그리스
의
개

2

fio
ret

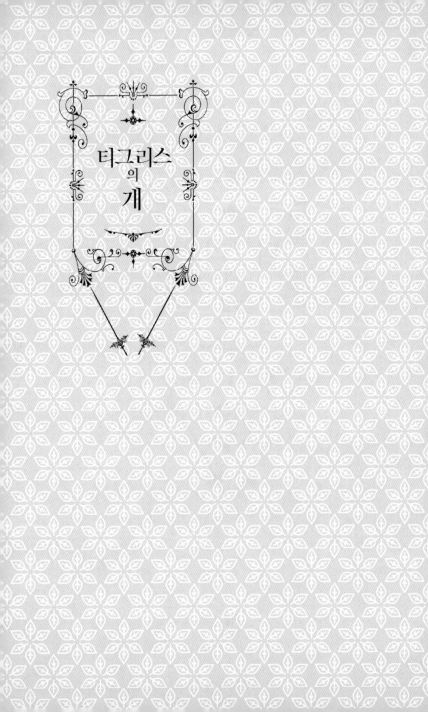

티그리스
의
개

CONTENTS

5장

부하들이 루를 둘러싸고 떠드는 동안, 케이는 가만히 자리를 떠났다.

심장이 뚝 떨어지는 줄 알았다.

루가 제 모습을 되찾았을 때, 부하들의 앞이라는 것도 잊고 루를 끌어안을 뻔했다. 아니, 끌어안는 정도가 아니었다. 안고 입을 맞추고 그대로 옷을 벗기고 싶었다.

당혹스러운 크기의 욕정이 밀려와 정신을 차리기 힘들었다.

'왜 이러는 거지?'

방에 들어가 침대 끝에 걸터앉았다.

원래의 모습을 되찾은 루의 얼굴이 머릿속에서 떠나지 않았다. 루의 새하얀 피부와 고양이 같은 눈, 그리고 그 새파란 눈동자가 뇌를 마구 휘젓는 느낌이었다.

혼란스러웠다.

단지 이 욕정 때문이 아니다. 욕정은 그 전에도 종종 느꼈다. 루의 사파이어 같은 눈동자를 마주했을 때, 도톰한 입술을 보았을 때, 루가 미소 지었을 때. 심심치 않게 느끼던 감정이기에 새삼 이상하지도 않았다.

다만 그 얼굴이.

'왜 그리운 느낌이 드는 거지?'

그리움을 자아냈다.

그리움이라니.

웃기지도 않는다.

그런 감상적인 감정은 가져 본 적 없다. 십수 년 전에 타계한 아버지를 그리워한 적도 없는데, 왜 루의 얼굴을 보며 그리움을 느낀단 말인가.

'그러고 보니 선대의 향기가 났었지.'

루를 처음 봤을 때부터 맡았던 선대의 냄새. 대수롭지 않게 넘겼는데 이러한 마법을 걸어 뒀던 모양이다. 그 이유도 대충은 짐작할 수 있었다.

루의 얼굴은 아름다웠다. 누구를 봐도 예쁘다는 생각을 하지 못했던 케이조차도, 그 얼굴을 보고는 숨을 삼킬 수밖에 없었다.

그런 얼굴은 집 안에 두고 감상하기에는 좋을지 몰라도, 거리 생활을 하기에는 도움이 되지 않는다. 색정에 물든 사내나 여인들의 괴롭힘을 당할 뿐이다.

실제로 루의 어머니 역시 아름다운 얼굴 탓에 그녀 자신뿐 아니라 가족들에게까지도 화를 미치지 않았는가.

선대는 혼자 살아갈 루를 걱정하여 외모를 변형한 것이리라.

'인체 변형 마법을 걸어 두다니. 분명 금지된 마법일 텐데…… 그런 마법을 사용해 줄 정도로 친한 사이였나?'

고양이 같은 눈을 가진 사내아이는 케이의 기억 속에 없었다. 그렇다면 티그리스와 관련된 사람은 아니었을 것이다.

'선대가 유희를 다니면서 만난 사람들 중 하나였던 모양이군.'

선대와 루의 관계에 대해 생각하다 보니, 어수선한 머릿속이 정리되었다.

똑똑—

노크 소리에 고개를 들었다.

향기가 났다.

루의 향기.

선대의 것이 섞이지 않은, 온전한 루의 향기는 그동안 맡아 온 것보다 훨씬 달고 진했다. 아찔함마저 느껴질 만큼 달콤한 향기가 케이의 후각을 자극했다.

"들어와."

케이의 허락이 떨어지자 루는 문을 열고 그의 방으로 들어갔다. 그는 침대 끝에 걸터앉아 있었다.

그의 표정을 확인하고 싶은데 고개를 푹 숙이고 있어서 얼굴이 보이지 않았다. 딱딱하게 굳은 어깨가 그의 분노를 짐작케 했다.

'화가 나셨겠지.'

몸에 걸린 마법에 대해 말하지 않았다. 그의 개가 되었으면서 솔직하지 못했다.

"대장."

용기를 내어 그를 불렀다. 그가 천천히 고개를 들었다.

그의 눈동자와 마주하는 순간, 철렁. 심장이 내려앉았다.

그의 눈에 담긴 감정의 의미를 읽어 낼 수가 없었다. 수많은 감정이 눈동자를 가득 채우고 있는데, 그것이 무엇인지 모르겠다.

알 수 있는 것 하나는, 이 순간 그를 안아 주고 싶어졌다는 것이다. 그를 끌어안고 속삭이고 싶었다.

당신이 좋아요. 당신을 사랑해요.

여자를 버렸음을 잊을 만큼, 그의 눈동자에 담긴 감정은 깊고 진했다.

"죄송······합니다."

간신히 내뱉은 목소리가 제 것 같지 않았다. 억눌리고 쉰 음성.

"숨겨서 죄송합니다, 대장."

"아니, 됐다. 선대가 누구에게도 말하지 말라고 했겠지."

케이가 의외로 가벼운 목소리로 말했다.

"그런 얼굴이었다면 거리에서 생활하기 힘들기도 했겠군."

그의 담백한 감상에 루는 가슴 한편이 싸늘해졌다.

사실은 바보 같은 기대를 했다. 거울 속에 비친 얼굴을 보는 순간, 이 얼굴이라면 케이의 사랑을 받을지도 모른다는 기대를 하고 말았다. 깨끗한 피부를 되찾아 사람들의 괴롭힘을 받지 않아도 된다는 생각보다는, 그의 마음을 얻을지도 모른다는 기대가 더 컸다.

'내가 멍청했어.'

케이쯤 되는 남자라면 어떤 여자든 곁에 둘 수 있었다. 실제로 가터 백작까지도 케이에게 자신의 딸을 주기 위해 노력하는 중이다. 게다가 케이는 루를 남자라고 알고 있었다. 아무리 예쁘장한 얼굴이라고는 해도, 남자인 루에게 욕정을 느낄 만큼 여자가 궁하지는 않으리라.

케이에게 여자라는 사실을 밝힐 생각은 없었다. 여자라는 사실이 알려지면 그의 곁에 있을 수 없게 될지도 모른다. 토스카의 단원은 전부 남자였다.

"그럼 나가 보겠습니다."

꾸벅 인사를 하고 돌아섰다. 채 몇 걸음 떼기도 전에 그가 루의 손목을 붙잡았다.

"루."

그의 나직한 음성이 마법처럼 심장을 움켜쥐었다. 루는 그를 향해 고개를 돌렸다.

그의 얼굴이 아주 가까운 곳에 있었다. 그의 향기가, 언제나 루를 아찔하게 만드는 진한 아카시아 향이 덮쳐 왔다. 짙은 눈썹 아래의 붉은 눈동자가 오롯이 루만을 담고 있었다.

흔들림 없는, 깊고 맑은 눈동자.

가지고 싶어.

간신히 억눌렀던 어린 날의 소망이 불쑥 터져 나왔다.

이 눈동자를 가지고 싶어.

손이 제멋대로 움직였다. 떨리는 손끝이 그의 눈가에 닿았다. 그는 움찔했지만 피하지 않았고, 인상을 찌푸리지도 않았다.

루는 천천히 손가락을 움직였다. 그의 긴 속눈썹에 손이 닿자, 그가 자연스럽게 눈을 감았다. 숱이 많고 긴 속눈썹을 쓰다듬다가, 퍼뜩 정신을 차렸다.

루는 황급히 손을 내렸다.

"죄, 죄송합니다."

"뭐가?"

그가 다시 눈을 떴다.

그의 눈동자는 여전히 루만을 가득 담고 있었다. 아니, 무언가 다른 감정도 담겨 있는데, 그것이 무엇인지 알 수 없었다.

"멋대로 만져서…… 죄송합니다. 속눈썹이 길어서 저도 모르게……."

바보처럼 주절주절 변명을 내뱉었다. 그의 눈가가 아래로 내

려가며 입술에 연한 미소가 맺혔다. 자세히 보지 않으면 찾아낼
수 없을 만큼 옅은 미소.

"너는 내 개다, 루. 주인을 핥고 안기는 게 당연하지. 이런 걸
로 일일이 사과할 필요 없다."

심장이 뛰었다.

핥아도 되고 안겨도 된다고?

정말일까?

그의 하얀 뺨에 입을 맞추고 싶었다. 그의 붉은 입술에, 긴 속
눈썹을 지닌 눈가에, 긴 손가락에, 목덜미에…… 어느 곳도 빼놓
지 않고 입을 맞추고 싶었다.

'아니, 그냥 은유적으로 말씀하신 거겠지.'

루는 주체할 수 없이 피어오르는 욕망을 갈무리했다.

"네, 대장. 그리 알고 있겠습니다. 그런데 왜 부르신 건지요?"

"아아, 아무것도 아니다. 나가 봐라."

그의 손에서 힘이 빠졌다. 루는 가볍게 고개를 숙여 보이고는
그의 방에서 나왔다.

루가 나간 후, 케이는 루를 잡았던 손을 들어 올렸다. 루에게
닿았던 부위가 뜨거웠다. 루가 만진 눈가가 저릿했다.

'위험한 순간이었어.'

케이는 크게 숨을 내쉬었다.

나가겠다고 돌아서는 루를 잡은 데는 특별한 이유가 없었다.

몸이 제멋대로 움직였다.

이제 와서 생각해 보면, 아마도 루의 새파란 눈동자를 계속 볼 수 없는 것이 아쉬워서 그랬던 것 같다. 아무 이유라도 붙여서 루를 계속 이 방 안에 앉혀 놓고 싶었다.

다음 순간, 루가 눈가를 쓰다듬기 시작했을 때는 정말 위험했다. 하마터면 루의 가느다란 허리를 끌어안고 입을 맞출 뻔했다.

루가 남자라든가, 부하라든가, 개라든가, 다른 녀석들이 알게 되면 놀릴 거라든가. 그런 것들은 아무래도 좋았다. 루의 도톰한 입술을 맛보고 싶다는 생각만이 머릿속을 가득 채웠다.

큰일 날 뻔했다.

"미치겠군."

안 그래도 이따금씩 루에게 키스하고 싶거나 끌어안고 싶어서 곤란했는데, 이제 더 난처한 상황이 됐다. 이러다가는 조만간 남색을 하게 될지도 모르겠다. 남자를 침대에 눕히는 짓만큼은 절대로 하고 싶지 않은데.

'선대가 또 다른 마법을 걸어 둔 것 같군. 유혹 마법인 것 같은데 찾아봐야겠어.'

이름만 떠올려도 심장이 죄여 오는, 이 지독한 마법의 이름이 무엇인지.

*　　　*　　　*

유진은 당황했다. 아니, 유진뿐만이 아니었다. 쿠반과 와칸, 텐치와 휴이. 전부 당황해서 서로의 얼굴을 마주 보고 있었다.

테이블 위에는 여전히 맛있는 음식과 귀한 술이 잔뜩 놓여 있었지만, 누구도 거기에 손을 대지 않았다.

"그 정도일 줄이야."

이윽고 유진이 고개를 절레절레 저으며 중얼거렸다. 그것을 시작으로 너도나도 저마다의 감상을 내뱉었다.

"좀 심하던데? 그게 정말 사내놈 얼굴이야?"

"형님들, 저 남자한테 반한 것 같아요."

"난 순간 루랑 잘 수도 있겠다는 생각까지 했다고!"

"비비안은 명함도 못 내밀겠더라."

"으아. 그 얼굴이 남자라니! 아까워! 아까워 죽겠어!"

"야, 쿠반. 루가 여자였다고 해도 네놈한테 반해 줄 것 같냐? 딱히 아까워할 것도 없어!"

"휴이, 알잖아. 난 백발백중이야. 어떤 여자라도 내 손에 걸리면 정신을 못 차린다고."

"네 멍청함에 놀라서 정신을 못 차리는 거겠지."

"말이 심하다, 너? 덤빌래?"

동료들의 말을 듣던 와칸은 조용히 자리에서 일어나 주점에서 나왔다.

이 자리에서 루가 여자라는 걸 아는 사람은 와칸뿐이었다.

마법에 대해서는 잘 모른다. 하지만 이렇게 오랫동안 유지되는 외형 변형 마법을 사용할 수 있는 사람은 선대뿐이라는 것은 알고 있었다. 아무래도 루와 선대 사이에 관계가 있는 것 같다.

'선대는 사람들과 어울리는 걸 좋아하셨으니, 루의 부모님과 아는 사이였을 수도 있겠군. 루의 부모님이 죽을 때 루를 보호하기 위해 그런 마법을 걸어 두신 건가?'

여자 몸으로 그런 마법에 걸린 채, 입 다물고 사는 것도 어려웠을 것이다. 보통은 자신의 아름다운 미모를 뽐내고 싶은 법이다.

루는 그것에 대해 일언반구도 하지 않았고, 케이를 만났을 때에 마법을 풀어 달라 요청하지도 않았다. 대단한 여자다. 마음에 든다.

얘기나 할까 해서 올라갔다가 케이의 방에서 나오는 루와 마주쳤다. 잡티 하나 없는 새하얀 피부의 루는 아직 적응이 되지 않았다. 와칸은 우뚝 걸음을 멈췄다가 곧 루라는 것을 깨닫고는 말을 걸었다.

"루."

"아, 형님."

루가 한 톤 높은 목소리로 대답했다. 루의 얼굴에는 부드러운 미소가 묻어 있었고, 새하얀 볼에는 홍조를 띠었다. 이런 얼굴을 매일 보면, 심장이 무리가 올지도 모른다.

'정말 예쁘군. 어머니가 미인이었다고 했지. 어머니를 닮은 건가?'

예술 작품 같은 얼굴에서 눈을 떼기 힘들었다.

"몸은 좀 어때? 부작용 같은 건 없나?"

"네, 괜찮습니다. 정말 끔찍한 맛이기는 했지만."

"얼굴이 좀 붉은데. 열이 나는 거 아닌가?"

와칸의 말에 루가 눈에 띄게 당황하며 볼을 쓱쓱 문질렀다.

"네? 아뇨, 이건…… 어, 아무것도 아닙니다."

그렇게 문질러도 볼의 홍조는 가라앉지 않았다. 와칸은 살짝 인상을 찌푸리고 그 모습을 지켜보다가 물었다.

"루, 너 설마…… 대장을……."

말을 끝낼 수 없었다. 루가 달려들어 두 손으로 와칸의 입을 막았기 때문이다. 당황해서 눈을 동그랗게 뜨고 와칸을 올려다 보는 루의 얼굴이 놀랍도록 귀여웠다.

와칸은 멍하니 루를 내려다봤다.

"저, 저기, 저…… 혀, 형님…… 어, 그러니까…… 저기……."

감정의 요동이 없는 차분한 녀석이라고 생각했는데 그렇지도 않은 모양이다. 루의 새로운 일면을 본 것 같아 유쾌했다.

"어, 저…… 내려가서…… 저기, 내려가서 얘기할까요?"

더듬더듬 말하는 루를 보다가 살짝 고개를 끄덕였다. 루는 황급히 손을 떼고는 먼저 계단으로 향했다. 루는 붉어진 얼굴을 보여 주고 싶지 않다는 듯, 달리다시피 걸었다. 와칸은 피식 웃으며 그 뒤를 따라 내려갔다.

* * *

차가운 바람이 부는 어두운 길을, 루는 빠르게 걸어갔다. 와칸은 루가 저러다가 넘어지지는 않을까 걱정됐다. 하지만 루는 넘어지지 않고 요령껏 잘 걸었다.

절벽 끄트머리에 멈춘 루가 크게 심호흡을 했다.

바람결에, 루의 검은 머리카락이 휘날렸다. 한 폭의 그림 같은 모습이었다.

"형님."

이윽고 루가 와칸을 돌아봤다.

"티 나요?"

무슨 말을 하나 했더니.

여기까지 걸어오면서 오만 가지 생각을 하다가 던진 질문이 고작 이것인가 싶어 웃음이 터질 것 같았지만, 와칸은 꾹 참고 고개를 끄덕였다.

"아까는 상황이 그랬으니까."

"상황이요?"

"넌 대장의 방에서 나오는 참이었고, 얼굴을 붉히고 있었지. 평소에는 감정을 잘 드러내지 않는 네가 묘하게 즐거워 보이는 게, 단지 제 모습을 되찾아서인 것 같진 않았거든."

"아……."

"혹시나 싶었던 것뿐이야. 방금 네가 확신하게 해 줬고."

"제가 잡아뗐으면 몰랐을까요?"

"그럴지도."

"그럼 잡아뗄걸 그랬나 봅니다."

루가 한숨을 내쉬었다.

"대장을 좋아하나?"

와칸은 좀 더 확실히 하기 위해 질문을 던졌다. 루의 어깨가 움찔 떨렸다.

"좋아한다……는 말로는 표현하기 힘든 것 같아요."

"이름을 붙이기도 어려울 만큼 큰 감정이라는 건가?"

놀리는 듯한 와칸의 말에 루의 얼굴이 붉어졌다. 어둠 속에서도 확실히 보일 만큼 동요하는 루의 모습에, 와칸은 조금 케이가 부러워졌다.

이렇게나 사랑을 받다니. 그것도 이런 미인에게.

"형님은 제가 여자라는 걸 아시니까 드리는 말씀인데…… 사실 저, 어릴 적부터 대장을 알고 있었습니다."

생각지도 못한 고백이었다.

"어릴 적부터?"

"네. 아버지와 선대 검은 호랑이님이 아는 사이셨어요. 어릴 때, 티그리스의 호랑이들이 걸어가는 걸 본 적이 있습니다. 선대 검은 호랑이님 곁에, 대장이 있었죠."

"아아."

"눈에 들어왔습니다. 어찌할 겨를도 없이, 그 어린 소녀의 눈에 뛰어 들어왔어요. 은빛 머리카락 아래에서 빛나는, 루비 같은 눈동자가."

루는 알고 있을까. 이야기를 하는 자신의 음성이 무척이나 달콤하다는 것을. 홍조를 띠운 모습이 누구보다도 여성스럽다는 것을.

"갖고 싶다는 소망을 품게 되었습니다. 아버지가 사다 주시는 진귀한 보석도, 인형도, 드레스도 눈에 들어오지 않았죠. 딱 하나, 그 붉은 눈동자를 갖고 싶다고 생각하게 되었어요. 그 어린 소녀는, 그 욕심이 무엇인지도 모른 채 가슴에 품고 살아왔죠."

루가 천천히 고개를 들었다.

"바보 같은 소망이었다는 것을, 이제는 알고 있습니다."

"바보 같은 소망이라니?"

"대장은 하셔야 할 일이 있죠. 그것을 도와줄 수 있는 높은 신분의 여자가, 대장의 곁에 있는 편이 좋습니다."

"거기까지 생각하고 있었나?"

"네, 그럼요. 저는 대장이 티그리스의 검은 호랑이가 되어, 그 위용을 드러내시기를 바랍니다. 이제는 그것이 제 소망이 되었습니다."

루의 얼굴에 아쉬움은 없었다.

와칸도 루와 같은 마음이기는 했다. 하지만 홍조 띤 루의 얼굴이 떠올랐다. 어지간해서는 감정을 드러내는 일이 없는 루가, 단지 케이의 방에 들어갔다가 나온 것으로 그런 표정을 지었다.

사랑이 묻어 나오는 달콤한 표정.

그것을 그대로 묻어야 한다는 것이 안타까웠다.

"대장에게 네가 여자라는 걸 밝힐 생각은 없나?"

"네, 없습니다."

루가 단호하게 말했다.

"여자라는 걸 밝히고 나면, 저는 바보 같은 기대를 하게 될 겁니다. 오늘만 해도, 이 얼굴을 되찾은 후 바보 같은 기대를 하고 말았습니다. 게다가…… 제가 여자라는 걸 대장이 알게 되시면, 절 토스카에 놔두실까요?"

그 말에는 대답할 수 없었다.

"저는 대장이 티그리스를 되찾을 때에, 그 곁에 있고 싶습니다."

"그럼 평생 남자인 척하고 살아가겠다는 거냐?"

"그럴 수는 없겠지요. 언젠가는 들켜서 쫓겨나게 될지도 모르겠지만, 적어도 대장이 티그리스를 되찾는 데에 도움이 되고 싶습니다."

루의 생각은 확고했다.

와칸도 더는 루를 설득하지 않았다.

케이는 루를 아끼고 있었다. 만약 루가 여자라는 걸 알게 되면, 케이가 루를 내치는 일이 생길지도 모른다. 그렇다면 이대로 두는 것이 낫다.

"힘들 때는 얘기해라, 루. 들어 주는 것뿐이라면 언제든 해 줄 수 있으니까."

와칸의 말에 루가 미소를 지었다. 쓸쓸한 미소였다.

*　　　*　　　*

지하 주점의 커다란 룸에서, 토스카 단원들이 모두 모여 아침을 먹었다. 보통은 먹고 싶은 시간에 먹어 왔는데, 이제는 아침만큼은 함께 먹기로 결정했다. 티그리스의 탈환을 위한 회의 때문이었다.

아삭거리는 신선한 샐러드를 씹으며, 루는 속으로 한숨을 삼켰다.

오늘 아침은 회의가 아니라 루의 얼굴을 구경하기로 작정한 모양이다. 다들 대놓고 루의 얼굴을 감상하고 있었다. 케이만이 무슨 생각을 하는지 알 수 없는 표정으로 묵묵히 식사를 했다.

"그만들 봐라. 루가 불편해하잖아."

와칸의 말에 텐치가 헤헤 웃었다.

"하지만 형님, 루 정말 예쁘잖아요. 눈을 못 떼겠어요."

"루, 너 진짜 남자 맞냐? 여자지? 엉?"

쿠반의 질문에 루는 뜨끔했다.

선대 검은 호랑이가 걸어 둔 마법이 풀린 건, 그다지 좋은 일이 아니었다. 이런 얼굴이라면, 앞으로도 계속 여자라는 의심을 받게 될 것이다. 물론 그 의심이 맞긴 하지만.

"벗어 봐."

쿠반이 말했다.

"안 되겠다, 확인을 해 봐야지. 벗어 봐, 루."

쿠반의 요청은 케이가 집어 던진 포크에 맞고 간단하게 끝났다. 케이는 이마를 감싸 쥔 쿠반을 조용히 노려보다가 말했다.

"내 개에게 한 번만 더 그따위 요청을 하면, 입술을 꿰매 주지."

"대장은 왜 루만 그렇게 편애하는 거유?"

"네가 사랑 받을 짓을 안 하잖아. 나 같아도 루를 더 예뻐하겠다."

유진이 중얼거렸다.

"네놈은 끼어들지 마, 유진. 이건 나와 대장 사이의 사랑 다툼이니까."

"징그러운 소리 마라."

케이가 오만상을 찌푸렸다.

"징그럽다니! 대장, 그런 식으로 말하면 서운하오. 옛날에는 내가 제일 예쁘다고 하지 않았수!"

"와칸, 죽여도 좋다. 기억력에 문제가 있는 놈을 곁에 둘 필요는 없겠지."

케이의 명령이 떨어지자 와칸이 스릉, 검을 뽑았다.

"아, 젠장! 와칸, 넌 진짜로 검을 뽑냐? 친구라면 내 편을 들어 줘야지!"

"난 널 친구라고 생각한 적 없다. 입 좀 닥쳐 줬으면 좋겠군. 속이 매스꺼워지니까."

그래도 쿠반 덕분에 루에게만 고정되어 있던 시선이 다른 곳으로 흩어졌다.

"그나저나 대장, 우리 언제 출발할 겁니까?"

휴이가 물었다.

"최대한 빨리. 유진, 준비가 끝날 때까지 얼마나 걸리지?"

"무기 점검하고 배편을 구하는 데까지는 그리 오랜 시간이 걸리지 않을 것 같은데, 다른 녀석들이 언제 도착할지 모르겠어요. 나즐이랑 알리는 15일 정도 후에 도착할 것 같아요."

"그럼 녀석들이 도착하는 걸 보고 출발하면 되겠군. 나즐이랑 알리를 이곳에 놔둘 생각이겠지?"

"네, 그리고…… 히센은 어쩔까요?"

히센의 이름이 나오자, 모두 루의 눈치를 살폈다. 루는 못 들은 척하며, 케이의 말에 귀를 기울였다.

"데려가지."

"괜찮을까요? 그 녀석이 어느 정도 실력인지도 모르는데."

"이번에 알아보는 게 좋겠군."

"그래요, 그럼. 아, 대장. 우리 슬슬 돈이 떨어지고 있어요. 이번 원정을 다녀오고 나면 빈털터리가 될 겁니다."

돈을 물 쓰듯이 쓰기에 넘치도록 많은 줄 알았는데 그렇지도 않은 모양이다. 돈이 없다는 말에 걱정스러웠는데, 다들 대수롭지 않게 여기는 분위기였다.

"나즐과 알리에게 적당히 벌어 두라고 말해 둬."

"네, 그럴게요. 아, 이번 원정에서 대장은 뭐하실 거예요?"

'뭘 하시냐니. 당연히 싸우시겠지.'라고 생각하는데 케이가 답했다.

"구경."

*　　*　　*

루는 아침 식사를 끝내고 방으로 돌아갔다. 검을 점검하고 있는데, 케이의 방과 연결된 종이 울렸다. 루는 서둘러 검을 검집에 집어넣고 케이의 방으로 향했다.

케이는 창문 앞에 서서 밖을 내다보고 있었다.

"오늘 특별한 일정이 있나?"

"아니요."

"그래, 그럼 도서관에나 갈까?"

"네, 좋습니다."

안 그래도 도서관에 한번 가 볼 생각이었는데 잘됐다.

케이가 '이름만 떠올려도 심장이 죄여 오는, 이 지독한 마법의 이름'을 조사하려고 한다는 걸 모르는 루는, 그와 함께 시간을 보낼 수 있다는 사실이 마냥 좋았다.

"대장, 어디 가요?"

카운터를 지키던 유진이 물었다.

"도서관."

"루도 같이요?"

"그래."

"마침 잘됐다. 대장, 도서관에서 책 몇 권만 빌려다 줘요."

유진이 종이를 꺼내 무언가를 열심히 썼다. 케이는 못마땅한 표정으로 유진을 지켜보다가 말했다.

"요새 나한테 심부름시키는 게 즐거운 모양이군."

"인력이 부족한 상태니까 겸사겸사 해치우자는 거죠. 제가 감히 내장한테 심부름을 시키겠습니까?"

유진이 건넨 종이에는 열 권 남짓의 책 제목이 적혀 있었다. 이번에 원정을 가게 될 스트루티오 섬에 대한 책들이었다.

"점심은 이따 도서관으로 가져다드릴까요?"

"적당히 사 먹도록 하지."

"네, 그럼 이걸로 루한테 맛있는 것 좀 사 주세요."

유진이 돈 주머니를 건넸다.

빈털터리가 될지도 모른다는 이야기를 들은 게 한 시간 전의 일이다. 이런 식으로 돈을 써도 되는 걸까? 루는 토스카의 자금 운용 상황이 걱정스러웠지만, 케이는 그렇지도 않은지 돈을 더 넣으라며 유진을 채근했다.

"뭘 얼마나 대단한 걸 잡수려고."

유진은 투덜거리면서도 은화 하나를 돈 주머니에 넣었다.

"돈을 아껴야 하지 않을까요?"

보다 못한 루의 말에 유진이 어깨를 으쓱했다.

"괜찮아, 루. 돈은 나즐이랑 알리가 어떻게든 해 줄 테니까."

이쯤 되니, 나즐과 알리가 어떤 사람들인지 궁금해졌다. 쿠빌레를 나와 도서관을 향해 걸어가며 케이에게 물었다.

"대장, 나즐과 알리라는 분들은 어떤 사람들인가요?"

"시끄러운 놈들."

참으로 간단한 평가였다.

"나즐은 쿠반보다 시끄럽지. 알리는 차분하지만 나즐 때문에 덩달아 시끄러워질 때가 있고."

그런 게 궁금한 건 아니었지만, 이 이상의 평가가 나올 것 같진 않았다.

시립 도서관은 시청 부지 안에 있었다. 지루한 표정의 경비병 둘이 시청 입구를 지키는 중이었다. 그들은 토스카 주인의 방문에 긴장했지만, 케이의 앞을 가로막지는 않았다.

시립 도서관은 시청 건물 뒤에 자리 잡고 있었다. 거대한 시청 건물만큼이나 컸다. 말로만 들었지 실제로 보는 건 처음이었다.

현대식의 단출한 시청 건물과는 달리, 도서관은 고풍스러웠다. 도서관 안으로 들어가면 바로 로비가 있고, 로비 가장자리에 도서관 사서들이 있는 카운터가 있었다. 거기서 출입증을 제시하면 도서관을 이용할 수 있는 것 같았다.

"도서관은 오랜만이군."

케이가 중얼거렸다.

"책 읽는 걸 싫어하십니까?"

루의 질문에 케이가 피식 웃었다.

"묘하게 건방져졌군, 루. 유진의 영향인가?"

그렇게 말하는 케이는 즐거워 보였기 때문에, 루는 따로 사과를 하지 않았다.

"어릴 적엔 아버지 때문에 어쩔 수 없이 도서관을 오갔지만, 티그리스를 나온 후로는 딱히 도서관을 이용해야 할 이유가 없었지."

"그렇다면 오늘은 어째서?"

'선대가 네게 건 마법이 뭔지 알아내기 위해서.'라는 말을 삼키며, 케이는 대답했다.

"앞으로 싸움을 하려면 언젠가는 마법을 쓸 날이 올 테지. 그전에 공부를 좀 해 둬야 할 것 같더군. 난 선대와 달리 마법에 대해 아는 게 별로 없거든."

"아아. 공부를 많이 안 하셨군요."

"실망스러운가?"

"그럴 리가요. 대장이 존재하시는 것만으로도, 제게는 기쁨입니다."

기분 탓일까?

그의 얼굴이 붉어진 것처럼 보였다. 휙, 몸을 돌린 케이가 말했다.

"원래 그런 말을 잘하나?"

"네?"

"원래 그렇게 입에 발린 소리를 잘하느냐고."

"입에 발린 소리라니요?"

"거리에서 살며 타인의 호의를 얻기 위해 그런 말을 해 왔다면, 이젠 그럴 필요 없다. 감히 네게……."

루는 그의 손목을 붙잡았다. 어째서인지 그래야 할 것 같았다.

케이가 말을 멈췄다.

"대장, 저는 태어나서 단 한 번도 타인의 비위를 맞추기 위한 말을 해 본 적이 없습니다."

"아아, 그래?"

대수롭지 않다는 듯 대꾸하면서, 케이는 속으로 한숨을 삼켰다.

이 무슨 바보 같은 짓인지 모르겠다. 루가 듣기 좋은 소리를 한다고 해서 화를 낼 이유는 없었다. 아니, 화가 난 게 아니다.

루가 새파란 눈동자로 빤히 응시하며 달콤한 소리를 할 때마다 어떤 반응을 보여야 좋을지 모르겠다.

'달콤한 소리라니.'

케이는 기가 막혔다.

'사내놈이 내뱉는 말을 달콤한 소리라고 생각하다니.'

버르장머리 없는 부하 녀석들도 가끔은 루처럼 듣기 좋은 말을 하기도 한다. 아니, 때로는 루가 한 것보다 더 많은 미사여구를 덧붙여 케이를 칭찬한다. 그렇다고 해서 그들의 칭찬을 '달콤하다.'고 생각하지는 않았다.

역시 선대가 루에게 기묘한 마법을 걸어 둔 게 틀림없다. 마법 공부를 제대로 하지 않은 아들놈을 벌줄 생각이었겠지.

이런 식으로 휘둘리는 건 즐겁지 않다. 최대한 빠르게 선대의 흔적을 지워 버려야겠다.

그렇게 생각하면서도, 케이는 손목을 잡고 있는 루의 손을 뿌리치지 않았다.

*　　*　　*

쥬엔은 지루한 표정으로 곰방대를 입에 물었다.

구온 시에 정착한 지 상당히 오랜 시간이 지났다. 유곽을 경영하며 환락가의 여왕으로 대우를 받는 기분은 나쁘지 않았다. 오히려 즐거울 지경이었지만, 타고난 암살자의 피를 완전히 억누를 수는 없었다.

이곳에는 긴장이 없다. 간간히 벌어지는 싸움이라 봐야 손가락 한 번 퉁기면 죽일 수 있을 만큼 약한 불량배들의 싸움뿐. 간혹 귀족들의 분탕질에 속이 부글부글 끓을 때는 있었지만 그뿐이다.

쥬엔은 눈만 뜨면 날아오는 암기와 걸을 때마다 어딘가에 존재하는 함정 속에서 자랐다. 소리 내지 않고 움직이는 법을 배웠고, 단숨에 적의 목숨을 끊는 기술로 먹고 살았다.

이런 조용한 생활은 지루할 수밖에 없다.

'티그리스 선대 검은 호랑이의 아들은 대체 어디서 뭘 하고 있는 거야?'

그녀가 부족을 떠난 이유는, 예언가의 예언 때문이었다.

어느 날, 예언가가 부들부들 떨며 예언을 했다.

—티그리스가 우리 시카족을 잔혹하게 멸망시킬 것이다. 여자들은 티그리스에게 밟히고 농락당할 것이며, 남자들은 찢기고 고문당하리라.

정확히 언제인지는 알 수 없지만 죽임을 당하는 사람들의 나이로 봐서는, 아마도 10년 내외일 거라고 했다. 당연하게도 혼란에 빠졌고, 의논을 했고, 티그리스를 만나기 위해 여러 번 시도했다.

하지만 티그리스의 단원들은 어디로 숨었는지 쉬이 찾아낼수가 없었다. 티그리스의 실세인 오르딘 공작 역시 만날 수 없기는 마찬가지였다.

그리하여 방법을 바꾸었다.

티그리스 선대의 아들을 만나, 그의 도움을 청하기로.

선대가 죽고 그의 아들은 사라졌다. 티그리스 쪽에서는 선대의 아들이 죽었다고 했지만, 시카족은 살아 있을 거라는 데에 운을 걸어 보기로 했다.

티그리스가 선대 검은 호랑이를 죽인 후, 그의 시체를 한동안 밖에 매달아 뒀었다. 시체가 썩어 벌레와 까마귀가 꼬이는 것을 모두가 보게 만들었다.

그러니 선대의 아들 역시 죽었다면 그렇게 했을 것이다. 하지만 그들은 선대의 아들이 반란을 일으켰다가 죽었다고 공표했을 뿐, 그의 시체를 내보이진 않았다.

　　—보여 줄 시체가 없었던 거겠지. 선대의 아들은 살아 있을 게다. 반드시 찾아내라.

하지만 선대의 아들에 대한 정보가 별로 없었다.

티그리스는 시카족만큼이나 베일에 싸여 있었다. 선대가 죽은 후에는 드러내 놓고 자신들의 재주를 뽐내는 듯 하지만, 선대가 있을 때에는 달랐다. 그때는 티그리스가 돌아가는 사정을 알 수 있는 방도가 없었다.

유곽을 열어 크게 키운 이유는, 선대의 아들이 제 발로 찾아오게 만들기 위해서였다. 이름 높은 유곽으로 만들면 호기심에라도 기웃거리지 않을까 싶었다.

'소식이 없는 걸 보면, 다른 사람들도 아직 못 찾은 거겠지.'

선대의 아들을 찾고 있는 건 쥬엔뿐이 아니었다.

"이쯤 찾았으면 슬슬 나타나 줄 때도 됐잖아!"

신경질적으로 중얼거리는데, "그렇게 보고 싶어 죽겠냐?"라는 쿠반의 목소리가 들려왔다.

언제 들어왔는지, 쿠반은 창틀에 걸터앉아 있었다. 언제 봐도 신기하다. 예민한 청각이 잡아내지 못할 만큼 소리 없이 움직이다니.

'당신이 선대의 아들이라면 좋겠지만…… 아니겠지.'

선대의 아들은 마법사였다. 마법사가 이렇게 근육질의 몸을 하고 있을 리 없다. 게다가 마법사라면 이 남자보다는 영리하고 기품이 있을 것이다.

쥬엔은 눈을 가늘게 뜨고 쿠반을 응시했다. 창문으로 들어오는 오전의 햇빛을 등진 그는 눈이 부셨다. 아니, 햇빛 때문이 아니다. 만면에 미소를 짓고 있는 쿠반 자체가 눈부신 것이다.

다혈질의 바보라도 상관없었다. 웃는 얼굴이 이토록 근사한 남자는 드무니까.

"좋은 일이 있나 봐요?"

"어, 좋은 일이 있지."

쿠반이 침대 가장자리에 걸터앉아 쥬엔의 날씬한 허벅지를 쓰다듬었다.

"루가 예뻐졌거든."

생각지도 못한 말에 쥬엔이 몸을 일으켰다.

"루가 예뻐지다니요?"

"사실 루가……."

거기까지 말하고 쿠반은 입을 다물었다.

루가 선대의 마법에 걸려 있었다는 이야기는 밖으로 새어 나가서는 안 됐다. 저주에 걸려 있던 것이 우연히 풀렸다, 정도로 얘기를 맞춰 두기로 했던 것이 떠올랐다.

"저주에 걸려 있었나 봐."

"저주요?"

"거리 생활을 하면서 저주에 걸렸던가 봐. 그게 풀릴 때가 돼서 풀린 건지, 어쩐 건지…… 하여간 원래 모습을 되찾았어."

"원래 모습? 원래 모습이라니요?"

"루의 피부 말이야, 그게 원래대로 돌아왔다고."

"아……."

쥬엔은 쿠반이 무슨 소리를 하는 건지 도통 이해할 수가 없었다. 루의 화상 흉터. 그건 화상을 입어서 생긴 것이 아니었나? 그게 저주였단 말인가?

그런 류의 저주에 대해서는 들어 본 적이 없다. 마법에 생각이 미쳤지만 곧 고개를 저었다. 인체를 변형하는 마법은 아무나 사용할 수 있는 마법이 아니다. 그런 마법을 사용하려면 티그리스의 선대 검은 호랑이쯤 되어야 할 텐데, 루는 그런 인물과 아는 기색이 없었다.

"그런데 말이야. 진짜 기가 막혀."

"기가 막혀요?"

"웅. 루, 그 녀석, 여자가 아닐까 싶을 정도로 예쁘더라니까.
히센, 그놈이 예쁘장한 편이기는 해도 남자라는 건 알 수 있잖
아. 그런데 루는 아냐. 보면 볼수록 계집 같아."

"……."

"일단 몸 자체가 호리호리하고 목소리도 그렇고…… 계집이
아니라서 다행이다 싶기도 해. 그 얼굴에 여자이기까지 하면 세
상 살기 힘들기도 했을 거야."

"흐웅. 그렇게 예뻐요? 한번 보고 싶네."

쥬엔의 말에 쿠반이 웃었다.

"걱정 마, 시카족 계집. 루가 아무리 예뻐도 난 남색 취미는 없
으니까. 사내놈은 사내놈일 뿐이지."

가슴을 파고드는 쿠반을, 쥬엔은 가만히 받아들였다. 기분이
좋은 쿠반은 여느 때보다도 공들여 쥬엔을 애무했다. 그의 입술
과 혀, 그리고 손가락 끝이 닿는 부위마다 달콤한 전율이 퍼져
나갔다.

뜨거운 숨이 얽히고 섞여 하나가 되었을 때에, 쥬엔은 별빛 속
을 유영하는 것 같은 절정을 느꼈다. 헐떡거리며 축 늘어진 쥬엔
을, 쿠반이 끌어안았다. 그의 단단한 팔을 베고 눕는 것이 좋았
다.

매일 찾아오게 만들어 그를 사로잡을 생각이었는데, 이쪽의
마음이 더 커지는 것만 같아서 조금은 불안했다.

"다음 달쯤 해서, 당분간 여길 떠나 있을 거야. 내가 안 찾아온

다고 삐치지 마라, 계집."

"어딜 가는데요?"

"스트루티오 섬."

"스트루티오 섬이라면 동쪽 섬 말인가요? 꽤 위험하다고 알고 있는데. 설마…… 당신, 작위를 받으시려고요?"

"아니, 나 말고. 우리 대장."

"당신의 대장이?"

"한참 게으르게 지내셨으니 슬슬 움직일 때가 되신 거지. 이 도시를 집어삼킬 예정이야. 아, 이건 딴 데 가서 말하면 안 된다. 알겠지?"

주절주절 늘어놓던 쿠반이 뒤늦게 쥬엔의 입을 단속시켰다. 쥬엔은 빙그레 웃으며 쿠반의 뺨에 입을 맞췄다. 비밀 이야기를 자신에게만 해 준다는 것이 기뻤기 때문이다.

이런 걸로 기분이 좋아지다니. 쥬엔은 자신의 반응이 당혹스러우면서도 싫지 않았다.

"그래요. 원정을 가시는 거라면 여러 가지로 준비할 것이 많겠네요."

"응, 한동안 바빠지겠지. 배편도 구해야 하고."

"제가 조금 알아봐드리죠."

쥬엔이 곰방대를 집어와 불을 붙이며 말했다.

"제 낭군님의 대장께서 움직이시겠다는데, 안 도와 드릴 수는 없죠. 예정일을 알려 주시면 가장 좋은 배로 구해드리겠어요."

*　　*　　*

　도서관 사서 중에는 아는 얼굴이 있었다. 엘라라는 이름의 안경 쓴 여성으로, 푸줏간 주인의 딸이었다. 엘라는 22살인데도 아직 결혼을 하지 않아, 푸줏간 주인을 한숨짓게 만들었다.

　루는 엘라가 상당히 마음에 들었는데, 루의 형편없는 피부를 보면서도 인상을 찌푸리지 않는 사람이었기 때문이다. 게다가 루가 키웠었던 제미에게도 잘해 줬었다.

　"이곳에 이름과 신분을 기입하시고, 여기에 거주지를 적으시면 됩니다. 도서관은 오늘부터 이용하실 수 있지만, 책을 대여하는 건 기입 내용이 확인된 후에 가능하십니다."

　도서관 출입증을 만들러 왔다는 말에, 엘라는 종이를 두 장 꺼내 케이와 루에게 내밀었다. 다른 사서들은 케이의 얼굴을 엿보느라 여념이 없었는데, 엘라는 케이의 잘생긴 얼굴에 관심이 없는 듯 보였다.

　그러고 보니 언젠가 엘라가 제미에게 밥을 주며, "여자가 결혼해서 애나 낳으려고 태어난 건 아니잖아. 안 그러니? 난 혼자서 살아갈 거야. 남자의 노리개가 되고 싶진 않아."라는 말을 했던 적이 있다. 말뿐이 아니라 진심이었던 모양이다.

　케이와 루는 각자 신청서에 기입을 해서 엘라에게 건넸다.

이름 ― 케이

신분 ― 토스카

거주지 ― 쿠빌레

이름 ― 루

신분 ― 개

거주지 ― 쿠빌레

신청서에 적힌 것을 확인한 엘라가 인상을 찌푸렸다. 엘라는
안경을 손등으로 밀어 올리며 케이와 루의 얼굴을 확인했다.

"루…… 아는 사람 중에도 이런 이름이 있는데."

후드 아래로 보이는 루의 얼굴을 확인했으면서도, 엘라는 루
를 알아보지 못했다. 원래의 모습을 되찾았다는 걸 새까맣게 잊
고 있던 루는, 그녀의 반응을 보고서야 이제 후드를 눌러쓰지 않
아도 된다는 걸 깨달았다.

그래서 별생각 없이 후드를 벗었는데,

"아!"

"우와!"

"허!"

여기저기서 감탄사가 터져 나왔다.

케이를 보고 있던 사람들의 시선이 모조리 루에게로 향했다.
이 세상에서 못 볼 것을 본 사람들처럼 동그랗게 커진 눈들. 엘

라만 무심한 시선을 던지고 있었다.

"그런데 이 신분에 '개'라는 건 무슨 뜻인가요?"

엘라가 물었다.

신분 기입은 루가 가장 고민했던 부분이었다. 토스카이기는 하지만 아직 증명할 만한 일을 해내지 못했다. 그런 상황에서 멋대로 '토스카'라 적어도 좋을지 망설여졌다.

"훗."

작은 웃음소리에 고개를 돌리니, 케이가 웃고 있었다.

"제가 잘못 적은 걸까요?"

케이에게 물었다. 케이는 눈을 가늘게 뜨고 루를 응시하다가 고개를 살짝 저었다.

"아니, 잘했다."

"아니요, 잘하지 않았어요. 이게 무슨 뜻인지 설명해 주셔야 할 것 같은데요."

엘라가 고집스럽게 말했다.

은발의 붉은 눈동자. 훤칠한 키에 아름다운 얼굴을 가진 사내. 케이가 토스카의 대장이라는 것쯤은, 엘라도 알고 있을 것이다. 그런데도 그녀는 두려워하는 기색이 없었다.

"이 녀석, 내가 키우는 개거든."

케이는 엘라의 행동에도 불쾌해하지 않았다.

루는 그런 케이의 모습을 볼 때마다 신기했다. 그는 주위 사람들이 자신을 어떻게 대하든 크게 신경 쓰지 않는 것 같았다.

그가 분노할 때는 그의 가까운 사람들(특히 루)을 함부로 대할 때뿐이었다.

"그건 대답이 되지 않습니다, 케이 님. 인간이 인간을 개로 키운다는 게 말이 된다고 생각하시나요?"

"엘라, 그만해."

엘라의 근처에 서 있던 사서가 그녀의 팔을 붙들고 걱정스레 말했다.

"그만둘 일이 아니지. 아무리 여자를 노리개로 생각한다고 해도 어떻게 개라고 부를 수가 있어? 안 그래요?"

엘라의 시선이 루에게로 향했다.

"전 남자입니다."

"네?"

"저…… 남자입니다, 엘라."

"어머. 어머, 어머. 어머, 이거 실례했어요."

엘라가 얼굴을 붉히며 사과했다.

루가 남자라는 말에 도서관 안이 다시 한 번 술렁거렸다. 다들 루를 여자라고 생각하고 있었던 모양이다. 물론 여자라는 게 사실이긴 하지만, 이래서야 곤란하다.

'그냥 두건을 쓰고 다니는 게 나을지도.'라고 생각하는데, 엘라가 말했다.

"아무리 남자여도 개라는 표현은 좀……."

"토스카."

케이가 말했다.

"이 녀석도 토스카다. 그 부분을 수정하면 되는 거겠지?"

"네, 그러면 되겠어요."

엘라가 '개'에 X 표시를 한 후, 그 아래에 '토스카'라고 적었다.

"여기 임시 출입증입니다. 신분 확인을 끝내고 나면 정식 출입증이 지급될 거예요. 그게 있으면 일주일 동안 5권씩 대여가 가능하고요."

"신분 확인은 언제 끝날까요?"

"보통 2, 3일쯤 걸려요. 급하신가요?"

"네, 오늘 중으로 꼭 빌려야 할 책이 있어서요."

"흐음."

"그냥 해 드려. 토스카의 그분이신 거 확실하잖아."

다른 사서가 케이의 눈치를 보며 말했다.

"규칙을 어길 순 없어요. 루 님, 최대한 오늘 중에 확인을 끝내도록 해 보기는 할게요."

"네, 부탁드립니다."

엘라와의 대화를 끝내고 도서관 안으로 들어가는데, 그녀가 중얼거리는 목소리가 들려왔다.

"어디서 들어 본 목소리인데."

도서관 열람실은 넓고 조용했다. 양측으로 높은 책장에 책이 빼곡히 꽂혀 있었고, 중앙에는 책을 읽을 수 있는 테이블이 마련

되어 있었다.

케이는 마법 관련 서적을, 루는 역사서를 여러 권 뽑아 왔다. 4인용 테이블에 마주 보고 앉아, 둘은 책을 읽기 시작했다.

오랜만에 읽는 책은 재미있지만 집중할 수가 없었다. 고개만 들면 그의 얼굴을 볼 수 있다는 생각으로 마음이 어지러웠다. 참다못해 슬쩍 고개를 들자, 책을 읽는 그의 얼굴이 눈에 들어왔다.

그는 다리를 꼬고 앉아 진지하게 책을 읽고 있었다. 도서관의 커다란 창문으로 들어오는 햇빛이 그를 감싸, 신비로운 분위기를 자아냈다. 그의 은발은 햇빛 아래에서 오색찬란하게 빛났다.

시리도록 아름다운 광경이었다.

"뭘 그렇게 봐?"

그가 책에 시선을 고정시킨 채 물었다. 나직한 음성이 그를 둘러싼 음악 같아서, 그것이 자신에게 던진 질문이라는 것도 깨닫지 못했다.

그가 서서히 책에서 눈을 떼고 루를 똑바로 응시한 후에야, 루는 그를 보고 있던 걸 들켰다는 것을 깨닫고는 얼굴을 붉혔다. 그의 입가에 엷은 미소가 떠올랐다.

"뭘 그렇게 봐, 루?"

"아, 아닙니다."

"그건 내 질문에 대한 대답이 아닌데."

"아……."

그가 눈을 가늘게 떴다. 짓궂은 눈빛으로, 그가 다시 물었다.

"뭘 그렇게 보나, 루?"

"대장이."

루는 망설이다가 말했다.

"아름다워서요."

*　　*　　*

괜히 물어봤다.

이런 대답이 돌아오리라는 것은 예상했다. 하지만 루의 입으로 직접 듣는 건, 그 느낌이 달랐다. 대체 루는 왜 저렇게 달콤한 칭찬을 하는 걸까? 사내답지 않다.

'아니, 내가 문제겠지.'

가끔 사내놈들도 케이에게 '아름답다.'는 칭찬을 하곤 했다. 그렇다고 해서 그 말이 달콤하게 들리는 건 아니다. 오히려 불쾌한 기분이 들 때도 있다.

이럴 때가 아니다.

얼른 선대가 건 마법을 찾아내야지.

다시 책으로 시선을 돌렸지만 집중하기가 힘들었다.

도서관에 구비된 마법 관련 서적은 형편없었다. 제대로 된 마법 서적은 대부분 티그리스가 소장하고 있었고, 부유한 호사가들이 개인적으로 사들였다. 이런 공공기관에서 진열된 것들은 겉핥기식으로 가볍게 다룬 내용이었다.

내용도 내용이지만 루의 존재가 마음을 술렁이게 만들었다. 루의 검은 머리카락은 반짝반짝 윤기가 흘렀고, 새파란 눈동자는 깊고 고요했다. 자꾸만 보고 싶어진다. 언제든 볼 수 있음에도 그립다는 생각이 든다.

'그립다니. 내가 진짜 미쳐 가는군.'

케이는 고개를 설레설레 저었다.

타인의 마음을 읽는 마법이 세상에서 완전히 사라져서 다행이다. 이 창피한 마음이 다른 사람들에게 알려질 일은 없으니까.

*　　*　　*

가터 백작은 예전에는 비비안이 약초를 구하기 위해 시장에 가는 걸 싫어했었다. 하지만 이제는 비비안을 말리지 않았다. 그녀가 만든 약이 토스카에 전달된다는 것을 알고 있기 때문이었다.

그래서 비비안은 이제 눈치를 보지 않고 시장에 갈 수 있었다.

후드를 눌러쓰고 언제나 활기찬 시장을 구경하며 걸어갈 때였다.

"토스카 대장이 여자랑 같이 도서관에 있다고?"

"그렇다니까. 그런데 그 여자가 어마어마하게 예쁘대. 제시가 보고 깜짝 놀라서 뛰어왔어."

"누구지? 구온 시에 그렇게 예쁜 여자가 있나?"

"비비안 님 아냐? 비비안 님이 토스카 대장에게 푹 빠졌다는 소문이 있던데."

"아니, 비비안 님은 아니래. 평민인 것 같다던데. 게다가 진짜 눈 돌아가게 예쁘대. 비비안 님이 예쁘기는 해도, 눈 돌아가게 예쁘지는 않잖아?"

"하긴. 비비안 님은 드레스빨도 좀 있긴 하지. 우리도 비싼 드레스 입고 꾸미면 그 정도는 될걸?"

비비안은 제멋대로 떠들어 대는 말에 기분이 상했지만 무시하기로 했다. 어차피 못 가진 자들이 멋대로 평가를 해 대는 것뿐이다. 일일이 반응할 거 없다.

아버지는 황제가 없는 곳에서는 황제 욕을 할 수도 있는 거라며, 평민들이 하는 말에 대해 화낼 거 없다고 했다. 옳은 말씀이다.

'그나저나 예쁜 여자라고?'

심장이 덜컥 내려앉았다.

'누굴 말하는 거지? 쥬엔을 말하는 걸까?'

하지만 이 거리에서 쥬엔의 얼굴을 모르는 이는 없었다. 쥬엔이라면 콕 집어 쥬엔이라고 말했을 것이다.

몇 걸음만 더 가면 약재상이 있었다. 하지만 비비안은 더 이상 쇼핑할 기분이 아니었다. 케이가 도서관에 데리고 갔다는 '예쁜 여자'를 확인해 보고 싶었다.

도서관으로 가기 위해 방향을 틀었다. 어느 정도 걸어가 인적이 드문 곳으로 접어들었을 때, 멀리서 비비안의 뒤를 따라오던 헤다인이 그녀에게 가까이 다가왔다.

"비비안 님, 어디를 가시는 건지요?"

"도서관이요."

"아, 그럼 약재상은 안 들르시는 겁니까?"

"네. 헤다인, 부탁이 있어요."

"분부하십시오."

"난 이제부터 도서관에 가서 케이를 만날 예정이에요."

케이의 이름이 나오자 헤다인의 표정이 굳어졌다.

헤다인은 충성스럽지만 고지식한 자였다. 평민인 케이가 백작과 비비안에게 함부로 대하는 걸 잠자코 지켜보지 못했다. 그녀는 헤다인 때문에 케이의 미움을 사기 싫었다.

"케이가 내게 어떤 행동을 하든 끼어들지 마세요."

"하지만 비비안 님. 그자는 너무도 무례합니다."

"명령이에요, 헤다인. 나를 창피하게 만들지 말아요."

"네, 비비안 님. 주의하도록 하겠습니다."

헤다인은 더 이상 반박하지 않고 뒤로 물러났다. 비비안은 그가 충분히 멀어진 것을 확인한 후, 도서관을 향해 황급히 걷기 시작했다.

대단한 여자는 아닐 거라고, 비비안은 생각했다.

사람들은 무슨 일이든 과장해서 말한다. 조금 예쁘장할 뿐인데 '눈 돌아가게 예쁘다.'라고 표현하는 것이리라. 게다가 케이 정도 되는 남자라면 꼬이는 여자가 많을 수밖에 없었다. 그의 곁에 항상 여자들이 있으리라는 것은 이미 각오했던 바였다.

그를 동경하는 여자들의 존재는 아무래도 좋았다. 그가 쉬이 마음만 주지 않는다면, 그의 시선만 이쪽을 향해 있다면 그것으로 족하다. 집안의 배경을 사용해서든, 젊음과 아름다움을 이용해서든, 그의 마음을 잡아 두고 싶었다. 그리고 비비안은 그럴 자신이 있었다.

그러나 도서관에서 그들을 발견하는 순간, 심장이 뚝 떨어져 내렸다.

커다란 창문으로 쏟아져 들어오는 햇살에 감싸인 두 사람의 옆모습이 비비안의 시야 안에 뛰어들었다.

'눈 돌아가게 예쁜 여자'라는 게 어떤 의미인지, 비비안은 확실히 깨달았다.

케이의 앞에 앉아 있는 흑발의 여인은 여성스럽지 않게 대충 자른 짧은 헤어스타일에도 불구하고, 숨 막히는 미모를 지니고 있었다. 가지런한 눈썹 아래에 고양이 같은 눈매, 멀리서도 확인할 수 있을 정도로 길고 풍성한 속눈썹과 깊은 눈, 새파란 눈동자와 끝이 예쁘게 올라간 오똑한 코, 도톰하고 붉은 입술.

남자들이나 입을 법한 옷을 입고 있음에도, 귀한 드레스를 입은 여인들보다 빛이 났다. 세상 어떤 보석을 가져다 놓아도 그녀의 옆에서는 빛을 잃을 것만 같았다. 그 아름다움 앞에서는 신분도, 재산도, 지식도, 아무런 가치가 없었다.

그러나 무엇보다 비비안을 긴장하게 만든 것은, 케이의 행동이었다.

여자는 책을 읽고 있었지만 케이는 그렇지 않았다. 그의 앞에는 여러 권의 책이 쌓여 있고, 그의 손에도 책 한 권이 들려 있었다. 하지만 그의 시선은 책이 아닌 흑발의 여자에게 고정되어 있었다.

이 세상에 그녀만이 존재한다는 듯, 케이는 오롯이 그녀만을 응시했다. 그의 눈동자에는 따스한 애정이 담겨 있었고, 입가에는 그 자신도 눈치채지 못한 달콤한 미소가 묻어 있었다.

어느 남자가 저토록 달콤한 미소를 지으며 애정 넘치는 눈길을 보낼 수 있을까.

아무것도 가진 것 없을지라도, 저렇게 바라봐 주는 남자가 있다면 세상을 다 가진 기분이 들지 않을까.

홀린 듯 그 광경을 지켜보다가 퍼뜩 정신을 차렸다. 손바닥이 축축하게 젖어 있었다. 긴장해서 주먹을 꽉 쥐고 있었던 모양이다.

모멸감이 느껴졌다.

제대로 된 드레스 한번 갖춰 입지 못한 여자에게 진 기분을 느끼며 긴장을 하다니. 가터 백작가의 여인으로서 부끄러운 짓을 했다.

비비안은 두 손을 앞으로 모아 쥐고 입가의 근육을 끌어올렸다.

케이는 놓치고 싶지 않은 남자였다. 아니, 놓칠 수 없는 남자였다. 그의 오만한 아름다움을 다른 이에게 빼앗기고 싶지 않았다. 그 어떤 방법을 써서든, 케이라는 남자만큼은 가지고 싶었다.

태어나서 처음으로 가져보는 강한 욕심이었고, 그것이 부끄럽지 않았다. 비비안이 세상에서 가장 현명하다고 믿는 아버지 가터 백작은 늘 말했다.

갖고 싶은 것이 있다면 어떤 방법을 써서든, 얼마나 오랜 시간이 걸리든 손에 넣어야만 한다고.

아버지의 말씀은 언제나 옳다.

루는 향긋한 냄새에 책에서 눈을 떼었다.

그림자가 책상 위에 드리우고 있었다. 고개를 돌리니 이런 곳에서 보고 싶지 않은 인물이 서 있었다.

비비안.

그녀는 잿빛 여우 털로 만든 외투를 걸치고 있었다. 여미지 않은 앞자락 안으로 보이는 드레스는 연보라색. 그녀의 흰 피부, 갈색 눈동자와 무척 잘 어울렸다.

"케이."

루가 쳐다보는데도 그녀는 루에게 아는 체를 하지 않았다. 그녀의 시선은 노골적으로 케이만을 향해 있었다.

책을 보고 있던 케이가 그녀를 향해 천천히 고개를 움직였다. 루는 그의 두 뺨을 잡아 움직이지 못하게 고정시키고 싶었다. 하지만 그럴 수는 없었다.

그의 시선이 루를 스치고 지나가 비비안에게서 멈췄다.

"이런 곳에서 뵙게 될 줄 몰랐어요."

"흐음."

그나마 루에게 위안이 된 것은, 케이가 무표정이라는 점이었다.

"제가 조금 방해해도 될까요?"

비비안이 달콤한 미소를 지으며 물었다. 누구라도 그녀가 달콤한 미소와 함께 던지는 제안을 거부하지 못하리라. 케이만 제외하면.

"아니."

"네?"

"독서를 하는 중이지. 안 보이나?"

"아아, 물론…… 보이지요. 하지만 잠시라도…….”

"난 바빠."

비비안이 아랫입술을 잘근 깨물었다. 그녀의 시선이 루에게로 향했다. 아주 잠깐이었지만 비비안의 눈동자에 떠오른 질투와 짜증을, 루는 눈치챘다.

'설마 날 여자라고 생각하는 건가?'

비비안의 미움을 받아서 좋을 것은 없었다. 그녀는 케이의 동반자가 될지도 모르는 여자였다.

이쯤에서 오해를 풀어 줘야 할 것 같은데, 뭐라고 말문을 열어야 할지 알 수 없었다. 게다가 아무리 케이가 지켜 준다고는 해도 비비안와 루의 신분 차이는 하늘과 땅만큼이나 컸다. 그녀가 말을 걸어 주지도 않는데 먼저 말을 걸 순 없었다.

"마법 관련 책을 읽고 계시네요."

케이의 앞에 놓인 책들을 확인한 비비안이 중얼거렸다. 그녀는 공략 방법을 바꾼 듯했다.

"아버지께서 귀한 서적을 모으는 취미가 있으세요. 이런 도서관에 구비되지 않은 책들이 많이 있을 텐데, 한번 보러 가시겠어요?"

"마법 관련 서적도 있나?"

케이가 관심을 보였다.

"네, 그럼요. 제 약초학 지식도 저택 서재에 있는 책에서 도움을 얻었답니다."

"그렇군. 그럼 한번 가 보지."

유용한 마법 관련 지식을 담은 책은 이런 도서관에서는 찾을 수 없을 것이다. 사실 케이는 마음이 급했다. 방금 전까지만 해도 자신은 루를 훔쳐보고 있었다. 어쩌면 비비안이 그 모습을 봤을지도 모른다.

겉으로는 태연한 척하고 있지만, 창피한 모습을 들켰을지도 모른다는 생각에 초조했다.

"루, 함께 가겠나?"

두 말 않고 일어난 케이가 물었다.

멍하니 케이와 비비안을 지켜보던 루가 정신을 차렸다.

따라가고 싶지 않았다. 비비안과 다정히 걷는 그의 모습을 보기 싫었다.

"아니요, 저는 유진 형님이 말한 책을 빌려서 쿠빌레로 돌아가도록 하겠습니다. 저녁때 주점 일도 해야 하고요."

"그래."

케이는 두 번 권하지 않았다.

'루'라는 이름과 '형님'이라는 말을 들은 비비안의 눈이 커졌다. 역시 루를 여자라고 오해하고 있었던 모양이다.

"루……라고요? 당신, 루였어요?"

비비안이 물었다.

"네, 비비안 님."

"아…… 하지만……."

케이의 눈치를 봐서인지 '당신의 얼굴, 엉망이지 않았어요?'라는 질문은 던지지 않았다. 루는 가볍게 고개를 숙이는 걸로 대화를 마무리 지었다.

케이는 이미 도서관을 나가는 중이었고, 뒤늦게 정신을 차린 비비안도 서둘러 그의 뒤를 따랐다. 그녀는 몇 번이나 뒤를 돌아봤지만 루는 그쪽으로 시선을 주지 않았다.

　　　　　*　　　*　　　*

　비비안은 믿을 수가 없었다.

　방금 전 보았던 그 아름다운 여자가 파필리아의 괴물 루였다니.

　케이와 그 여자가 짜고 자신을 속이는 게 아닌가 싶었지만, 그럴 이유는 없었다. 그렇다면 그 여자가 거짓말을 했다는 건데, 케이는 그에 대해 일언반구도 하지 않았다.

　"저기, 케이. 아까 그…… 음…… 그분 말인데요. 정말로 루인가요?"

　"그래."

　케이의 대답은 곧바로 돌아왔다. 비비안은 케이의 표정을 살폈지만 거짓말을 하는 것 같진 않았다.

　"정말로 루란 말이에요?"

　"내가 그런 걸로 거짓말을 할 이유가 있나?"

　"무, 물론 그런 건 아니지만……."

　"아니면 괴물이라 부르던 사내가 아름다움을 되찾으니 배라도 아픈가?"

　"……그, 그런 게 아니에요. 저는 항상 루가 안쓰러웠어요. 그 흉터를 낫게 해 줄 수 있는 방법이 있을까 싶어서 여러 가지로 알아보기도 했는데, 그런 식으로 말씀하시면 서운해요."

마지막에는 앙탈을 부리는 듯한 목소리가 되었다.

"그래? 그러면 그 녀석의 흉터가 사라진 걸 기뻐해 주면 되겠군."

"아, 물론…… 기뻐요."

조금은 안심했다.

루가 여자가 아니라서 다행이다. 만약 여자였다면, 제아무리 케이라도 그 아름다움에 홀리고 말았을 것이다.

"그런데 어떻게 그렇게 흉터가 사라진 건가요? 전신에 남은 흉터라고 들었는데. 게다가 오래된 흉터였고."

"글쎄."

"혹시…… 제가 가져다드린 약이 효과가 있었던 걸까요?"

그렇다고는 생각하지 않지만, 그에게 어필하고 싶었다. 자신이 토스카를 위해 무엇을 하고 있는지.

비비안이 바란 대로 그가 물었다.

"가져다준 약?"

"네. 아, 당신은 모르셨을 수도 있겠네요. 유진에게 전해 줬거든요."

"어떤 약을?"

"상처에 잘 듣는 연고나 체력 회복제 같은 것들이요. 토스카가 활동할 때에 도움이 되었으면 해서, 제가 직접 만들었어요."

"그렇군."

케이가 건성으로 대꾸했다. 하지만 그에게 푹 빠진 비비안은 그의 행동 때문에 모멸감을 느끼지 않았다. 지금 이 자리에서 그가 무슨 짓을 해도 다 받아들일 수 있는 기분이었다.

정오의 태양 아래를 걷는 그의 머리카락은 유독 반짝거렸고, 그 아래에 자리 잡은 작은 얼굴은 눈이 시리도록 아름다웠다. 그를 가질 수만 있다면, 그의 곁에 있을 수만 있다면, 비비안은 무엇이든 참고 견딜 수 있었다.

그의 무관심조차도.

*　　*　　*

루는 조금 더 앉아서 책을 읽으려 했지만 도통 집중할 수가 없었다. 책장에 가서 유진이 필요하다고 한 책들을 골랐다. 한 번에 다섯 권을 대여할 수 있다고 했으니, 일단 다섯 권만 골랐다. 다음에 또 와서 빌리면 되겠지.

이번에도 엘라가 루를 상대해 주었다. 그녀는 루가 올려 둔 다섯 권의 책이 아닌 루의 얼굴을 빤히 응시하고 있었다. 집요한 시선을 견디다 못해 어색한 미소를 지었더니, 여기저기서 숨을 삼키는 소리가 들려왔다.

"아직 신분 확인이 안 되었나요?"

루가 물었다.

"신분 확인은 됐는데…… 토스카의 루 님, 맞으시죠?"

"네."

"한 가지 궁금한 게 있는데……."

"네, 말씀하세요."

"토스카에 또 루가 있나요?"

"아니요. 저밖에 없습니다."

"아……."

엘라의 눈동자가 흔들렸다.

"그럼 혹시 그 전에…… 파필리아에서…… 일하셨었나요?"

아아, 이것 때문이었구나.

앞으로 한동안은 이런 시선과 질문에 시달릴지도 모르겠다. 그렇다면 지금 이곳에서 확실하게 해 두는 편이 낫겠다.

"네, 제가 파필리아의 괴물, 루입니다."

"헉!"

"뭐?"

"정말이야?"

"진짜였어?"

아닌 척하면서도 다들 이쪽을 주시하고 있었던 모양이다. 여기저기서 놀라는 소리가 들려왔다.

루는 딱히 목소리를 낮추지 않고 말했다.

"길거리 생활을 하다가 몹쓸 저주에 걸려 있었습니다. 풀릴 때가 되어 저주가 풀렸고요."

이런 것으로는 설명이 안 될 줄 알았는데 다들 납득하는 분위기였다. 그만큼 루의 외모가 놀랍도록 변했기 때문이었다.

"그랬……군요…… 저주였다니…… 어쩌다 그런…….”

"그러게요."

루가 다시 미소를 짓자 주위가 조용해졌다.

"그럼 책을 빌려 가도 되겠습니까?"

"네? 아, 네에. 그럼요. 가방에 담아가시겠어요? 아니면 들고 가시기 편하게 끈으로 묶어드릴까요?"

"가방을 안 들고 와서 끈으로 부탁드립니다."

"네."

엘라는 능숙하게 책을 묶으며 루의 얼굴을 몇 번이나 훔쳐봤다.

"저한테 할 말이라도 있습니까?"

루의 질문에 엘라가 얼굴을 붉혔다. 그녀는 아랫입술을 살짝 깨물었다가 용기를 냈다.

"제미는…… 지금 쿠빌레에서 키우고 있는 건가요?"

생각지도 못한 이름을 듣는 바람에 심장이 콱 옥죄었다. 루의 표정이 굳은 걸 착각했는지 엘라가 고개를 숙였다.

"아니, 그게…… 루 님의 외모가 변했다고 친한 척하려는 게 아니라…… 제미를 못 본 지 한참 돼서, 혹시 얼어 죽은 게 아닌지 걱정이 되어 가지고요."

"죽었습니다."

엘라가 번쩍 고개를 들었다.

"네?"

"죽었어요. 잘 묻어 줬습니다."

"아아…… 그렇군요."

어떻게 죽었느냐고, 엘라는 묻지 않았다. 그녀에게 고마웠다. 그 처참한 기억을 끄집어내고 싶지 않았기 때문이다.

"고마워요, 엘라. 제미를 기억해 줘서."

엘라가 얼굴을 붉혔다.

"제가 쿠빌레 지하 주점에서 일하고 있어요. 다음에 한번 오세요. 맛있는 걸 대접해드릴게요."

"아니요, 그렇게 안 하셔도……."

"고마워서 그래요. 제미는 제 좋은 친구였거든요."

루는 그녀에게 꼭 오라는 말을 남기고 도서관을 나왔다.

도서관에 남은 사람들은 '루가 이렇게 아름다운 사람일 줄 알았더라면 진작 잘해 줄걸 그랬다.'라고 수군거렸다.

루는 빠르게 걸음을 옮겼다.

케이와 비비안의 일 때문에 기분이 가라앉은 상태였는데, 제미의 일까지 떠올라서 마음이 뒤숭숭했다. 얼른 이 기분을 가라앉히지 않으면, 당장이라도 르막에 찾아가 히셴의 목을 베게 될 것만 같았다.

제미의 따뜻한 털과 총명한 눈동자, 루만 보면 신나서 흔들던 꼬리가 생생하게 기억났다. 가슴이 지끈지끈 아팠다. 어느 누군가에게는 그저 떠돌이 개일지도 모르지만, 루에게는 그러지 않았다. 친구였다. 모두가 루를 징그러워할 때에, 유일하게 꼬리를 흔들어 준 친구.

복잡하게 이어진 골목에 진입했을 때였다.

사람들이 달리는 소리가 들렸다.

"거기 서, 이 자식아!"

"이 미친놈! 내 돈 내놔!"

"사기꾼 자식!"

"잡히면 죽여 버리겠어!"

멀지 않은 곳에서 나는 소리였다. 근처의 도박판에서 사기를 친 사람이 도망을 치는 모양이다.

소리가 점점 가까워졌다.

루는 잠시 걸음을 멈췄다. 싸움에 휘말리고 싶지 않았기 때문에, 그들이 지나갈 때까지 옆에 비켜서 있을 작정이었다.

옆 골목 꺾어진 곳에서 한 남자가 모습을 드러냈다. 허름한 외투를 입고 후드를 눌러쓴 남자였다.

'저 남자가 사기꾼인 모양이군.'

그를 따라오는 사람들은 아직 보이지 않았다.

남자는 뒤를 흘긋 돌아보더니 외투를 벗었다. 외투에 딸린 후드도 같이 벗겨지며, 남자의 화려한 금발이 드러났다. 게다가 남자는 굳이 사기를 치지 않아도 될 만큼, 고급스러운 옷을 입고 있었다.

남자는 후드를 구석에 아무렇게나 버리고는 다시 달렸다. 사람들에게 쫓기면서도, 그는 즐거워 보였다.

손을 뻗으면 닿을 만큼 가까워진 그와 눈이 마주쳤다. 어디서 본 얼굴이라고 생각하고 있을 때에, 그가 갑자기 손을 뻗어 루를 끌어안았다.

"우와."

갑작스러운 행동인지라, 그를 밀어낼 여유도 없었다. 루는 눈을 크게 뜨고 그를 올려다봤다.

그는 루의 가느다란 허리를 한 팔로 감싸고, 또 다른 손으로는 루의 머리 뒤를 감싸 움직이지 못하도록 고정시켰다. 마치 키스 직전의 연인처럼.

숨결이 얽힐 만큼 가까운 거리에, 그의 얼굴이 있었다.

흰 피부와 오뚝한 코, 눈부신 긴 금발과 녹색 눈동자. 어디서 본 얼굴인지 깨달았다.

"이거 참, 무섭도록 아름다운 레이디로군요."

언젠가 쿠빌레 지하 주점의 룸에서 보았던 남자. 루가 실수를 했는데도 아량을 베풀어 주었던, 라일이란 이름의 남자였다.

"그 새끼, 어디 갔어?"

"여기 옷이 있는데?"

"옷 벗고 도망친 거야?"

그의 뒤를 쫓던 사람들이 루와 그를 스치고 지나갔다. 귀족적인 차림새의 그가 사기꾼일 거라고는 생각하지 않는 것 같았다.

"구온 시에 이렇게 아름다운 레이디가 있었다니. 심장이 떨어질 뻔했습니다."

그의 입술이 루의 입술에 닿을락 말락한 거리에 있었다.

"눠주시지요."

그에게는 은혜를 입었다. 모두가 루를 막 다룰 때에, 루의 실수를 모른 채 넘어가 준 그는 고마운 사람이었다. 그래서 루는 그에게 함부로 대할 수가 없었다.

"조금만 더 이러고 있지요. 춥잖아요."

"전 안 춥습니다."

"아니, 내가요."

"……."

"레이디의 이름을 알 수 있을까요?"

그의 숨결이 거슬렸다.

입술에 닿는 따스한 숨결이 간질간질했다. 루는 머리를 뒤로 빼려 했지만 그의 손이 단단히 잡고 있어서 그럴 수도 없었다.

"저는 레이디가 아닙니다."

"아, 실례. 레이디의 이름을 알려면 내 이름을 먼저 말하는 게 순서인데. 라일라체라고 합니다. 라일이라고 편하게 부르세요, 레이디."

이 남자, 남의 말을 안 듣는구나.

루는 속으로 한숨을 삼키며, 다시 말했다.

"라일, 나는 레이디가 아닙니다."

"태생이나 입은 옷은 중요치 않죠. 내 눈에는 근사한 레이디로 보입니다,"

정말로 남의 말은 귓등으로도 안 듣는 모양이다.

"네, 태생이나 입은 옷을 빼고라도 전 레이디가 아닙니다. 저
는……."

루는 두 손으로 라일의 가슴을 밀어냈다. 다행히도 라일은 순
순히 루를 놓아줬다. 그에게서 떨어진 후에도 그의 체온과 숨결
이 여전히 달라붙어 있었다. 그의 숨결이 닿았던 입술 부근이 간
지러운 느낌이 들었다.

"남자입니다, 라일."

그의 눈이 커졌다가 가늘어졌다.

"이런. 내가 첫눈에 반한 레이디는 거짓말쟁이로군요. 뭐, 좋
아요. 전 거짓말을 아주 잘하는 레이디도 무척이나 사랑하죠."

"거짓말이 아니라 정말로 남잡니다. 못 믿겠으면 쿠빌레에 와
서 확인을 해 보세요."

"쿠빌레. 좋은 곳이죠. 그곳에서 머물고 계신가요?"

"아니요. 거기서 일하고 있습니다."

"그럴 리가요. 쿠빌레의 직원들은 전부 남자라고 알고 있는
데."

"네, 그러니까요. 전 남자라고 몇 번을 말씀드려야 알아먹으
시겠습니까?"

"이런, 이런."

그가 과장되게 고개를 저었다. 살랑살랑 흔들리는 금발이 찬

란하게 빛났다.

"첫눈에 반한 상대가 남자였다니 당황스럽네요. 하하하하."

"……."

이런 성격의 남자였나?

점잖은 외모와 한참은 다른 그의 행동이 적응되지 않았다. 이 남자를 호위하던 바흘이란 남자의 태도로 봐서는 상당히 높은 신분일 것 같은데. 살짝 맛이 간 것 같다.

"뭐, 좋습니다. 남자라도 상관없어요. 난 아름다운 것을 사랑하거든요. 내 아래에서 일할래요? 쿠빌레에서 주는 돈의 세 배를 주죠."

"아니요. 전 쿠빌레를 떠날 생각이 없습니다."

"사람 일이란 모르는 거니, 그렇게 딱 잘라 말하지 말고요."

그가 루의 볼에 손을 댔다. 이번에도 갑자기 벌어진 일이라서 피하지 못했다.

그는 다정한 눈으로 루를 내려다보며 볼을 쓰다듬었다. 차게 얼어 있던 볼이, 그의 손바닥에서 전해지는 체온에 따뜻해졌다.

"정말 예쁜 얼굴이네요. 목소리도 매력적이고. 이름이 뭐죠?"

"루……."

하마터면 루엘이라고 말할 뻔했다.

그의 눈빛은 상대를 여자로 만드는 무언가가 있었다. 그것은 무척이나 달고, 황홀하며, 따뜻해서, 저도 모르게 말려들고 말았다.

루는 황급히 입을 다물고 시선을 옆으로 피했다.

"루. 그래요, 루. 좋은 이름이네요."

그가 천천히 허리를 숙였다. 그의 입술이 루의 귓가를 살짝 스쳤다.

"다음에 쿠빌레로 찾아갈게요. 당신에게 어울리는 꽃을 사 들고."

"전 남자라고 말씀드렸습니다."

간신히 정신을 차리고 말했지만 그는 들리지 않는다는 듯 획 돌아섰다. 루는 표표히 그곳을 떠나는 그의 뒷모습을 노려봤다.

다시는 마주치고 싶지 않은 사람이다. 하마터면 큰 실수를 할 뻔했다.

*　　　*　　　*

"고마워, 루. 그런데 대장은?"

책을 받아 들며 유진이 물었다.

"가터 백작가에 가셨습니다."

"가터 백작가에? 갑자기?"

"비비안 님이 도서관에 찾아오셨더라고요."

"흐웅, 그래? 그 여자도 진짜 귀족의 영애답지 않다니까. 그렇게 솔직하기 어려울 텐데. 매력적이지?"

"네, 뭐……."

루는 쓴웃음을 지었다. 남자들의 눈에는 비비안이 매력적으로 보이는가 보다.

"똑똑한 아가씨야. 약도 잘 만들고. 비비안이 대장의 배필이 되면 여러모로 도움이 될 거야."

"아, 네에."

"그나저나 이번에 섬으로 가는 거 괜찮겠어? 넌 토스카에 들어온 지 얼마 안 됐으니, 이번 토벌 원정에서는 빠지고 싶으면 빠져도 돼."

"아니요, 갈래요."

"무리하지 마. 넌 너무 말라서 걱정이다."

루는 손목을 내려다봤다. 여자라면 보통이겠지만 남자라고 하면 확실히 가느다란 손목이었다. 살이라도 찌워야 할지 고민하는데, 텐치가 울상을 하고 달려왔다.

"형님, 쿠반 형님이 또 때려요!"

"때리다니, 이 자식아! 검술을 가르쳐 주는 거잖아, 검술을!"

쿠반이 목검으로 어깨를 툭툭 두드리며 텐치의 뒤를 따라왔다. 루를 본 쿠반이 씩 웃었다.

"이야, 봐도 봐도 깜짝 놀랄 만큼 예쁘네. 히센보다 더 계집 같은 놈이 있을 줄은 몰랐는데."

"하하하. 전 그럼 지하 주점으로 내려가 보겠습니다."

쿠반이 또 옷을 벗기려고 들 것만 같아서, 루는 도망치듯 자리를 떠났다.

쿠반은 카운터에 비스듬히 기대서 한 팔로 텐치의 목을 안아 끌어당겼다. 텐치가 버둥거렸지만 쿠반의 힘을 이길 수는 없었다.

"텐치, 저걸 좀 봐라."

계단을 내려가는 루의 뒷모습을, 쿠반이 턱으로 가리켰다. 대충 자른 짧은 머리카락 아래로 보이는 길고 가느다란 목, 결코 넓지 않은 어깨와 낭창낭창한 허리.

"아무리 봐도 계집 같지 않냐?"

"형님, 아무리 루가 예쁘다고 해도 건드릴 생각은 하지 마요. 루는 대장 개예요."

"이 자식아, 나는 남색 취미 없거든? 잘 보란 말이야. 히센 놈도 예쁘장하긴 하지만 그렇다고 몸이 저렇게 호리호리 낭창낭창한 건 아니거든. 그런데 루는……."

"확실히 사내다운 구석이 없긴 하지."

묵묵히 책장을 넘기던 유진이 고개를 끄덕이며 말했다.

"그치? 네가 봐도 그렇지? 와칸, 너도 그렇게 생각하지 않냐? 루 녀석, 아무리 봐도 계집 같지?"

마침 계단을 내려오는 와칸에게, 쿠반이 동의를 구했다. 와칸이 어깨를 으쓱했다.

"확실히 그렇긴 하지만…… 루가 만약 여자라면 굳이 자신을 남자라고 속여야 할 필요가 있을까? 저런 예쁜 얼굴인데?"

"……그, 그건 그렇지?"

"게다가 만약 누군가 너에게 자꾸 계집 같다고 하면, 네 기분은 어떻겠냐?"

"드럽겠지?"

"그럼 루 기분 좀 그만 더럽게 해. 여자라고 오해하는 것도 한두 번이지, 그 소리 계속 들을 루 기분 좀 생각해라."

"그래, 내가 생각이 짧았네."

"형님이야 늘 생각이 짧죠."

텐치가 중얼거렸다.

쿠반은 텐치의 머리를 한 대 쥐어박고는 루가 내려간 계단을 응시했다.

와칸의 말대로다.

루가 여자라면 남자라고 속일 이유가 없다. 그렇게 예쁜 얼굴의 여자라면 어딜 가도 대우를 받을 테니, 남자라도 여자라고 속일 판이다.

그러고 보면 계집같이 예쁘다고 할 때마다 루의 표정이 안 좋아지곤 했다. 여자 같다고 놀림을 받는 게 즐겁지 않은 것이겠지.

힘들게 살아온 녀석이니까 이곳에서만큼은 편하게 지낼 수 있도록 해 주고 싶었다.

쿠반은 결심했다.

이젠 여자 같다고 놀리지 말자. 사내로서 당당할 수 있도록, 근사한 남자로 대해 주자.

　　　　　*　　　*　　　*

　　비비안의 말대로, 가터 백작의 서재에게는 귀한 서적이 상당히 많았다. 케이는 천천히 책장을 둘러보며 필요한 책들을 찾았다. 마법에 대해 상세하게 다룬 책이 몇 권 눈에 들어왔다.

　　책을 한 권 뽑아 들고 내용을 살피는 동안, 볼에 닿는 비비안의 시선이 느껴졌다. 참으로 뜨거운 시선을 보내는 아가씨다. 귀족의 영애가 이렇게 자기 마음을 내보이기도 쉽지 않을 텐데.

　　"책을 빌려 갈 수 있나?"

　　케이의 질문에 비비안이 움찔했다. 갑자기 말을 걸어서 놀란 모양이다.

　　"그건…… 아버지께 여쭤 봐야 할 것 같은데."

　　"백작은 어디에 있지?"

　　"시청에 계실 거예요. 곧 돌아오시긴 할 텐데. 사람을 보내서 여쭙고 올까요?"

　　"아니, 여기서 책을 읽으며 기다리지."

　　비비안의 표정이 밝아졌다. 그녀의 볼에 홍조가 떠올랐다. 감정을 숨기지 못하는 여자다. 케이는 그런 비비안이 싫지 않았다. 속에 뭔가를 감추고 있는 의뭉스러운 계집들보다는 순진한 쪽이 나았다.

　　"그럼 다과를 마련해 달라고 할까요? 좋은 홍차가 있어요."

"그래."

케이는 몇 권의 책을 뽑아 들고 서재 구석에 있는 창가로 향했다.

"응접실에서 편하게 읽으셔도 되는데."

비비안이 말했지만 케이는 못 들은 척 창가에 걸터앉았다. 비비안은 머뭇거리다가 서재를 빠져나갔고, 케이는 다시 책에 집중했다. 유혹 마법의 구성에 대한 내용이었다.

*　　*　　*

휴이는 주방에 혼자 앉아, 전에 없이 심각한 표정으로 무언가를 끼적이고 있었다. 루가 들어가자 휴이가 고개도 들지 않고 물었다.

"루, 뭐 먹고 싶냐?"

"네?"

"배 안 고파?"

그러고 보니 점심을 걸렀다. 비비안의 등장과 라일이란 남자와의 만남 때문에 허기를 잊고 있었다.

"전 아무거나 좋습니다."

"아무거나 먹일 수는 없지. 웃챠."

휴이가 몸을 일으켰다.

"고기를 듬뿍 넣은 스튜를 해 주지."

"네, 형님. 그런데 뭘 하고 계셨던 건가요?"

"아아. 원정 때 가지고 갈 식량을 체크하고 있었다. 스투르티오 섬에서 식량을 얼마나 얻을 수 있을지 모르니까."

스튜에 넣을 채소와 고기를 써는 휴이의 모습을 지켜봤다. 언제 봐도 호쾌한 몸놀림이다. 휴이가 주방에서 식칼을 다루는 솜씨는 일종의 묘기와도 같았다.

커다란 냄비 안에 스튜 재료를 넣고, 이번에 새로 들어온 향신료까지 첨가했다. 휴이는 앞치마에 손을 닦고 루의 앞에 와서 앉아, 루의 얼굴을 뚫어져라 쳐다봤다.

"히야. 진짜 예쁘단 말이야. 이 예쁜 얼굴, 그동안 어떻게 감추고 살았을까?"

"하하하."

"히센 놈 처음 봤을 때 말이야, 뭐 저렇게 예쁜 놈이 있나 싶었거든. 그런데 널 보고 나니 히센 그놈 얼굴도 별거 아닌 것처럼 느껴진다."

"하하하하."

예쁘다는 칭찬은 어릴 적 부모님이 살아 계실 때 이후로 처음이었다. 어떤 식으로 반응해야 좋을지 몰라, 그저 웃는 수밖에 없었다. 그런 루의 행동을 오해했는지 휴이가 머리를 긁적거렸다.

"아, 너 아직 히센이랑 불편하지?"

"네, 뭐……."

그 이름 때문에 표정이 굳은 건 아니었지만, 불편한 것은 사실이기에 고개를 끄덕였다.

"용서가 안 되냐?"

"네, 안 됩니다."

"그래, 그놈이 죽인 개가 네가 아끼는 개였다지?"

"네. 친구였습니다."

"하아. 그래, 그럼 정말 용서가 안 되겠지. 하지만 그놈도 후회하고 있더라고. 너한테 그런 짓을 한 걸."

"그럴 리가요."

루가 쓴웃음을 지었다.

히센은 잔혹한 자였다. 그런 자가 개 한 마리 죽인 걸 가지고 후회한다고? 그럴 리 없었다. 아마도 케이의 눈에 들기 위해 그런 척하는 것이리라.

"네가 용서할 기분이 아니라면 강요하진 않겠다만, 이번 원정 때 히센도 같이 가게 될 거다. 불편한 상황이 만들어질 텐데, 넌 이번 원정에서 빠지는 게 어떻겠냐?"

휴이의 질문을 듣고서야, 아까 유진이 원정에서 빠지는 게 어떻겠느냐고 물었던 의미를 알 수 있었다. 유진도 히센과 루가 한 공간에 있는 걸 우려해서 그런 제안을 했던 모양이다.

"왜…… 제게 빠지라고 하는 건가요?"

"응?"

"왜 히센이 아닌 저에게 빠지라고 하시는 거죠? 제가 도움이 되지 않을 것 같습니까? 히센 그자보다?"

"아니, 그런 뜻이 아니라……."

"저는 히센에게 지지 않을 자신이 있습니다, 형님. 형님들에게 폐가 되지 않을 겁니다."

"물론 그렇겠지. 그런 건 알겠는데……."

휴이는 걱정스러운 표정으로 루를 훑어봤다.

휴이의 눈에 루는 너무 마르고 가냘팠다. 루가 검을 휘두르는 걸 본 사람들은 '강하다.'라고 말했지만, 보지 못한 휴이나 유진은 걱정스러울 수밖에 없었다. 거대한 검 두 자루를 휘두르는 것도 허세 때문에 그런 걸로만 보였다.

게다가 모처럼 되찾은 예쁘고 고운 피부가 이번 원정으로 인해 엉망이 되는 꼴을 보고 싶지 않았다.

"네가 실력을 증명하지 않아도 대장은 널 아낄 거야, 루."

"형님. 전 대장의 개이지만, 형님들의 개는 아닙니다. 꼬리를 흔들며 애교를 부리는 걸로 예쁨을 받을 생각은 없습니다."

휴이는 너 정도의 외모라면 굳이 꼬리를 흔들지 않아도 예뻐해 줄 거라고 생각했지만, 굳이 그 말을 입 밖으로 꺼내진 않았다.

"그래, 그래. 네 생각이 그렇다면 어쩔 수 없지. 아, 스튜 다 익었다."

도망치듯 냄비로 향하는 휴이를 보며, 루는 속으로 한숨을 삼켰다.

이렇게 예민하게 굴려는 게 아니었다. 히센의 이름만 나오면 감정을 절제하기가 힘들어진다.

휴이의 말대로 원정을 떠나게 되면 히센과 부딪칠 일이 많이 생길 것이다. 배편으로 이동하니 피하는 것도 한계가 있으리라.

'감정을 다스려야 돼.'

히센을 볼 때마다 싫은 내색을 하면 주변 사람들이 불편해진다. 그들에게 폐가 되고 싶지 않았다.

'히센을 용서해야 돼.'

하지만 제미의 끔찍한 죽음이 머릿속에서 떠나지 않았다. 복슬복슬한 털과 초롱초롱한 눈동자가 어둠에 깔렸던 그 모습을 잊을 수 없었다.

*   *   *

저녁에 주점을 오픈하자 손님이 많아졌다. 대부분 여성 손님이었고, 평민들이었다.

쿠빌레 지하 주점은 평민들이 쉽게 올 수 있는 곳이 아니었다. 그럼에도 그들이 무리를 해서 찾아온 이유는, 파필리아의 괴물이 저주에서 풀린 모습을 구경하기 위해서였다. 파필리아의 괴물이 눈부시게 아름다워졌다는 소문이 구온 시에 쫙 퍼진 것이다.

그들은 루가 왔다 갔다 할 때마다 속닥거렸다. 하지만 루는 노골적으로 달라붙는 그들의 시선을 느끼지 못했다. 히센의 일로 머릿속이 가득했기 때문이다.

여자 5명이 모인 테이블에서 오리구이를 주문받아 주방으로 향하던 루는, 마침 열리는 지하 주점의 문을 향해 기계적으로 인사했다.

"어서 오십시……."

하지만 인사를 끝낼 수가 없었다.

문으로 들어온 인물이, 그리고 그가 들고 온 것이 루를 당혹케 만든 것이다.

술렁—

그건 다른 사람들에게도 마찬가지인지, 주점 안이 시끄러워졌다. 요리를 들고 돌아서던 텐치가 눈을 휘둥그레 뜨고 걸음을 멈췄다.

'라일?'

연회색 정장, 약간 어두운 조명 아래에서도 눈부시게 빛나는 금빛의 장발, 그리고 그가 들고 있는 커다란 꽃다발.

이런 추운 날씨에 저런 꽃다발을 만들기 위해서는 어마어마한 돈이 들었을 것이다. 라일은 루가 생각한 것 이상으로 부자일지도 모르겠다.

하지만 중요한 건 그게 아니었다.

라일은 곧바로 루를 향해 걸어왔고, 루는 저도 모르게 뒷걸음질을 쳤다. 하지만 곧 벽에 등이 부딪쳐 물러날 곳이 없어졌다.

마음 같아서는 검으로 저 꽃다발의 꽃을 다 잘라 버리고 싶지만, 일할 때는 검을 지니고 있지 않기에 그럴 수도 없었다. 앞으로는 일할 때에도 무기를 하나쯤은 가지고 있어야겠다.

"루."

형형색색의 꽃다발 사이로, 싱그럽게 미소 짓는 라일의 얼굴이 보였다. 그는 놀랍도록 근사한 미소를 지을 줄 알았다. 보는 것만으로도 청량감이 느껴지는 미소.

"약속대로 꽃다발을 들고 방문했습니다. 하지만 이 꽃다발도 당신의 아름다움 앞에 있으니 색이 바래는군요."

"그런 약속은 한 기억이 없습니다."

"하하하. 루, 그 무슨 서운한 말입니까? 아까 분명히 꽃다발을 들고 방문하겠다고 말해 뒀는데요."

"전 그러라고 한 적 없습니다."

"그거 아세요, 루?"

라일의 음성이 은밀해졌다. 루는 무슨 말인가 싶어 귀를 기울였다.

"타인의 의사 따위 무시하고 내 생각대로 행동하는 것이, 나의 매력 중 하나지요."

이 남자, 괜찮은 걸까?

루는 황당하게 라일을 응시했는데, 그건 주점 안의 다른 사람들도 마찬가지였다. 다만 여자 손님들만큼은 라일에게 호의적인 시선을 보내고 있었다. 아무리 제정신이 아니더라도, 잘생긴 얼굴이면 좋은가 보다.

하지만 루는 잘생긴 미친놈을 상대할 여유가 없었다.

"저기, 손님."

루가 곤란해 하는 걸 눈치챈 텐치가 조심스럽게 다가왔다. 라일이 텐치를 향해 싱긋 웃었다.

"내가 가게를 좀 소란스럽게 했지요?"

"아, 네에."

"룸을 빌리지요. 그리고……"

라일이 루의 어깨를 감싸 끌어당겼다.

"루도."

"손님, 그건 좀…….."

텐치가 곤란한 낯빛을 하자 라일이 말했다.

"금화 다섯 개."

"아……."

"참고로 아무 짓도 안 할 거예요. 레이디가 싫다고 하는데도 손을 댈 만큼 무례하지는 않거든요."

"전 레이디가 아닙니다. 그리고 지금도 충분히 무례하게 손을 대고 있습니다."

루의 딱딱한 목소리에 라일이 웃으며 황급히 손을 떼었다.

"실례."

"그리고……."

루가 손을 내밀었다.

금화 다섯 개라면 무시할 수 없는 금액이었다. 말상대를 해 주는 정도로 금화 다섯 개를 받을 수 있다면 남는 장사다.

원정을 앞두었으니 토스카에는 돈이 필요했다. 게다가 라일 이 계속 이런 식으로 나타나면 여러 가지로 귀찮아질 것이다. 지금 확실하게 해 두는 편이 낫다.

"선불입니다, 손님."

루의 말에 라일의 눈이 가늘어졌다. 그는 이 상황이 무척 즐거운 것처럼 보였다.

사람을 돈으로 사는 사람은 좋아하지 않는다. 하지만 루는 라일이 싫지 않았다. 그의 녹색 눈동자에 악의가 없기 때문이기도 했고, 미소가 무척 보기 좋기 때문이기도 했다.

라일은 그저 재미있는 것을 좋아하는, 순수한 소년처럼 보였다.

"계산이 확실한 레이디를 무척 좋아합니다."

라일이 주머니에서 꺼낸 금화 다섯 개를 루의 손바닥 위에 올려놨다. 금화를 이렇게 막 가지고 다니다니.

'대체 뭐하는 사람이지? 아무리 귀족이라도 돈을 막 뿌리고 다닐 만큼 많진 않을 텐데.'

그의 정체가 새삼 궁금했다.

"텐치, 이거 유진 형님한테 전달해 줘."

"괜찮겠어? 이런 짓 안 해도 돼."

"아냐, 이분이랑 할 이야기도 있고."

"아는 사이야?"

"응, 뭐, 좀……."

아까 잠깐 마주친 것도 아는 사이라면 아는 사이겠지.

"혹시 무슨 일 생기면 소리 질러. 너한테 무슨 일 생기면, 난 대장한테 죽어."

텐치가 허리를 굽혀 루의 귓가에 속삭였다. 루는 웃으며 텐치의 머리를 툭툭 두드렸다.

"응, 그럴게. 고마워, 텐치."

루가 휙 돌아섰다. 텐치는 귓속말을 하기 위해 허리를 굽힌 자세 그대로 굳어 버렸다. 루가 텐치의 머리를 두드리기 위해 움직일 때, 루에게서 번진 향기 때문에 아찔해졌기 때문이다.

'우와. 깜짝이야.'

텐치는 마른침을 삼키며 허리를 폈다.

'무슨 사내놈 향기가 이렇게 좋아? 우와, 깜짝 놀랐네.'

루는 비어 있는 룸으로 라일을 안내했다. 문을 열고 라일이 들어가기를 기다렸는데, 그가 말했다.

"레이디 먼저."

"전 레이디가 아니라고 몇 번을 말씀드려야 합니까?"

라일은 그 말에 대답 없이 싱긋 웃기만 했다. 루는 그에게 보일 정도로 크게 한숨을 내쉬고는 안으로 들어갔다. 문 앞에서 그와 티격태격하는 모습을 다른 사람들에게 보이고 싶지 않았다.

게다가 '레이디'라는 호칭이 나올 때마다, 심장이 툭툭 떨어지는 기분이 들었다.

살면서 절대로 듣지 못할 줄 알았던 호칭이었다. 딱히 듣고 싶지도 않았고, 듣게 되면 곤란할 호칭이었다.

그러나 막상 누군가가 집요하게 레이디라고 부르니, 조금은, 아주 조금은······

'안 돼.'

루는 마음을 다잡았다.

레이디라는 호칭에 설레다니. 여자로 대우를 받는 것 같아 좋다는 기분을 느끼다니. 절대로 안 될 말이다.

'해야 할 일이 있잖아. 정체불명의 남자가 장난치는 걸로 괜한 생각하지 마, 루.'

자신을 나무라며 그의 맞은편에 앉았다. 그는 선량한 미소를 지으며 루를 향해 꽃다발을 내밀었다.

"이런 건 됐습니다."

"그렇게 거절하지 말아요, 레이디. 레이디가 받아 주지 않으면 버려질 꽃이 불쌍하지도 않습니까?"

"그러게 누가 그렇게 많이 사 오라고 했습니까? 그리고 다시 한 번 말씀드리지만, 전 레이디가 아닙니다."

"그래요? 내 눈에는 훌륭한 레이디로 보이는데요."

"이런 옷을 입고 이렇게 머리를 자른 레이디가 어디에 있습니까?"

"옷과 헤어스타일은 중요하지 않지요. 중요한 건 몸에 배어 있는 습관입니다."

"습관?"

"네. 레이디는 무척이나 바른 자세를 가지고 있어요. 허리를 꼿꼿이 세우고 턱을 살짝 치켜든 모습이 무척 멋지지요. 게다가 말을 할 때 상대의 눈을 똑바로 보는, 그 습관도."

루는 인상을 찌푸리고 시선을 옆으로 피했다.

"무엇보다 전 남자입니다, 라일."

"그래요?"

"네, 그래요."

"흐음. 그렇군요. 하지만 내 눈엔 레이디로 보이니 레이디라고 부르죠."

루는 속으로 비명을 질렀다.

이렇게 말이 안 통하는 남자는 처음이다. 할 수만 있다면 한 대 때려 주고 싶었다.

하지만 상대의 신분도 모르는 상태에서 함부로 행동할 수는 없었다. 루는 크게 심호흡을 하며 부글부글 끓는 속을 가라앉히고 말했다.

"꽃다발, 감사히 받겠습니다. 대신, 레이디라고 부르지 마세요."

*　　　*　　　*

라일은 웃으며 그러라고 했다. 부담스럽고 짜증 나는 사람이지만 웃는 얼굴이 근사하다는 것만큼은 인정할 수밖에 없었다.

"뭐 먹을까요?"

그가 물었다.

"전 생각 없습니다. 일하는 중이기도 하고요."

"그렇다고 나 혼자만 먹으면 너무 무례해 보이잖아요."

"굳이 그게 아니더라도 충분히 무례하니까 걱정할 거 없습니다."

"이런, 그거 너무 가혹한 평가인데요."

그렇게 말하면서도 그의 입가에 띤 미소는 사라지지 않는다. 웃음이 헤픈 남자다.

"술 잘 마셔요?"

"아니요."

"한 잔 정도는 가능하죠?"

"네."

사실 몇 잔이든 마실 수 있지만 그와 술을 마시며 노닥거리고 싶지 않았다. 라일이 종을 울리자마자 문이 열리고 텐치가 들어왔다. 걱정스러운 마음에 근처에서 대기하고 있었던 모양이다.

텐치는 매서운 눈빛으로 룸 안을 둘러봤다. 루가 무사한 것을 본 텐치의 눈빛이 부드럽게 누그러졌다.

"하하하. 루는 레이디가 아닌데도, 지켜 주는 기사가 있군요."

라일이 기분 나쁜 기색 없이 말하며 주문을 했다. 텐치는 금방

술과 안주를 가지고 돌아왔다. 고급 와인과 크래커 위에 치즈, 베이컨을 올린 안주였다.

텐치가 나간 후, 라일이 루의 잔에 술을 따랐다. 적갈색 액체가 깨끗한 와인 잔에 찰랑찰랑 차올랐다.

"소문이 무성하더군요."

그가 자신의 잔에도 직접 술을 따르며 말했다.

"소문이요?"

"파필리아의 괴물이 알고 보니 귀공자였더라, 라는 소문."

"아⋯⋯."

그런 거였나?

라일도 소문 때문에 호기심으로 찾아온 모양이다. 그런 거라면 안심이다. 적당히 둘러대고 보내면 되니까.

"우리 전에도 한번 본 적 있지요? 여기에서."

라일이 그 일을 기억하고 있을 줄은 몰랐다.

"네, 그때 은혜를 베풀어 주셔서⋯⋯."

"아하하하!"

그가 갑자기 웃음을 터뜨렸다.

"은혜라니요. 그런 걸 은혜라고 생각할 거 없어요. 없었던 일로 칩시다."

라일이 담백하게 말했다.

루는 어이가 없었다. 남에게 은혜를 베풀어 두면 여러모로 좋은데, 뭘 저렇게 확실하게 없던 일로 만들어 버리는 걸까.

"이곳은 토스카가 운영을 하는 곳이고, 잡일을 하는 종업원을 제외하면 대부분 토스카 단원들이라고 알고 있어요. 루, 당신도 토스카인가요?"

"네."

"그렇군요. 그렇다면 한 달에 금화 한 개를 드리죠."

대화의 주제를 따라갈 수가 없었다. 루는 인상을 찌푸리고 그를 응시했다. 라일이 품에서 작은 가죽 주머니를 하나 꺼냈다. 그는 주머니를 여미어 놓은 끈을 풀더니, 그 안에서 금화를 한 닢, 한 닢 꺼내 쌓아 올렸다.

"돈 자랑을 하고 싶지는 않지만, 지금 당신의 마음을 잡을 수 있는 방법이 이것밖에는 생각나지 않네요."

"그게 무슨……?"

"당신이 마음에 들어요. 당신을 사고 싶어요, 루."

쌓아 올린 금화는 스무 닢이 넘었다. 금방이라도 쓰러질 것 같은 금화의 탑을, 루는 가만히 노려봤다.

"계약금으로 이걸 주겠어요. 그리고 매 달 금화 한 닢을 주죠. 어때요?"

가슴이 싸늘하게 식었다. 좋은 사람인 줄 알았는데 고작 이 정도의 남자였나? 돈을 주고 마음에 드는 사람을 사는? 그래서 침대에 눕혀 제멋대로 가지고 놀려는?

"오해할까 봐 하는 말인데."

그가 덧붙였다.

"난 당신을 침대에 눕힐 생각 없어요. 아름다운 걸 좋아하지만 그 이상으로 여자를 좋아하거든요."

"그럼 왜……?"

"파필리아의 여자를 사서 함부로 대하는 귀족이 몇 명 있었죠."

"……."

그의 녹색 눈동자가 똑바로 루에게 향했다.

"파필리아의 여성 몇 명이 죽었고, 어째서인지 함부로 대했던 귀족도 죽었죠. 물론 귀족들은 산적을 만나 죽은 거지만."

"……."

"내가 왜 이 도시에 왔다고 생각해요?"

"도박하러?"

"하하하하하."

그가 날카로운 눈빛을 거두고 유쾌하게 웃었다.

"그래요, 그것도 맞는 말이죠. 여긴 도박판이 잘되어 있거든요. 사기꾼들이 많아서 흥미진진하죠. 하지만 그보다 더 큰 이유는 당신을 만나기 위해서였어요, 루."

"저를 왜?"

"난 강한 사람을 좋아하거든요. 심지어 당신은 아름답기까지도 하고요. 부하 중에 바흘이란 녀석이 있는데, 그 녀석은 영 아름답지가 않아서 못 쓰겠어요."

말과는 달리, 바흘에 대해 이야기하는 그의 음성에는 애정이 담뿍 담겨 있었다. 부하에 대해 말하는데도 저렇게 애정이 넘치는 음성이라니. 역시 특이한 사람이다.

"전 강하지 않습니다, 라일. 강한 사람을 원한다면 우리 대장과 만나 보시는 게 좋을 겁니다."

"아니, 토스카의 은빛 늑대는 됐어요. 너무 사나워서 길들이기 힘들 것 같거든요."

"은빛 늑대?"

"몰랐어요? 토스카의 대장, 사람들이 은빛 늑대라고 부른다는 거. 잘 어울리죠?"

"아……."

잘 어울리지 않았다.

은빛 늑대라니. 케이는 늑대 따위가 아니다. 모든 맹수 위에 우뚝 선 호랑이다.

하지만 라일의 앞에서 그런 말을 할 수는 없었다.

"루, 내게 오면……."

라일이 거기까지 말했을 때였다.

쾅—

룸의 문이 거칠게 열렸다.

루가 고개를 돌리기도 전에, 안으로 들어온 이가 루의 팔을 세게 잡아 일으켰다. 번지는 아카시아 향기에, 상대가 케이라는 것을 깨달았다.

"대장?"

케이는 루를 돌아보지 않았다. 그는 차가운 눈으로 라일을 노려보고 있었다. 그의 시선에도 라일은 여전히 미소를 띠고 있었다. 마치 토스카의 은빛 늑대 따위 두렵지 않다는 듯이.

"토스카의 대장과 얼굴을 맞대는 건 처음이군요. 라일이라고 해요. 아, 당신은 소개하지 않아도 돼요. 케이라는 이름이 구온 시에 드높아서, 모르고 싶어도 모를 수가 없으니까."

라일이 유쾌한 목소리로 말했지만 케이의 표정은 누그러지지 않았다.

"솔직히 말하자면 루가 마음에 들어서요. 내 옆에 두고 싶군요. 당신이 주인이라면 당신에게도 이만큼의 돈을 드리죠."

라일이 금화를 가리켰다. 케이의 시선이 잠시 그쪽으로 향했다가 다시 라일에게 고정되었다.

"루를 내게 넘기는 게 어때요? 부족하다면 이 5배 되는 돈을 지불할 의사도 있습니다."

케이의 입가에 차가운 미소가 떠올랐다. 그는 루를 거칠게 끌어내 방 밖으로 밀었다. 그의 힘에 떠밀려 기우뚱하는 루를, 밖에서 대기하고 있던 텐치가 붙들어 주었다.

케이는 문을 닫고 라일의 옆으로 다가가 멱살을 잡아 일으켰다. 그리고 나직하게 속삭였다.

"천금을 가지고 와 봐. 그래도 네놈에게 루를 넘겨주지 않을 테니까."

라일의 눈이 가늘어졌다.

"이거 참. 토스카의 은빛 늑대는 듣던 것과 다르네요. 냉정하고 차가운 양반이라고 들었는데, 이렇게나 뜨거운 남자였다니. 당신도 마음에 들어요, 케이."

라일의 말에 케이가 멱살 잡고 있던 손을 놓았다. 케이의 얼굴이 일그러졌다.

"나는 아름답고 강한 사람을 좋아하죠."

라일이 아무 일 없었다는 듯 흐트러진 옷매무새를 정돈했다.

"당신과 척을 질 생각은 없지만, 미안하게 됐습니다. 루는······ 내가 처음으로 가지고 싶다고 생각한 보석이거든요."

"······."

"난 지금껏 갖고 싶은 것을 갖지 못한 적이 없죠. 언젠가 루를 데리고 가겠습니다. 그럼 이만 실례."

라일은 케이를 스쳐 지나가려 했다. 하지만 케이가 라일의 손목을 단단히 붙들었다. 케이는 라일을 똑바로 응시하며 말했다.

"그건 내게도 마찬가지야."

"······."

"루는 내 보석이다. 그리고 난, 내 손에 들어온 보석을 절대로 뺏기지 않지."

"호오."

"발버둥 쳐 봐. 내 보석이 네 손에 넘어가는 일은 없을 테니까."

라일이 나간 후, 케이는 테이블 위의 금화를 노려봤다. 20개가 넘는 금화를, 라일은 쓰레기라도 된다는 듯 미련 없이 버리고 갔다.

'뭘 하는 놈이지?'

아니, 그런 건 아무래도 좋았다.

또 미친 소리를 내뱉고 말았다.

보석이라니. 내 보석이라니!

이번에는 생각만 한 게 아니라 입 밖으로 내뱉고 말았다. 정말로 미친 짓이다.

그는 현혹 마법, 혹은 유혹 마법에 대해 조사를 하다가 온 터였다. 그 책에 적힌 것들은 대부분 불완전한 형태였다. 아무리 대단한 마법사라도 그 방법은 사용할 수 없을 것이다. 선대는 확실한 성격이니까 그런 불완전한 방법을 사용했을 리 없다.

가터 백작이 돌아오자마자 책을 여러 권 빌려서 돌아왔는데, 유진이 말했다.

—대장, 꽃다발을 든 잘생긴 남자가 루를 찾아왔어요. 청혼하려나 봐요.

농담일 게 분명한 말인데, 그 말을 들었을 때는 그런 생각을 할 겨를이 없었다. 뛰어내려 와 죄 없는 텐치를 닦달해, 들어간 룸을 알아냈고, 문을 열어젖혔다.

테이블에 쌓인 금화와 커다란 꽃다발, 상기된 표정으로 앉아 있는 루를 보자마자 화가 치밀었다. 이것저것 따질 여유가 없었다. 라일의 시야 밖으로 루를 내보내야 한다는 생각뿐이었다.

루는 충성스러우니까 금화 몇 닢에 꼬리를 흔들며 주인을 바꿀 리는 없었다. 라일을 상대한 이유도, 토스카에 폐가 되면 안 된다는 생각 때문이었을 것이다.

하지만 왜 이렇게 부글부글 끓는 걸까? 속은 이렇게 뜨거운데, 손가락 끝은 왜 이리도 차게 식은 걸까?

케이는 이를 악물었다가 곧 깊은 한숨을 내쉬었다.

도대체 이 지독한 마법은 언제쯤에야 풀릴까?

*   *   *

케이가 룸 밖으로 나왔을 때, 루는 아무 일도 없었던 것처럼 일을 하고 있었다. 커다란 쟁반을 들고 움직이는 루를, 케이는 가만히 응시했다.

지하 주점의 천장에서는 화려한 샹들리에가 빛나고 있었다. 아무리 샹들리에의 불빛 때문이라고는 하지만, 루의 흑단 같은 머리카락은 너무 눈부시게 빛났다. 백옥 같은 피부도, 새파란 눈동자도, 어느 한구석 빛나지 않는 부분이 없었다.

그 빛이라는 게 평범한 '빛'이라면 좋겠으나, 도통 눈을 뗄 수 없는 오묘한 아름다움을 지닌 빛이라서 문제였다.

문득 정신을 차리고 보니, 지하 주점 손님들의 대부분이 루를 지켜보고 있었다. 아마도 방금 케이 자신이 지었던 것과 비슷한 눈빛으로.

그들에게도 루에게서 흘러나오는 '빛'이 범상치 않게 느껴지는 모양이다.

'그래, 선대가 걸어 둔 마법이 내게만 통하는 건 아니겠지.'

인체 변형 마법이 풀리면서 현혹 마법이 극대화된 것 같다. 마법 때문이라고 생각하면서도, 다른 이들이 루를 뚫어져라 지켜보는 모양새가 마음에 들지 않았다.

루는 케이의 개였다. 허락 없이 만지고 쓰다듬으면 기분이 나빠지는 게 당연하다.

"어멋!"

지하 주점 안에 작은 비명 소리가 울렸다. 한 여자가 차를 흘린 것이다. 마침 여자 근처를 지나가는 중이었던 루가 여자에게 다가갔다. 종업원 앞치마의 주머니 안에는 행주가 하나씩 들어 있었다. 루는 행주를 꺼내 여자의 다리에 흘린 차를 닦아 주려고 했다.

획—

그때, 누군가 행주를 거칠게 낚아챘다. 케이였다.

안 그래도 케이의 표정이 좋지 않아 마음을 쓰고 있던 터였다. 노한 듯한 그의 붉은 눈동자를 보자 심장이 철렁 내려앉았다.

"대장."

"직접 닦지."

케이가 여자를 향해 행주를 던졌다. 여자는 당황한 듯 눈을 크게 떴지만, 감히 토스카의 대장에게 화를 내진 못했다.

"대장, 이러시면 안 됩니다."

여자의 허벅지에 떨어진 행주를 주우려는 루의 손목을, 그가 세게 붙잡았다. 그는 그대로 루를 끌고 지하 주점 문으로 향했다.

"대장, 바빠요?"

루를 데리고 올라가는 케이에게, 1층 카운터를 지키던 유진이 느긋하게 물었다. 케이의 심상찮은 분위기 따위는 아무래도 좋다는 태도였다. 언제 봐도 여유로운 형님이라고 생각하는데, 케이가 답했다.

"닥쳐, 유진."

케이가 거친 욕설을 사용하는 건 처음이다. 루는 당황했지만 유진은 그렇지도 않은 듯, "예, 예. 이 못난 부하는 닥치고 꺼져 있어야겠죠. 중요한 일 때문에 말을 걸었지만, 그래도 닥치고 기어야겠죠. 왜냐, 내가 모시기로 한 대장이 하필이면 제멋대로에 이기적인 양반이니까."라고 비아냥거렸다.

루는 케이가 더 크게 화를 낼 거라 생각했다. 하지만 케이는 그 말에 대꾸하지 않고 위층으로 올라갔다.

케이가 향한 곳은 그의 방이었다. 방문을 열자마자 루를 밀어 넣은 그는, 등 뒤로 문을 잠갔다.

그의 붉은 눈동자가 루에게 고정되었다. 루는 마른침을 삼키며 그의 시선을 견뎌 내기 위해 노력했다.

때때로 그의 눈빛은 당혹스러울 만큼 깊고 진해진다. 그 안에 루가 알지 못하는 감정이 가득 차올라, 그의 눈동자를 검어 보이게 만들기까지 한다.

저 감정은 무엇일까.

분노? 경멸? 혹은 짜증?

그 감정의 이름이 무엇이든, 루는 이해할 수 있었다. 루는 그의 개였고, 토스카였다. 돈 때문에 한 남자를 접대했으니(물론 대화만 했을 뿐이지만) 그가 화가 날 만도 했다.

그에게 설명해야 했다. 그가 생각하는 그런 것이 아니라고.

하지만 입술이 떨어지지 않았다.

"마법이 풀리고 나니."

그가 먼저 입을 열었다.

그의 음성은 평소보다 낮고 무거웠다.

"세상을 다 가진 기분인가?"

그가 한 발자국 다가왔다.

"그 예쁘장한 얼굴로 돈 많은 사내라도 손에 넣을 생각이었나?"

그가 루의 어깨를 세게 움켜쥐었다. 비명이 나올 정도로 아팠지만, 루는 아랫입술을 지그시 깨물기만 했다.

그는 피처럼 붉은 눈동자로 루를 내려다봤다.

"얼굴이 흉해 누구도 눈을 주지 않을 때에는 내 개가 되겠다고 자청하더니, 이젠 돈이 많은 자라면 누구에게라도 꼬리를 칠 생각인가?"

"대장, 그런 게…… 욧!"

힘겹게 입을 열었지만 말을 끝맺을 수 없었다. 그가 갑자기 루의 목덜미를 깨물었기 때문이다. 고통보다는 알싸한 쾌감을 느끼고 말았다. 그 입술의 따스함이, 숨결이 놀랍도록 달콤했다.

*　　*　　*

통증은 그 후에 찾아왔다.

"돈이 많으면."

그가 깨문 목덜미를 핥았다.

"훗……!"

"사내라도 상관없나?"

"대장……."

"아니면 원래."

그가 루의 귓불을 깨물었다.

"이런 걸 좋아하나?"

그의 손가락 끝이 살짝 닿기만 해도 떨리는 육체였다. 그러니 그의 입술과 숨결이 닿을 때마다 저릿해지는 것은 어찌할 도리가 없었다. 나는 남자라고, 남자로 살아갈 거라고 되뇌어도, 그와의 접촉에서 제멋대로 일어나는 감정을 잠재울 수는 없었다.

루는 저도 모르게 그의 팔뚝을 꽉 붙잡았다.

옷 아래에서 그의 단단한 팔근육이 꿈틀거렸다. 동시에 그가 정신을 차린 듯 루의 어깨를 밀어냈다.

그는 당황한 눈빛이었다.

루는 말하고 싶었다.

'대장, 제가 더 당황했어요.'

아무리 버릇을 고쳐 주기 위함이라고는 하지만, 이런 짓을 할 줄은 몰랐다. 귓불과 목덜미에, 그가 남긴 체온이 고스란히 남아 있었다.

"나가라, 루."

그가 루의 어깨에서 손을 떼어 내며 말했다.

"대장, 저는……."

"듣고 싶지 않다. 나가."

"그 남자와는 아무 일도 없었습니다. 그 남자가 천금을 준다고 해도 따라갈 생각도 없었고요. 그저……."

"알아."

"네?"

"알고 있으니까."

그가 손가락으로 문을 가리켰다.

"나가."

"……오해, 안 하셨으면 좋겠습니다."

"안 해."

"그럼 전 주점으로 다시……."

"아니, 네 방으로 돌아가."

"……."

"내 명령이 떨어질 때까지, 네 방에서 나오지 마라. 배가 고프면 종을 울리고, 필요한 게 있어도 종을 울려."

"대장……."

"내 허락 없이 나가지 마라, 루."

그가 고집스럽게 말했다. 그는 더 이상 루를 보고 있지 않았다. 루는 가만히 그를 응시하다가, "네."하고 대답하고는 그의 방에서 나갔다.

루가 나간 후, 루의 방문이 열리고 닫히는 소리가 들렸다.

케이는 주먹을 꽉 쥐었다.

미쳤다.

나는 정말로 미쳤다.

사내놈의 목덜미를 깨물고 귓불을 핥다니. 이건 정말 미쳤다는 표현 외에는 설명할 말이 없다.

언제 이렇게까지 미친 걸까?

케이는 고민했다.

왜 미친 거지?

아마도 선대의 마법 때문이리라. 유혹 마법의 힘이 생각보다 강력한 것 같다.

아무리 마법 부작용이라고 해도, 루에게 그런 짓을 한 걸 부하들이 알게 되면 10년은 놀려 먹을 것이다. 얼굴을 볼 때마다 '내 목도 깨물어 줍쇼, 대장!'하며 달려들 것이 뻔하다.

루가 이 일을 떠벌리고 다닐 만큼 입이 가볍지는 않은 게 다행이라면 다행이지만, 그래도 사람 일은 모르는 거였다.

똑똑—

그때, 누군가 방문을 노크했다.

다른 때라면 "들어와."라는 대답만 했을 케이였다. 하지만 루일 거라고 생각한 케이는, 자기도 모르게 달려가 황급히 문을 열고 말았다.

그러나 문 앞에 서 있는 사람은 루가 아니었다. 유진이었다.

유진은 생각지도 못한 케이의 환대에 놀란 듯 눈을 크게 떴다가 곧 환하게 웃었다.

"이거 참, 대장이 이렇게 반겨 줄 줄은 몰랐네요."

"……."

"할 얘기가 있어요. 들어갈게요."

"아니, 주점으로 가지."

루와 가까운 곳에 있고 싶지 않았다.

바로 옆방에 루가 있다는 걸 아는 것만으로도, 온 신경이 그쪽으로 쏠리니까.

유진은 눈치가 빠르니, 대화하는 내내 옆방을 신경 쓰는 케이를 보며 이상하다는 생각을 할 것이다. 게다가 유진은 케이를 놀리는 걸 좋아하니, 약점을 잡고 나면 그걸로 대자보를 만들어 쿠빌레의 벽 곳곳에 붙여 둘지도 몰랐다. 아니, 그럴 가능성이 100퍼센트다.

그러니까 루와 멀리 떨어진 곳으로 가자.

마법의 부작용을, 누구에게도 들키지 않도록.

6장

밤거리를 천천히 걷는 라일에게 커다란 그림자가 다가왔다. 라일의 경호기사인 바흘이었다.

"라일 님. 대체 지금까지 어디에 가 계셨던 겁니까?"

"바흘, 여긴 위험한 곳이 아니에요."

"위험합니다. 라일 님의 신분이 알려지면 위험해질 겁니다."

"여기서 내 신분을 아는 자는 바흘뿐이잖아요. 바흘만 입 다물고 있으면 누구도 내 신분을 알지 못할 거예요. 안심해요."

"라일 님의 얼굴을 알아보는 자가 있을지도 모릅니다."

"그런 대단한 자가 이 도시에 들어오면, 내가 먼저 알게 되겠죠."

라일이 묵는 곳은 여관 르막이었다. 르막은 쿠빌레보다는 작지만 깨끗했고, 지하 주점이 있는 쿠빌레와 달리 조용해서 좋았다. 게다가 쿠빌레보다 가격이 저렴해서 신분이 높은 자들은 르막을 이용하지 않았다.

신분 높은 자들과 마주치고 싶지 않아서 르막을 선택했는데, 쿠빌레로 숙소를 옮겨야겠다는 생각이 들었다. 루 때문이었다.

'아무리 봐도 여자인데 말이야.'

강한 자를 곁에 두는 것이, 라일은 좋았다. 파필리아의 괴물이라 불리더라도 상관없다고 생각했는데 이게 웬일. 저주에서 풀렸다는 파필리아의 괴물은, 바만 제국의 보석이라고 해도 될 만큼 아름다웠다.

'저주가 풀렸다라⋯⋯.'

파필리아의 괴물이 저주에서 풀려 아름다워졌다, 라는 소문을 들었다. 동화책에나 나올 법한 이야기다.

'저주라⋯⋯.'

저주란 일종의 흑마법이다.

마력이 없는 일반인이 여러 약초를 사용해서 마법을 부릴 수 있다고들 하는데, 그건 잘못된 정보였다. 일반인이 약초로 할 수 있는 것은 이미 걸린 마법을 깨는 것뿐. 마법을 걸 수는 없다.

게다가 파필리아의 괴물은 상당히 오랜 기간 이 도시에 머물렀다. 몇 년간 유지되는 흑마법. 그런 마법을 사용할 수 있는 사람은 세상에 몇 명 없다.

루는 어떻게든 마법사와 접촉한 적이 있을 것이다.

'누가 그 아름다운 얼굴에 마법을 걸어 뒀을까? 루도 자신이 마법에 걸린 걸 알고 있었을까?'

루는 생각하면 생각할수록 호기심이 생기는 '여자'였다.

'대체 왜 남자인 척하고 있는 거지? 토스카에서 루가 여자라는 걸 아는 사람은 아무도 없는 건가?'

토스카의 대장인 케이의 눈빛이 떠올랐다.

'아니, 토스카의 대장은 알고 있나? 루가 여자라는 걸? 그래, 알겠지. 모른다면 그런 눈빛을 할 리가 없지.'

노기를 머금은 그의 붉은 눈동자는 사랑에 빠진 남성의 것이었다.

'토스카는 생각보다 재미있는 무리들인 것 같아. 언젠가 내 것이 되어 주었으면 좋겠는데.'

구온 시에 토스카가 생겼을 무렵, 그들에 대해 조사를 해 보라고 시켰지만 정확한 정보가 들어오지 않았다. 어쩌면 다른 나라에서 죄를 짓고 도망쳐 나온 무리들일지도 모르겠다.

과거는 상관없다. 강하기만 하면, 그리고 라일에게 충성을 맹세하기만 하면 과거쯤은 얼마든지 청산해 줄 수 있으니까.

토스카는 점점 더 큰 세력을 얻게 될 것이다. 아직은 여물지 않았으니 조금 더 기다리다가, 힘이 넘치기 직전에 손에 넣을 계획이다.

'하지만 루는……'

그녀의 새파란 눈동자를 떠올렸다. 맑은 날의 하늘보다도, 잔

잔한 날의 바다보다도 아름다운 푸른 눈동자.

'좀 더 빨리 데리고 오는 게 좋겠어.'

케이의 새빨간 눈동자도 떠올렸다.

'그의 핏빛 눈동자에 삼켜지기 전에.'

*　　　*　　　*

"이게 다 뭐래요?"

케이는 아까 루와 라일이 있던 룸으로 유진을 데리고 갔다. 룸을 치우지 않았는지, 안주와 술, 그리고 금화가 그대로 남아 있었다.

유진은 눈을 휘둥그레 뜨고 금화를 쓸어 모았다.

"손 떼라, 유진. 루가 어떤 사내를 접대한 값으로 받은 금화다."

"아, 꽃 들고 온 녀석이요? 돈 많아 보이던데, 상관없잖아요."

유진은 케이의 명령을 따르지 않았다. 케이는 부하들의 명령 체계를 제대로 살펴봐야겠다고 생각하며 다시 말했다.

"손 떼, 유진."

"있죠, 대장. 우리가 지금 돈이 모자라요. 대장한테 할 이야기라는 게, 원정에 떠날 돈이 모자란다는 말이었거든요. 그런데 마침 금화가 눈앞에 널려 있네요? 대장 같으면 줍겠어요, 안 줍겠어요?"

어린아이를 가르치는 듯한 말투에 케이가 인상을 찌푸렸다. 하지만 유진은 아랑곳하지 않고 금화를 돈 주머니에 넣었다.

"25개나 되네요. 그 녀석이랑 친해져야겠어요. 어쩌면 우리의 돈줄이 되어 줄지도 몰라요. 그 녀석이 루를 마음에 들어 하는 것 같으니까, 앞으로도 종종 접대를 하라고 해 둬요."

울컥 화가 치밀었지만 기분을 가라앉히기 위해 노력했다. 그래, 어쩌면 이게 보통의 반응일 것이다. 루는 자신의 몸을 지키기에 충분한 힘을 가지고 있었다. 그런 호리호리한 사내와 단둘이 있다고 해서 위험한 상황은 생기지 않을 것이다.

만약 다른 부하들에게 벌어진 일이었다면, 케이는 말리기는커녕 앞으로 더욱 노력하여, 더 많은 사내들을 홀리라고 권장했을 것이다. 그 사내들이 원한다면 몸이라도 내주라고 말했겠지.

하지만 루의 일이라면 다르다.

'뭐가 다른 거지?'

아마도 마법 때문이겠지. 빌어먹을 유혹 마법! 빌어먹을 선대 영감탱이!

속이 부글부글 끓었다.

유혹 마법 때문에 제대로 되는 게 하나도 없다.

"네놈은 아끼는 동생이 사내놈의 시중을 든다는데 화가 나지도 않나?"

그래도 조심스럽게 반박을 해 봤다. 유진이 어깨를 으쓱했다.

"루가 싫지만 않다면 상관없잖습니까? 그 금발 녀석이 절 마음에 들어 하면서 이런 돈을 준다면, 전 그놈 발등에 키스라도 할 수 있어요."

"네놈의 긍지는 어디로 간 거지?"

"돈이 없어서 긍지도 함께 사라졌습니다요."

유진이 장난스럽게 말했다.

티그리스에서 나온 후, 혹시 모르니 돈을 아끼자는 유진의 말을 무시한 건 케이였다. 지금 이 지경이 된 건 케이의 탓도 있기에, 유진의 비아냥을 참아 주는 수밖에 없었다.

"대장이 영 마음이 쓰이면 금발 녀석에 대해 조사 좀 해 볼까요?"

"아니."

황급히 대답한 이유는 루에게 너무 마음 쓰고 있다는 것을 들키고 싶지 않기 때문이었다. 곧바로 후회했지만 어쩔 수 없었다. 이제 와서 마음을 바꿔 조사하라고 시키면, 이 눈치 빠른 여우 같은 놈은 케이의 혼란을 알아챌 것이다. 그리고 쿠빌레 곳곳에 대자보를 써 붙이겠지.

우리 대장이 루에게 푹 빠졌다네.

다음에 부하를 들인다면 좀 더 말을 잘 듣는, 순종적인 인물을 들이고 싶다. 지금 부하들은 하나같이 사람 속을 뒤집어 놓는 데 일가견이 있으니까.

"뭐가 필요하지?"

케이는 루에 대한 생각을 지우려고 애쓰며 물었다.

"기본적으로 식량, 옷, 뱃삯과 약값이 필요한데, 알다시피 원정용 뱃삯은 비싼데다가 약값만 해도 어마어마해요. 살짝 모자랍니다."

"식량을 줄여."

"휴이가 절 죽일 거예요."

"그래도 줄여."

"휴이가 요새 루 많이 먹이려고 야단이거든요. 루가 진짜 맛있게 먹나 봐요. 저번에 루가 그랬대요. 이렇게 맛있는 걸 마음껏 먹을 수 있어서 행복하다고."

"식량이 부족하면 체력이 저하되니 줄일 수 없는 부분이긴 하지. 식량은 확실하게, 아끼지 말고 준비하도록 하고, 옷을……."

"루가 상당히 마른 편이라서 옷을 따뜻하게 입는 편이 좋을 거예요. 게다가 찢어진 옷 그냥 입고 다니는 꼴, 대장은 보고 싶으세요?"

"모처럼 흉터 없는 몸을 되찾았으니 한동안 유지하도록 해 주는 것도 좋겠지. 그럼 뱃삯을 줄이도록 해라."

"뱃삯을 어떻게 줄입니까? 원정용 배는 제국에서 운영하는 거라 토스카 이름도 안 통해요."

"원정 멤버를 줄여. 쓸모없는 놈들을 빼면 되겠지."

"그럼 대장이 빠지세요."

"요새 내가 우습나?"

"우습긴요. 대장처럼 진지한 사람이 뭐가 우습겠습니까? 안 우습고요, 어차피 대장은 구경만 할 거잖아요. 시시때때로 소식을 알릴 테니까, 여기서 구경하세요. 괜히 뱃삯 낭비하지 마시고."

순간 정중한 부하를 갖고 싶다고, 케이는 생각했다.

"아무튼 원정을 떠나는 배가 일 년에 네 번 있는데, 다음 달에 출발이에요. 배편을 구하는 게 가장 우선인데, 딴 비용 생각 안 하면 배편을 구하는 돈은 모자라지 않아요. 남은 돈으로 가장 중요한 식량을 구입하고 나면 똑 떨어지죠. 지금 이 금화가 생겼으니, 옷이랑 약 정도는 살 수 있을 것 같은데……."

"또 뭐가 필요하지?"

"무기요. 예비 무기가 없어요."

"무기가 부서지면 맨몸으로 싸우면 되겠군."

"그게 말이 됩니까? 대장이 대신 싸워 줄 것도 아니면서. 아무튼 필요한 건 어떻게든 구해 볼 테니까, 굴러들어 오는 돈을 일부러 내보낼 생각은 하지 마세요. 가능하면 대장이라도 나서서 접대하시고요."

"유진, 요새 정말……."

"대장."

유진이 케이의 말을 끊고 눈을 마주쳤다. 안경 너머로 그의 잿빛 눈동자가 반짝거렸다.

"대장이 결심을 하셔서 기쁩니다. 대장은 강하니까 그 뜻을 반드시 이루실 거라고 믿고요."

케이는 죄책감으로 가슴이 따끔거렸다.

부하들이 티그리스를 되찾자고 아무리 닦달해도 꿈쩍하지 않았던 케이였다. 단지 루의 미소를 보고 싶어서 티그리스를 되찾기로 했다는 것을 이들이 알면, 어떤 표정을 지을까.

"하지만 대장은 경영 문제에 있어서 할 줄 아는 게 없으시죠. 곱게만 자라신 분이시니. 그러니까 대장, 이 부분에 있어서는 아무 소리 말고 제 뜻에 따르세요. 아셨죠?"

*   *   *

케이가 돌아간 후, 유진은 룸에 앉아 테이블을 톡톡 두드리고 있었다.

"형님, 들어가도 돼요?"

텐치가 찾아왔다.

"응, 들어와."

텐치는 피곤한 표정이었다. 낮에는 훈련을 하고 저녁부터 새벽까지 일을 해야 하니 피곤할 수밖에 없으리라.

'앞으로는 일하는 시간을 줄이고 훈련에 더 열중해야 돼. 다른 가게에서 들어오는 수입이 있긴 하지만, 주점에서 좀 더 돈을 벌어들여야 하는데.'

그런 고민을 하며 맞은편 의자를 턱짓했다. 테이블을 치우려던 텐치가 순순히 의자에 앉았다.

"피곤하지?"

"괜찮아요. 대장이 이제야 정신 차리고 움직이시는데, 이 정도는 해야죠."

주근깨 가득한 얼굴로, 텐치가 순수하게 웃었다.

티그리스를 떠날 때, 텐치는 아무것도 모르는 어린아이였다. 그런데도 케이를 따르는 걸 보면 참 신기하다. 선대나 케이의 힘을 제대로 본 적도 없을 텐데.

"텐치, 네가 루랑 같은 나이지?"

"네."

"대장이 너한테 잘해 줘?"

"잘해 주시죠. 가끔 무서울 때도 있지만, 기본적으로는 잘해 주는 편?"

"대장은 말이야. 루한테 약해."

"아, 맞아요. 루한테 약해요."

"루 이름을 꺼내면 곧바로 고집을 꺾는다니까?"

"루가 예뻐서 그런가? 전 귀엽긴 해도 예쁘진 않잖아요."

"자기 스스로 귀엽다고 하는 건 관둬. 그리고…… 대장이 루한테 약한 건 예뻐진 후가 아니야. 그 전부터 그랬지."

텐치가 고개를 갸우뚱하더니 곧 끄덕거렸다.

"그러고 보니 그러네요."

거기까지 말하고 유진은 입을 다물었다. 텐치는 유진의 눈치를 보며 남은 안주를 하나씩 집어 먹었다.

'대장은 루에게 휘둘리고 있어.'

케이는 차갑지만 부하들에게는 관대했다. 잔혹하지만 제 사람에게만큼은 다정했다.

하지만 케이가 루에게 하는 행동은 그 수준이 아니다. 휘둘린다. '루'라는 이름 하나에.

'왜일까?'

개를 키우기로 했답시고 데려왔을 때부터 의아하긴 했지만, 케이의 변덕일 거라고 생각했다. 그런데 지금 케이를 보면 단순한 변덕 수준이 아닌 것 같다.

'대장이랑 루 사이에 뭔가 있어. 분명 뭔가 있는 거야.'

하지만 유진은 그 무언가가 '사랑'일 거라고는, 꿈에도 생각하지 못했다.

*   *   *

루는 창밖을 내다봤다.

케이의 입술이 닿았던 목덜미와 귓불이 여전히 뜨거웠다. 그가 곁에 있는 것처럼.

아까 거울을 봤는데 목덜미에 잇자국이 남아 있었다. 흰 피부라 붉은 자국이 더 눈에 띄었다. 형님들이 이걸 보면 누가 했느냐고 물어볼 것이고, 거짓말을 할 수 없으니 케이가 했다고 밝혀야 할 것이고, 그러면 형님들은 케이를 놀려 댈 것이다.

케이의 명령이 아니더라도 한동안 방에 있는 편이 낫겠다.

'왜 그렇게 화가 나신 거지?'

자신은 케이의 '개'이기는 했다. 하지만 최근 케이는 루를 '개'가 아닌 토스카의 단원으로만 대했다.

'아니, 설령 개라고 해도 그렇지. 개가 사람한테 꼬리를 흔드는 게 어때서?'

붙임성 좋은 개들은 주인이 아닌 사람에게도 꼬리를 흔든다.

'주인을 공격할 때만 이를 드러내면 되는 거 아냐? 게다가 난 라일에게 꼬리를 흔든 적도 없다고.'

시종일관 거리를 두고 대했다고, 루는 확신했다. 라일과 붙어 앉아 있었던 것도 아니고, 미소를 짓고 있지도 않았다. 루가 라일을 '접대'한다는 분위기는 어디에도 없었다.

그런데도 케이는 화를 냈다.

'진짜 이유를 알 수가 없네.'

예전의 루였다면 케이의 이유 없는 분노도 잠자코 받아들였을 것이다. 하지만 토스카의 일원이 되어 형님들과 어울려 온 루는, 형님들을 닮아 가고 있었다. 루 본인은 그 사실을 조금도 눈치채지 못했지만.

'토스카에 돈도 모자라는데 그런 돈을 받았으면 오히려 칭찬받아야 하는 거 아냐?'라는 생각을 하고 있을 때였다.

벌컥—

루의 방문이 열렸다.

깜짝 놀라 뒤를 돌아본 루는, 방문 앞에 서 있는 쿠반을 발견했다. 쿠반은 괜찮냐고 묻지도 않고 안으로 들어왔다.

"루. 뭐하냐? 주점에서 일할 시간 아냐?"

"아, 그렇긴 한데……."

루는 옷깃을 위로 올려 목덜미를 감추며 대답했다.

"이거, 이거. 아주 게을러 빠졌구만?"

"게으른 건 형님이 더……."

"어쭈, 요게 아주 기어올라?"

쿠반이 웃으며 한 팔로 루의 목을 휘감고 머리를 헝클어뜨렸다.

"형님은 뭐하세요?"

"나? 너랑 놀려고."

"전 놀 생각 없습니다."

"없긴. 할 일도 없으면서. 파필리아나 가자. 너도 이제 제 모습을 되찾았으니, 계집 맛을 좀 알아야지."

"하하하하……."

"뭐야, 그 영혼 없는 웃음은?"

"전 됐습니다, 형님."

계집 맛이라니. 이쪽이 계집이다, 라고 말해 주고 싶지만 참았다.

"왜? 같이 가자니까. 너 거기서 일했었잖냐. 널 무시했던 계집들을 깜짝 놀라게 해 줘야지."

그런 이유였나?

루는 새삼스럽게 쿠반을 응시했다. 쿠반이 얼굴을 붉혔다.

"뭘 그렇게 봐? 날 꼬실 생각은 하지 마라, 루. 네놈이 아무리 예뻐도 사내놈에게는 관심 없으니까!"

"네, 알아요."

루가 씩 웃었다.

루의 얼굴에 떠오른 옅은 미소에, 쿠반은 심장이 벌렁거렸다. 다들 루를 '남자'로 대하라 했지만 그러기가 쉽지 않았다. 저런 미소는 반칙이다. 사내놈이 저렇게 달콤한 미소를 짓다니.

"저도 형님과 어울리고 싶지만 안 됩니다. 자숙 중이거든요."

루의 말에 쿠반이 인상을 찌푸렸다.

"자숙? 왜?"

"대장이 허락 없이 밖에 나가지 말래요."

"엥? 그런 게 어디 있어? 네가 집에서 키우는 개도 아니……
아, 넌 대장의 개지."

"그러게요."

"그래도 그렇지, 어쨌든 기본적으로는 사람이잖아. 밖에도 못 나가게 하다니, 네가 노예도 아니고. 됐어, 그런 말도 안 되는 명령은 무시해도 돼."

"그래?"

"그래!"

뒤에서 들려오는 질문에 아무 생각 없이 외친 쿠반이, 그 목소리의 주인이 누군지 깨닫고 사색이 됐다. 케이가 가만히 서서 쿠반을 노려보고 있었다.

"하하하, 대장. 어디 다녀 오셨수?"

쿠반이 어색하게 웃으며 케이를 돌아봤다.

"내 명령은 무시해도 된다고?"

"하하하하. 말이 그렇다는 거지. 사실 말이 안 되잖수. 루가 돈 주고 산 노예도 아니고 방에 가둬 두는 게 어디 있수? 아무리 개라지만 너무 심한 거 아니우?"

"흐음."

"루가 모처럼 예뻐졌는데 사람들한테 많이 보여 주고 많이 만나게 해 주고 그래야지. 이렇게 꽁꽁 싸매서 감춰 봐야 예뻐진 보람이 없잖수."

"보통은 그렇게 생각하나?"

"네?"

"아니, 아무것도 아니다."

케이의 시선이 루에게로 향했다. 루는 케이에게 조금 화가 난 상태였기 때문에, 뾰로통한 표정으로 케이의 시선을 받아 냈다.

루는 몰랐다. 케이가 루의 토라진 표정조차도 사랑스럽다고 생각한다는 것을.

"데리고 나가."

"네?"

"네 말대로 모처럼 예뻐진 얼굴, 여기저기 내보이는 게 맞겠지. 데리고 나가서 놀다 들어와."

"전 괜찮습니다, 대장."

루가 말했다.

케이는 생각했다.

'아니, 내가 안 괜찮아. 그 얼굴, 누구에게도 보여 주고 싶지 않다는 건 보통의 반응이 아니니까.'

"두 말 않겠다. 평생 갇혀 지내고 싶지 않으면 나가서 그 얼굴 실컷 자랑하고 들어와라."

케이의 말에 쿠반이 인상을 찌푸렸다.

"그건 뭐유, 대장? 자기 마음대로 안 돼서 삐친 어린애도 아니고."

케이는 버르장머리 없는 쿠반을 지그시 노려보다가 고개를 휘휘 젓고는 그의 방으로 들어가 버렸다. 쿠반이 씩 웃으며 루를 돌아봤다.

"자, 이제 됐지? 나가자."

*　　*　　*

오랜만에 방문한 파필리아는 변함이 없었다. 못 알아볼 줄 알았는데, '파필리아의 괴물이 저주에서 풀렸다.'라는 소문이 파필리아 내부에도 퍼진 터라 다들 루를 알아봤다.

그들은 주춤주춤 다가와 말을 걸기도 했고, 호기심 어린 시선을 보내기도 했고, 모르는 척하기도 했다. 모르는 척하는 인물 중 대표적인 인물이 지트였다.

굳이 분란을 일으키고 싶지 않아서, 루는 묵묵히 쿠반의 뒤를 따랐다.

"제일 좋은 방. 제일 좋은 여자 두 명."

쿠반이 지배인에게 말했다.

제일 좋은 방의 가격은 하루에 은화 한 개, 제일 좋은 여자 두 명은 600타리온. 은화 한 개가 1000타리온이다. 안에서 먹는 음식이나 술까지 합치면, 하룻밤에 거의 은화 두 개를 사용하게 생겼다.

원정비가 모자란 때에 그런 큰돈을 사용해도 되는지 걱정스러웠지만, 쿠반은 남의 말을 듣는 사람이 아니었다. 괜히 지적해서 힘을 빼느니 가만히 있는 편이 나았다.

"저기…… 잘 지냈니, 루?"

지배인이 가장 좋은 방으로 두 사람을 안내하며, 루에게 조심스럽게 말을 걸었다. 지배인은 루를 멸시하고 괴롭히던 사람들 중 한 명이었다.

외모가 조금 달라졌다고(물론 조금 달라진 수준이 아니지만) 태도가 돌변한 지배인의 모습에 쓴웃음이 나왔다. 루는 대답하지 않았고, 지배인은 더 이상 말을 걸지 않았다.

제일 좋은 여자 두 명 중에는 베키가 있었다. 베키는 루와 한 공간에 있는 것조차 싫어했던 여자들 중 한 명이었다.

방에 들어온 베키는 과거 따위 다 잊었다는 듯 루에게 달라붙었다.

"루, 피부가 정말 고와졌네요. 여자 피부 같아."

베키가 루의 볼을 쓰다듬으며 말했다. 팔에 눌려 오는 그녀의 풍만한 가슴이 거슬렸다. 사내라면 좋아할지도 모르겠지만, 어찌 되었든 루는 여자였다.

"저주에 걸렸던 거라면서요? 대체 누가 그런 저주를 걸었던 거래요? 이런 예쁜 얼굴에."

"이봐, 계집."

다른 여자를 끼고 킬킬거리던 쿠반이 베키를 불렀다.

"네?"

"너도 예전에 루를 멸시했지?"

루는 속으로 한숨을 삼켰다.

그때 받았던 멸시는 이제 잊었다. 오르딘 공작에 대한 증오가 커서, 다른 사람들의 괴롭힘 따위는 아무래도 좋았다. 원래의 모습을 되찾으면 복수를 하겠다는 생각도 없었다.

괜한 분란을 일으키고 싶지 않았는데.

"아, 그땐 그냥……."

"지금 내가 여기서 네년 얼굴에 상처를 내면, 너도 흉측한 얼굴이 되겠지?"

쿠반이 농담 같지 않은 말을 던졌다. 베키의 얼굴에서 핏기 빠져나가는 소리가 들렸다.

"그 흉측한 얼굴로 사람들의 멸시와 괴롭힘을 당하면서 살아갈 거고."

"요, 용서해 주세요. 저는 그저⋯⋯."

"그 예쁘장한 얼굴이 평생 갈 거라고 생각하지 마라, 계집. 그 얼굴, 그 몸뚱이, 언제 썩을지 모르는 거니까. 외모 가지고 사람을 차별하는 것만큼 멍청한 짓은 없는 거거든."

베키의 눈에 눈물이 고였다. 베키는 도움을 청하듯 루를 쳐다봤다. 베키를 괴롭혀 줄 생각은 없지만, 그렇다고 해서 도와줄 생각도 없었다. 게다가 루는 놀라는 중이었다.

쿠반이 저런 생각을 가지고 있을 줄은 몰랐다. 아무 생각 없이 사는 형님인 줄 알았는데, 의외로 생각이 깊다. 쥬엔은, 쿠반의 저런 부분을 이미 알고 있었던 걸까? 그래서 쿠반을 사랑하게 된 걸까?

그때였다.

"들어갈게요."

쥬엔의 음성이 들려왔다.

방문이 열리고 화려한 차림의 쥬엔이 모습을 드러냈다. 그녀는 풍만한 가슴이 드러나는 붉은 드레스를 입고 있었다.

"에이씨, 좀 즐기려고 했더니 귀찮게."

쿠반이 투덜거렸지만, 쥬엔은 옅은 미소를 지으며 여자들에게 눈짓을 했다. 여자들은 황급히 일어나 방에서 나갔다.

"이봐, 계집. 난 오늘 손님으로 왔어. 여자들을 다 내보내면 어쩌자는 거야?"

쿠반이 툽상스레 말했다. 하지만 루는 알고 있었다. 쿠반이 말은 저렇게 해도, 오늘 여자들의 몸을 주물럭거리지 않았다는 걸.

"그거참 미안하게 됐네요, 쿠반 님. 루가 너무 보고 싶어서요. 잘 지냈니, 루?"

"네, 쥬엔 님."

"님은 무슨. 이제 토스카의 일원이 되었으니 편하게 불러."

쥬엔이 루의 맞은편에 앉아 담뱃대를 입에 물고 불을 붙였다.

"정말로 예뻐졌구나. 쿠반 님에게 얘기는 들었지만 이 정도일 줄은 몰랐어. 이렇게 예쁜 얼굴을 감추고 있었다니."

"본의 아니게 그렇게 됐습니다."

"저주에 걸렸었다면서?"

"네."

"흐응."

루의 얼굴을 뜯어보던 쥬엔의 눈이 가늘어졌다. 루의 말이 거 짓말이라는 걸 아는 듯한 눈빛이라 긴장했다.

쥬엔이 나쁜 사람은 아니지만, 그렇다고 해서 비밀을 털어놓을 수는 없었다.

"잘됐어, 루. 네가 걱정이었는데."

"고마워요, 쥬엔."

잠시간의 대화가 오간 후, 쥬엔이 쿠반을 돌아봤다.

"쿠반 님. 제가 선물을 하나 준비했어요."

"선물?"

쿠반은 별 관심이 없어 보였다.

"네, 기뻐하실 거예요."

"뭔데?"

"배."

"엉?"

"스트루티오 섬으로 향하는 원정용 배에 토스카를 위한 자리를 준비해 뒀어요."

쿠반의 눈이 커졌다.

토벌을 통해 작위를 받으려는 사람들이 수없이 많았다. 그만큼 원정용 배의 자리를 구하는 건 어렵다. 준비를 끝내도 배편을 구하지 못해 원정이 미뤄질지도 모른다는 유진의 말을 들은 터였다.

"정말이야?"

"그럼요. 파필리아의 여주인이 생각보다 힘이 있거든요."

"너, 괜찮은 계집이구나?"

쿠반의 칭찬에(루의 귀에는 그다지 칭찬처럼 들리지 않았지만) 쥬엔의 볼이 붉어졌다.

"이럴 게 아니라 유진한테 말해 둬야겠다."

케이가 아니라 유진에게 보고를 하다니. 역시 토스카의 실세는 유진이다, 라고 루는 확신했다.

"한 가지 조건이 있어요."

당장이라도 달려 나갈 듯 몸을 일으키는 쿠반에게, 쥬엔이 말했다.

"조건? 야, 계집. 선물이면 조건을 붙이지 말고 줘야지. 선물에 조건을 붙이면 그게 선물이야? 선물의 의미를 몰라?"

칼자루를 쥔 건 쥬엔인데, 쿠반이 큰소리를 쳤다. 루는 쿠반의 입을 틀어막고 싶었지만, 쥬엔은 그런 행동이 재미있다는 듯 웃으며 말했다.

"조건이 뭐냐 하면요."

*   *   *

케이는 자신의 앞에 서 있는 파필리아의 여주인을 지그시 응시했다. 앞에 서 있는 건 쥬엔뿐이 아니었다. 유진과 쿠반도 함께였는데, 쥬엔의 존재감이 그들을 지워 버릴 만큼 컸다.

"원정에 같이 가겠다고?"

쥬엔의 조건이라는 게, 토벌에 데려가 달라는 것이었다.

쥬엔이 시카족이라는 것을 모르는 케이는 눈을 가늘게 뜨고 그녀를 응시했다. 이 사치스러운 여자가 위험한 전쟁터에 함께 가려고 하는 이유를 알 수가 없었다. 아늑한 곳에서 편히 살다 보니 자극적인 일에 끼고 싶어진 것인지도 모르겠다.

"원정에 갈 배를 구해 뒀대요. 고마운 분이죠."

유진이 끼어들었다. 여자를 들이는 걸 싫어하는 케이가 일언지하에 거절할까 봐 걱정된 것이리라.

케이는 유진이 아닌 쿠반을 노려봤다. 아까부터 쥬엔의 옆에서 안절부절못하고 서 있는 꼴을 보니, 아무래도 쥬엔과의 사이에 문제가 있는 것 같다. 아랫도리 단단히 조심시키라고 했는데, 하여간 대장 말을 귓등으로도 안 듣는다.

언제 한번 제대로 기강을 잡아야겠다.

"파필리아의 주인은 돈이 많으신가 보군."

케이의 말에 쥬엔이 미소를 지었다.

"벌어 둔 돈을 쓸 곳이 없어 차곡차곡 쌓아 두었거든요."

"그 목걸이나 귀걸이를 보면 쓸 곳이 없는 것 같지도 않은데."

"아름다운 여자는 제 돈을 주고 액세서리를 구입하진 않죠. 전부 선물 받은 거랍니다."

"우린 놀러가는 게 아니라는 걸 알겠지?"

"걱정하지 마세요. 제 한 몸 지킬 힘은 있으니까."

케이는 유진을 돌아봤다.

"여자는 이 여자 한 명으로 끝낸다."

"네, 대장. 그럼 쥬엔이 동행해도 되는 거죠?"

"그래."

케이의 허락이 떨어졌다.

쥬엔은 속으로 미소를 지었다.

단지 지루해서, 혹은 쿠반과 함께 있고 싶어서 원정에 따라가려는 것은 아니었다. 토스카의 실력이 얼마나 되는지 알고 싶었다.

티그리스 선대의 아들을 찾는 일에 실패한다면, 티그리스로부터 시카족을 보호해 줄 인물을 찾는 게 나을 것 같았다. 쿠반은 강한 사내였고, 그런 사내가 충성을 바치는 사람이라면 더욱 강할 것이 틀림없었다.

"이봐, 계집."

대화를 마치고 쿠빌레 밖으로 나온 쥬엔의 손목을, 쿠반이 거칠게 붙잡았다. 쥬엔은 미소를 머금고 그의 잿빛 눈동자를 응시했다.

"무슨 꿍꿍이냐, 너?"

"꿍꿍이라니요."

쥬엔이 그의 뺨에 살며시 손을 얹었다.

"그런 거 없어요, 쿠반. 그저 당신에게 도움이 되고 싶을 뿐이에요."

"웃기고 있네. 시카족 계집이 우리 대장한테 살랑살랑 꼬리를 치는 걸 봤는데, 도움이 되고 싶을 뿐이라고?"

"어머, 질투하시는 거예요?"

"질투? 하!"

쿠반이 기가 막힌다는 듯 웃음을 내뱉었다. 그리고 뺨에 닿은 쥬엔의 손을 걷어내며 말했다.

"잘 들어, 계집. 내게는 무슨 짓을 해도 좋아. 빌어먹을 결혼? 그따위 것, 얼마든지 해 줄 수 있지. 하지만 우리 대장은 달라. 대장을 건드리기만 해 봐. 시카족이든, 제국이든 다 상대해 줄 테니까."

*　　*　　*

'시카족?'

루는 서둘러 정신을 집중했다.

타인의 비밀 이야기 같은 건 듣고 싶지 않았다. 그래서 늘 정신을 집중해 주위에서 들려오는 소리를 듣지 않으려고 노력해 왔다.

창가에 서서 하늘을 보다가 잠시 넋을 놓은 틈에 긴장이 풀린 모양이다. 아래에서의 대화를 엿듣고 말았다.

'쥬엔이 시카족이었구나.'

범상치 않은 인물일 거라는 생각은 했다. 그저 유곽의 여주인만은 아닐 것 같았다. 하지만 시카족일 줄은 꿈에도 생각하지 못했다. 시카족은 이렇게 모습을 드러내고 활동하는 일이 없는, 베일에 싸인 부족이었기 때문이다.

'왜 이런 곳에서 유곽을 하고 있는 거지?'

궁금했지만 곧 그 생각을 지웠다. 말 못 할 사연이 있을 것이다. 루 자신처럼. 그러니까 굳이 캐낼 것도, 궁금해할 것도 없었다. 말할 만한 일이라면 말해 주겠지.

대화를 끝냈는지 쥬엔과 쿠반이 나란히 서서 걸어가는 모습이 보였다. 쿠반이 쥬엔을 데려다주기로 한 것 같다. 이러니저러니 해도 쿠반은 쥬엔에게 잘했다.

루는 피식 웃으며 다시 하늘을 올려다봤다.

맑은 날이다. 맑은 날의 밤하늘은 깨끗한 청빛. 금방이라도 쏟아질 듯 빼곡하게 들어찬 별이 반짝반짝 빛을 내고 있었다.

이런 날의 밤하늘을, 루는 좋아했다.

어린 시절, 부모님과 행복했을 때에 보았던 하늘과 같았기 때문이다. 다정한 아버지, 상냥한 어머니. 루를 사이에 끼고 앉아 속살속살 대화를 나누던 부모님의 온기. 이제는 부모님도, 정원이 아름다웠던 넓은 저택도 없지만, 하늘만큼은 그때와 똑같았다.

눈을 감고 가만히 귀를 기울였다.

근처의 소리를 듣지 않으려고 노력하며, 저 먼 곳으로 의식을 보냈다. 루의 청각은 생명을 가진 듯 멀리멀리, 성벽 밖으로 달려가 숲에서 멈췄다.

어둠에 잠긴 숲은 여러 가지 소리를 지니고 있었다. 밤짐승이 움직이는 소리, 나뭇잎이 조잘거리는 소리, 시냇물이 지치지 않고 흐르는 소리.

그 소리들이 한데 뭉쳐, 음유시인이 만들어 내는 것보다 아름다운 음악이 되었다.

인간들의 다사다난한 삶은 아무래도 좋다는 듯, 그들은 저들만의 음악을 만들어 내고 있었다.

케이에게도 들려주고 싶었다. 이 아름다운 노래를.

* * *

케이는 쿠빌레를 나와 바닷가로 향했다. 가는 길에 와칸과 마주쳤다. 와칸은 뒷거리에 문제가 없는지 돌아보고 오는 길이었다.

"대장, 어디 가십니까?"

"바다. 같이 가지."

"네."

와칸과 함께 걸어가며, 케이는 생각에 잠겼다.

서둘러 티그리스를 되찾을 생각에 놓치고 있었던 것이 몇 가지 있었다. 계획의 오류를 수정해야 했다.

바닷가에는 아무도 없었다. 작은 모래사장을 지나 바닷물이 들어오는 곳에 가서, 케이는 걸음을 멈췄다. 철썩철썩, 밤바다의 울음소리는 언제 들어도 기괴했다.

"오르딘 공작이 네 얼굴을 알겠지?"

케이의 질문이 갑작스러웠는지 와칸이 살짝 인상을 찌푸렸다.

"네, 그럴 겁니다."

"다른 녀석들 얼굴도 알겠지?"

"그 당시 텐치는 많이 어렸으니, 텐치의 얼굴이라면 모를 겁니다."

"텐치가 귀족이 될 만한가?"

"네?"

"귀족 역할을 잘 해낼 수 있을까?"

"텐치는 귀족 역할 못합니다. 만약 대장의 대리를 시키려는 거라면요."

단호한 평가였지만 옳은 말이었다. 텐치는 소심한 구석이 있었다.

"히센은?"

"그 녀석도 안 됩니다. 아직 신뢰할 수가 없으니까요."

"이번 원정을 마치면 적어도 자작 작위 정도는 얻을 수 있을 테지. 늦어도 내년 이맘때쯤에는 몇 개의 공을 더 세울 거고."

"네."

"말단 귀족 작위를 얻은 자 따위에게는 관심을 기울이지 않겠지만, 그자가 점점 더 많은 공을 세우면 달라져. 오르딘 공작은 빠른 속도로 공을 세우는 우리를 주시하게 될 거다."

"그렇군요."

"난 귀족이 될 수 없다, 와칸."

"네."

"대리를 세워야 하는데 누가 적당할까?"

"토스카는 전부 얼굴이 알려져 있습니다."

"가터 백작의 딸과 결혼을 하면 가터 백작은 완전히 이쪽 편이 되겠지. 가터 백작에게 공을 돌려 그의 위치를 끌어올리는 방법은 어떤 것 같나?"

"그것도 나쁘지 않겠지요."

"아니면…… 루는?"

"네?"

"오르딘 공작은 루의 얼굴을 모르지."

"아, 하지만 루의 부모님은 오르딘 공작의 손에 죽었습니다. 루의 얼굴을 알지도 모릅니다."

와칸이 황급히 반대했다.

루에게 귀족 작위라니. 안 될 말씀이다.

루는 여자였다!

"아니, 모를 거야."

케이가 강하게 확신했다.

"알 겁니다."

"모를 거다, 와칸. 절대로."

"어째서 그렇게 생각하시는 겁니까?"

"루가 어릴 적부터 그렇게 예쁜 얼굴이었다면, 오르딘 공작이 진즉에 건드렸을 테니까."

"네?"

어안이 벙벙한 와칸의 표정에, 케이는 아차 싶었다. 저도 모르게 '예쁘다.'는 표현을 사용하고 말았다. 이 빌어먹을 주둥이.

대화하는 상대가 쿠반이나 유진이 아니라서 다행이었다. 그들이었다면 이걸 약점 삼아 1년은 놀려 먹었을 것이다. 와칸은 그나마 정중한 편이었다.

"그건 그렇군요."

와칸이 납득한 듯 고개를 끄덕였다.

"하지만 루에게 짐이 너무 커집니다. 위험할지도 모르고요."

"와칸, 너는 루가 싸우는 걸 직접 본 적이 없지?"

"네."

"너보다 강하다, 와칸. 그리고 하나 더. 루가 혼자 오르딘 공작을 마주하는 일은 없을 거야. 내가 수족처럼 루의 곁에 붙어 있을 테니까."

이번에도 와칸은 경악한 표정이었지만 케이는 그것을 보지 못했다.

'수족처럼 곁에 있을 거라니.'

와칸은 황당했다.

'대장, 루가 대장의 부하이고, 대장의 개입니다. 대장이 루의 개가 아닙니다.'라는 말을 차마 할 수가 없었다. 어쨌든 와칸은 케이에게만큼은 정중했으니까.

"루의 곁을 지키려면 눈에 띄는 머리카락 색은 안 되겠군. 염색을 해야 할 것 같은데 무슨 색이 좋겠나?"

정작 와칸을 염려스럽게 만든 케이는, 고작 머리카락 색을 고민하고 있었다. 와칸은 속이 터질 지경이었다.

말해 주고 싶었다.

대장, 루는 여잡니다. 그리고 대장, 지금 대장의 행동 진짜 이
상합니다. 마치 사랑에 빠진 남자……

'아아, 그런가?'

와칸은 그제야 깨달았다.

'아아, 대장도 루를 사랑하는 건가?'

그러면 그동안 케이답지 않았던 그의 행동들을 설명할 수 있
었다.

'하지만…….'

와칸은 팔뚝에 소름이 돋았다.

'대장은 루를 남자라고 알고 있는데?'

                    *   *   *

유진은 해쓱한 와칸을 향해 걱정스러운 시선을 던졌다. 나갈
때만 해도 건강해 보였던 와칸이, 큰 근심거리를 짊어진 듯 괴로
워 보였다.

강철의 남자라 불릴 만큼 감정에 무딘 와칸이 겉으로 드러날
만큼 괴로워하다니. 대장의 남색 취향 때문에 고민이라는 걸 모
르는 유진으로선 걱정이 될 수밖에 없었다.

케이와 와칸은 쿠빌레에 돌아오자마자 모두 케이의 방으로

오라고 일렀다. 지하 주점도 슬슬 문을 닫을 시기였기에, 휴이와 텐치도 합류했다.

케이의 방이 넓기는 하지만 한 덩치 하는 사람들이 모두 모이니 비좁은 느낌이 들었다. 까무룩 잠이 들었다가 갑자기 호출을 당한 루는 졸린 눈을 비비며 그들 사이에 섞여 있었다.

문득 강한 시선을 느껴서 고개를 돌리니, 와칸이 쳐다보고 있었다. 혼란스러운 눈빛이어서 당황했다.

'왜 저렇게 보는 거지?'

답은 곧 알 수 있었다.(물론 틀린 답이었지만.)

"앞으로 얻을 모든 공을 루에게 돌릴 예정이다."

사실 와칸은 누가 귀족 작위를 얻든 상관없었다. 케이가 티그리스의 검은 호랑이가 된다면, 과정은 아무래도 좋았다. 다만 케이의 '남색 취향'이 와칸에게 큰 충격이었다. 하지만 다들 와칸의 어두운 안색을, '모든 공을 루에게.' 때문이라고 확신했다. 케이로서는 다행한 일이었다.

"대장, 그게 무슨 말씀이십니까?"

할 말을 잃은 형님들을 대신해, 루가 물었다.

"내 얼굴은 너무 알려져 있다. 이 녀석들 얼굴도 어느 정도 알려진 편이고. 하지만 넌 아니지."

"그건 그렇지만……."

과연 모를까? 오르딘 공작이 이 얼굴을 못 알아볼까?

오르딘 공작이 루를 제대로 본 적은 없었다. 게다가 '딸'이라고 알고 있으니 '남자'인 루를 부모님과 연결시키지는 못할 것이다.

아니, 그런 건 아무래도 상관없다. 문제는 모든 공이 루에게 돌아온다는 말이었다. 공 따위는 얻고 싶지 않았다. 그림자처럼 케이를 도울 수 있다면, 그것으로 족했다.

케이는 낮은 음성으로 계획을 설명했다. 앞으로 모든 공을 루에게 돌려, 루가 작위를 얻도록 돕겠다는 말이었다. 루는 표면상으로 대장 행세를 하며, 토스카를 이끌어야 했다. 그리고 귀족 작위를 받은 후에는 전면에 나서서 귀족들을 상대해야만 했다.

'싫어.'

앞에 나서고 싶지 않았다.

하지만 케이의 주장이 옳기에, 반박할 수가 없었다. 케이의 존재가 알려지면 티그리스에서 가만히 있지 않을 것이다. 어느 정도 힘을 얻을 때까지, 케이는 정체를 드러내서는 안 된다.

개인적인 기분 때문에 고집을 부릴 순 없었다.

"그렇다면 여러 가지 이야기를 만들어 둬야겠네요."

유진은 상황 판단이 빨랐다. 아니, 다른 단원들도 마찬가지였다. 그들은 케이의 계획을 반대하지 않고 받아들였다. 그만큼 케이를 믿는다는 뜻이었다.

"루의 과거를 꾸며 둘 필요가 있어요. 루가 저주에 걸렸던 이유도 만들어야 하고요. 대륙 최북단에 멸망한 나라가 하나 있었죠? 20년쯤 전에."

"북쪽 야만족에게 점령당한 나라 말이군."

"네. 어차피 그쪽은 길이 험한데다가 황무지 같은 땅이라서 바만 제국이랑 교류가 없어요. 오르딘 공작도 그쪽까지 손을 뻗지 않고요. 그 나라 왕의 핏줄이라고 합시다."

"괜찮군."

"도망친 후궁 중 한 명이 아이를 낳은 거예요. 그 후궁이 도망칠 당시 야만족 주술사가 주술을 걸었고, 그래서 루가 그런 얼굴로 태어났던 거죠. 루는 부모의 땅을 되찾고 싶고, 야만족에게 복수를 하기 위해 힘을 키우는 걸로 해 둡시다. 그리고 최종적으로."

유진의 눈동자가 반짝 빛났다.

"우린 황제의 허락을 받고 그 땅을 토벌하러 가는 겁니다. 그리고 그 지역을, 우리의 거점으로 삼아 힘을 키우고요."

"그럼 우리는 그 당시 왕을 지키던 기사들, 혹은 기사들의 핏줄 정도로 말해 둬야겠군. 도망자 생활을 하며 왕의 핏줄을 찾아다녔고, 이 땅에서 만나게 되었다고."

휴이가 말했다.

"그렇지. 그럼 대장은 우리 기사단 단장의 아들 정도로 해 둘까?"

쿠반이 웃었다.

"아름다운 계획이야, 유진."

　　　　*　　　　*　　　　*

　루의 의견은 묻지도 않고 모든 계획이 세워졌다. 이제 루는 어쩔 수 없이 귀족이 되게 생겼다. 귀족의 문화 같은 건 조금도 모르는데.

　"일단은 지금까지처럼 지내는 게 좋겠어요. 이번 원정을 끝내고 나서 작위든, 뭐든 받을 때 루를 전면에 내세우면 될 것 같아요, 대장."

　유진이 말했다.

　"그렇게 되면 가터 백작이 싫어하지 않을까요? 대장을 마음에 들어 하니까요."

　루는 소심한 반항을 해 보았다.

　"우리가 가터 백작의 기분까지 생각할 필요는 없을 것 같은데. 그리고 가터 백작이 원하는 건 강한 사윗감인 것 같고, 강하기만 하다면 루가 그의 사위가 되어도 상관없는 거 아냐?"

　휴이의 말에 와칸과 루의 표정이 똑같이 굳었다.

　사위라니.

　'난 여자라고!'

　루는 난처했다. 일이 점점 꼬여 간다.

　"아무튼 그런 부분은 나중에 생각하면 되고. 루, 너는 앞으로 대륙 북쪽 지역이랑 멸망한 나라, 왕가의 예법에 대해 공부를 좀 해 두는 게 좋겠다."

"예, 공부야 할 수 있습니다. 하지만 저는…… 저는 유진 형님."

"응, 말해."

"비비안 양과 결혼하기 싫습니다."

루의 말에 모두의 눈이 커졌다. 곧 케이가 눈을 가늘게 뜨며 루의 어깨를 툭 쳤다. 루는 느끼지 못했지만 그의 손길에는 애정이 가득했다.

"걱정 마라, 루. 네가 원치 않는 결혼은 시키지 않을 테니까."

*　　*　　*

사교 모임의 초대장을 받았다. 바빈터 백작 부인의 초대장이었다. 바빈터 백작 부인의 이름은 카밀라로 비비안보다 두 살 많은, 비비안의 소꿉친구였다.

'아니, 친구도 아냐.'

비비안은 카밀라의 짓궂은 눈빛을 떠올렸다.

카밀라는 이상하게도 비비안에게 라이벌 의식을 가지고 있었다. 아마 어릴 적 카밀라가 동경하던 사내가 비비안에게 고백을 했기 때문일 것이다. 그때부터 카밀라는 사사건건 비비안을 걸고 넘어졌다.

3년 전, 바빈터 백작과 결혼을 한 카밀라는 전쟁 영웅이자 부자인 바빈터 백작을 자랑스러워했다. 그저 자랑스러워할 뿐이라면 상관없는데, 매번 사람들을 초대해 그가 해 준 것들을 자랑하니 문제다. 게다가 카밀라가 반드시 비비안을 향해 하는 소리가 있었다.

　—비비안, 넌 언제 결혼하니? 아직도 적당한 남자를 고르고 있는 거니? 벌써 스무 살인데, 그러다가 아무도 널 선택하지 않게 될 거야.

'나는 남자를 고르는 것도 아니고, 결혼을 할 생각도 없어.'라는 말은 통하지 않았다. 그런 말은 결혼하지 못한 여자의 변명으로만 들릴 뿐이었다.

하지만 이젠 상황이 달라졌다. 비비안에게는 결혼하고 싶은 남자가 생겼다. 다만 그 남자가 아무 작위 없는, 따지고 보면 뒷골목 불량배의 대장이라는 게 문제였다.

구온 시에서야 토스카의 대장이라고 하면 알아주었지만, 귀족들 사이에서는 그렇지 않았다. 물론 그 근사한 얼굴을 보러 오는 귀족가의 여인들이 많긴 해도, 얼굴을 감상할 뿐 그와의 결혼은 꿈꾸지 않는다. 신분의 차이가 명확하니까.

토스카의 대장과 결혼할 생각이 있다고 해 봐야 비웃음만 살 것이다.

'하지만 친하다고 하면 부러워할 거야.'

비비안은 초대장을 가만히 응시했다.

'케이에게 내 경호기사 자격으로 같이 가 달라고 하면 어떨까?'

고민할 것도 없이 답이 나왔다. 케이는 당연히 싫다고 할 것이다. 아니, 그런 제안을 한 것만으로도 그동안의 신뢰가 무너질지도 모른다.(신뢰라는 것이 있는지는 아직 모르겠지만)

그를 아랫사람으로 부려서는 안 된다.

'케이랑 친하다는 걸 알릴 만한 방법이…… 아, 그래.'

루가 떠올랐다.

케이는 가는 곳마다 루를 데리고 다닐 만큼 루를 아꼈다. 구온 시에는 '토스카의 대장이 파필리아의 괴물을 굉장히 아낀다.'라는 소문이 쫙 퍼져 있었다. 게다가 그 파필리아의 괴물은 이제 더 이상 괴물이 아니었다.

어떤 사람들은 루를 '은늑대의 검은 진주'라고 부르기도 했다. 여기서 은늑대는 케이, 검은 진주는 루를 말했다.

진주라는 표현이 무색하지 않을 만큼, 루는 아름다웠다. 남자가 아니었다면 질투가 났을 것이다.

케이가 아끼기 때문인지 어떤지는 모르겠지만, 루가 혼자서 거리를 돌아다니는 모습을 거의 볼 수 없었다. 루의 곁에는 항상 케이, 아니면 토스카의 누군가가 있었다.

사람들은 루가 '파필리아의 괴물'이었다는 것조차 깨닫지 못할 만큼, 루를 신비롭게 여겼다. 한때는 앞에서 모욕하고 때려도 되는 존재가 이제는 감히 말 붙이기 힘든 인물이 되었다.

비비안은 루의 결 좋은 흑발과 하얀 피부, 고양이 같은 눈매와 새파란 눈동자를 떠올리며 미소 지었다.

*　　*　　*

"루를 빌려 달라고요? 글쎄요, 비비안 양."

유진이 난처한 듯 손가락으로 책을 톡톡 두드렸다. 유진은 비비안이 방문하기 전까지 두꺼운 책을 읽고 있었다.

글자도 못 읽을 줄 알았는데 의외라고 생각하며, 비비안이 말했다.

"네, 하루만요. 사교 모임에 초대를 받아서 가게 되었는데, 경호기사를 한 명씩은 데리고 갈 수가 있거든요."

"비비안 양에게는 이미 경호기사가 있지 않습니까?"라고 말하며, 유진이 쿠빌레의 입구 쪽으로 흘끗 눈길을 던졌다. 그곳에는 비비안의 경호기사인 헤다인이 눈에 힘을 주고 서 있었다.

"그렇긴 하지만……."

"흐음."

유진의 눈이 가늘어졌다.

쿠빌레에 자주 방문을 하면서 유진과는 상당히 친해졌다고 생각하지만, 그래도 비비안은 가끔씩 유진의 눈빛이 불편했다. 남의 속을 꿰뚫어 보는 것 같았기 때문이다.

"루는 제가 마음대로 할 수 있는 녀석이 아니라서요. 대장한테 여쭤 봐야 하는데."

"아무래도 그렇겠죠?"

"지금 대장이랑 루가 외출을 했거든요. 이따 돌아오면 대장께 여쭤 보겠습니다."

"그래 주시겠어요?"

"네, 비비안 양의 부탁인데 해 드려야죠. 그럼 댁에 돌아가 계세요. 나중에 사람을 보내서 알릴게요."

"네, 그런데……."

비비안은 이대로 돌아가기 아쉬웠다. 가능하다면 여기서 기다리다가 케이의 얼굴을 보고 가고 싶었다.

그의 반짝이는 은발과 붉은 눈동자를, 매일 볼 수 있으면 좋겠다고 생각했다.

"스트루티오 섬에 관심이 많으신가 봐요."

쿠빌레에 조금 더 머물 생각으로, 유진이 읽는 책을 보며 말했다. 유진이 별일 아니라는 듯 어깨를 으쓱했다.

"네, 요번에 원정을 가게 됐거든요."

"원정이라면……? 작위를 받으려고요?"

"뭐, 그렇겠죠?"

"아, 그렇구나. 스트루티오 섬은 알려진 게 많지 않아서 상당히 위험하다고 알고 있는데."

"그러게요. 이렇다 저렇다 추측이 대부분이긴 하네요. 그래도 별수 없죠. 스트루티오 섬만 제대로 토벌해 두면 작위를 받을 수 있으니, 여길 공략하는 수밖에."

"대륙 안에 좀 더 쉬운 곳들이 많을 텐데요. 천천히 몇 번의 공을 세우는 게 안전하지 않을까요?"

"대장이 최대한 빨리 작위를 받아야 한다고 하셔서요."

유진의 말에 비비안은 가슴이 부풀었다.

최대한 빨리 작위를 얻으려는 케이의 의도가, 어쩌면 서둘러 비비안을 얻을 수 있는 위치에 앉기 위해서란 생각이 들었기 때문이다.

비비안의 헛된 망상을 아는지 모르는지, 유진은 책을 톡톡 치며 말했다.

"그럼 비비안 양, 전 책을 읽어야 해서."

평민 주제에 버릇없이 비비안을 내보내려 하는 유진을 향해 헤다인이 눈을 부릅떴지만, 비비안은 그것도 깨닫지 못할 만큼 망상에 젖어 있었다.

'케이가 얼른 작위를 받았으면 좋겠어. 원정 갈 때, 내가 도울 일은 없을까?'

*   *   *

루는 약초를 몇 개 사기 위해 케이와 함께 시장 거리로 나왔다. 약초는 케이의 머리카락 색깔을 바꾸는 데 필요했다.

머리카락 색을 바꾸는 마법 약을 만드는 방법은 케이가 알아냈다. 약에 들어가는 재료들 중에는 평범한 것도 있지만 끔찍한 것도 몇 개 있었다. 예를 들어 귀뚜라미 더듬이라든가, 고양이 수염이라든가. 절대로 먹기 싫은 것들.

약에 들어가는 재료를 확인한 유진과 와칸은, "무난하군요." 라고 말했다.

루는 순간, '내가 먹은 약엔 대체 뭐가 들어간 거야?'라는 생각이 들었지만 굳이 묻지 않았다. 안에 들어간 재료를 알게 되면 몇 날 며칠이고 토할지도 모른다는, 불길한 예감이 들었기 때문이다.

"마법 약으로는 한계가 있지."

문득 케이가 중얼거렸다.

"일주일에 한 번씩 약을 마셔야 한다니 끔찍하군."

솔직하게 말하는 케이의 모습이 신선했다.

"한 번만 마시는 걸로 끝나는 약은 없을까요?"

"너 같은 경우에는 마법을 깨는 약이라서, 깨뜨리고 난 후에 다시 먹을 필요가 없지만. 내 경우에는 몸에 지속적으로 마법을 걸어 둬야 하는 거라 꾸준히 복용할 수밖에 없어. 우연히 드래곤이라도 만나게 되면 좋겠군."

생각지도 못한 말에 루가 눈을 크게 떴다.

"드래곤이요? 드래곤이 진짜로 있습니까?"

케이가 눈을 동그랗게 뜬 루를 물끄러미 응시하다가 피식 웃었다.

"글쎄. 있을지 없을지 나도 모르겠군."

"아아."

"기계라는 게 생기면서 마법이 사라지기 시작했지. 드래곤은 마법이 성행했을 때에도 환상의 생물이라고 알려져 있었어. 마법이 사라져 가는 지금은 말할 것도 없지. 아무도 찾지 않고 믿지 않으니 존재하지 않게 될 수밖에."

케이의 말이 쓸쓸하게 들렸다.

기계가 생기기 시작한 것은 100년도 채 되지 않았다. 하지만 그 100년 동안 많은 것이 변했다. 사람들은 마법이 없어도 밤에 불을 밝힐 수 있고, 먼 거리를 이동할 수 있게 되었다. 아직 기차가 다니는 곳이 많지는 않지만 언젠가는 대륙 전역을 기차로 이동할 수 있게 될 것이다.

게다가 말없이 달리는 마차가 개발되고 있다는 소문도 들었다. 말없이 달리는 마차라니. 그런 게 생길 리 없다고 생각하면서도 한편으로는 기대가 됐다.

"그런데 대장. 제가 꼭 귀족 역할을 해야 하는 건가요?"

"싫은가?"

"네, 싫습니다. 귀족의 문화 같은 것도 모르고, 예법도 모릅니다. 분명 실수를 할 거예요."

"문화나 예법은 배우면 그만이지."

"하지만 전 귀족으로 보이지도 않아요."

칭얼거리듯 말하는 루를, 케이는 빤히 응시했다.

귀족으로 보이지 않는다니.

'이 녀석은 자기 얼굴이 어떻게 생겼는지 모르는 건가?'

허름한 옷을 걸쳐도, 루는 누구보다도 귀족적으로 보였다. 예쁘다기보다는 아름답다는 표현이 어울리는 외모, 꼿꼿한 자세와 단정한 걸음걸이. 귀족의 예법은 모르더라도, 겉모습만 봤을 때는 귀족 그 자체였다.

"왜 귀족이 되는 걸 싫어하는 거지? 나나 다른 녀석들에게 시중 받을 기회인데."

"저 때문에 일을 망치게 되는 건 싫습니다. 언젠가 중요한 자리에 가게 되었을 때에 실수를 할지도 몰라요. 그리고 저는."

거기까지 말하고 루는 잠시 입을 다물었다. 열릴듯 말듯 감질나게 달싹거리는 루의 입술에서 시선을 뗄 수가 없었다. 언제 봐도 탐스러운 입술이다. 한 번만 머금어 보았으면, 이라는 생각을 하다가 소스라치게 놀랐다.

이건 또 뭔 미친 생각이래?

"대장이 높은 자리에 앉아 빛나는 모습을 보고 싶습니다."

이윽고 벌어진 루의 입술 사이로, 달콤한 소망이 흘러나왔다. 그 붉은 입술을 보며, 케이는 생각했다.

'아, 키스하고 싶다.'

케이의 기분을 도통 짐작할 수가 없다고, 루는 생각했다.

쿠빌레를 나갈 때만 해도, 아니, 좀 전까지만 해도 기분이 좋아 보였던 케이였다. 하지만 어느 순간부터 케이가 갑자기 입을 다물더니, 루가 무슨 말을 해도 대답을 하지 않았다. 루 쪽을 돌아보지도 않았다.

'내가 귀족을 하고 싶지 않다고 해서 화가 나신 건가?'

하지만 그런 걸로 화낼 만한 사람은 아니다. 다른 형님들이 심하다 싶을 정도로 버릇없이 굴어도, 아량 넓게 넘어가 주는 케이가 아니었던가.

'왜 기분이 안 좋아지신 거지?'

그래도 약초를 사서 쿠빌레로 돌아올 무렵엔 기분이 풀린 듯 간간히 대답을 해 주었다. 나중에 유진이나 와칸에게 케이가 화를 낼 만한 일에 무엇이 있는지 물어봐야겠다.

유진은 여전히 책을 읽고 있었다.

언젠가 쿠반이, "우리 중에 제일 독한 놈은 유진이지."라는 말을 한 적이 있었다. 맞는 말이다. 최근 유진은 잠자는 시간을 빼고는 계속 책을 읽고 있었다. 심지어 밥을 먹는 중에도. 대단한 끈기다.

케이와 루가 안으로 들어가자 유진이 책에서 눈을 떼었다.

"아, 대장, 루. 잠깐 할 이야기가 있어요. 대장 방으로 가요."

유진이 근처에 있던 점원에게 카운터를 맡긴 후, 케이, 루와 함께 위층으로 올라갔다. 케이의 방에 들어가 문을 닫자마자 유진이 말했다.

"아까 비비안 양이 찾아왔었어요."

루는 비비안이란 이름만 들어도 심장이 콱 옥죄었다.

"사교 모임에 초대를 받았는데 루를 자기 경호기사 자격으로 데리고 가고 싶대요. 하루만 빌려 달라던데요."

유진의 말에 케이도, 루도 인상을 찌푸렸다.

"아무래도 자랑하고 싶은 것 같아요. 나, 토스카의 대장과 친한 사이다. 토스카의 대장이 아끼는 루를 경호기사로 데리고 다닐 수 있을 만큼. 뭐, 이런 식으로?"

"거절⋯⋯."

거기까지 말한 케이는 잠시 입을 다물었다.

* * *

거절하라고 한 이유는, 루를 빌려 달라고 한 비비안의 예의 없는 행동 때문이 아니었다. 루를 누구에게도 보이고 싶지 않다는 욕심 때문이었고, 그것이 정상이 아닌 감정이라는 것을 알고 있었다. 루의 부모도 아닌데 꽁꽁 싸매고 아무에게도 보이지 않으려는 행동은 확실히 이상하다.

게다가 루는 귀족의 문화를 체험할 필요가 있었다. 여인네들의 사교 모임에 무슨 대단할 것이 있겠냐고 생각하는 사람들도 있지만, 그건 어리석은 생각이었다.

사교 모임은 온갖 소문의 중심지였다.

"다녀와라, 루."

"네?"

유진과 루는 놀랐다. 케이가 비비안의 되바라진 요청에 응할 줄은 몰랐기 때문이다. 케이는 동그랗게 뜬 루의 눈이 놀란 고양이 같다고 생각하며 말했다.

"사교 모임에 가서 귀족 문화를 체험하고 오는 것도 좋겠지."

"아, 하지만…… 여인들의 파티를 체험한들, 제게 도움이 되겠습니까?"

"비비안은 똑똑한 여자니 어떤 식으로 에스코트할지 알려주겠지. 하루 전에 가터 백작가에 가서 적당히 배우고, 적당히 맞춰 주다가 돌아와라. 그리고…… 여인들의 환심을 사는 건 좋지만, 필요 이상으로 마음을 얻으면 그 남편들의 분노를 사게 되니까 조심하고."

여인들의 마음을 사는 문제는 걱정이 없었다. 딱히 그녀들의 마음을 얻고 싶지도 않으니까.

하지만 사교 모임이라니.

사교 모임에 대해서는 어느 정도 알고 있었다. 여인들의 미묘한 감정이 교류하는 곳. 조금만 실수를 해도 입방아에 오르내릴 만큼 무서운 곳이라고 들었다.

가고 싶지 않다.

하지만 케이의 말에는 틀린 게 없었다. 귀족의 문화를 체험할 필요가 있었다. 나라가 망한 후 태어난 '왕의 핏줄'이란 배경을 갖긴 했어도, 천둥벌거숭이처럼 행동하면 의심을 받을 것이다.

"하긴. 가서 경험을 좀 해 보는 것도 좋긴 하겠네요."

유진도 납득하고 고개를 끄덕였다. 이제 빼도 박도 못하고 가게 생겼다. 토스카의 '실세'는 유진이니까.

싫은 내색을 하지 않으려고 애쓰며 고개를 끄덕일 때였다.

"안녕들 하십니까."

유쾌한 목소리가 들려왔다.

라일이었다.

싱글싱글 웃는 라일을 향한 세 사람의 시선은 모두 달랐다. 유진은 '부자야. 돈줄이야.', 루는 '하아. 또 왔구나.', 그리고 케이는 '죽일까?'

아는지 모르는지 라일은 저벅저벅 안으로 들어와 유진의 앞에 섰다.

"가장 좋은 방을 빌리려고 하는데 방이 남아 있습니까?"

라일의 태도에 유진의 표정이 더욱 밝아졌다.

보통 돈이 많거나 신분이 높으면, 이런 곳에서 일하는 사람을 막 대하기 마련이었다. 그래서 라일의 정중한 태도는 환심을 살 수밖에 없었다.

"없어."라는 케이의 작은 반항을 무시하고, 유진이 싹싹하게 말했다.

"당연히 있지요. 가격은……."

"일주일에 금화 한 개 어떤가요?"

라일의 제안에 유진의 눈이 커졌다. 다른 사람들이라면 잘못 들은 거라고 생각하고 되묻겠지만, 유진은 달랐다. 라일의 마음이 변할까 싶어 황급히 말했다.

"일주일에 금화 한 개, 딱 적당합니다. 방은 5층에 있는데 괜찮으실까요?"

"네, 좋습니다."

라일과 달리 루는 좋지 않았다. 5층에는 루와 케이의 방이 있었다.

"그리고 가끔 루가 한가할 때 시중을 받고 싶은데."

"안 돼."

곧바로 케이가 말했지만 이번에도 묵살 당했다.

"우리 루는 귀한 인재라서 시중을 받으시려면……."

"일주일에 금화 한 개."

"언제든 루를 불러만 주십시오. 루의 방과 손님의 방에 연결된 종을 설치해드리겠습니다."

루는 유진의 입을 틀어막고 싶었다.

"아, 하지만 이건 지켜 주서야 합니다. 루는 정말로 우리의 귀한 인재라서……."

"함부로 손대지 않고, 저렴한 말로 상처를 주지도 않겠습니다. 귀한 여인을 다루듯 섬세하게 대할 테니 걱정 마세요."

'여인'이라는 단어에, 루는 움찔했다. 다행히 유진과 케이는 '여인'이라는 단어를 크게 생각하지 않는 것 같았다.

"그렇다면 안심이지요. 방으로 안내해드리겠습니다."

유진과 라일이 위로 올라간 후, 케이와 루는 멍하니 로비에 서 있었다. 폭풍처럼 모든 일이 진행되었다.

안 그래도 비비안의 사교 모임 때문에 마음이 무거운데, 라일까지 등장을 하다니. 루는 가슴이 답답했다.

"저는 대장이 안 된다고 하실 줄 알았습니다."

답답한 마음에 투정을 부리듯 내뱉었다.

"안 된다고 했는데."

"작은 목소리로 말씀하셨잖아요. 그런 말투로는 유진 형님을 못 이깁니다."

"……."

"전부터 여쭙고 싶었는데, 토스카의 진짜 대장은 유진 형님 아닙니까?"

"루, 언젠가부터 묘하게 건방져졌군."

"개도 오래 키우다 보면 말썽을 부리고, 주인 허락도 없이 식탁에 오르기도 하니까요."

루의 되바라진 대답에 케이가 피식 웃었다.

"그래, 그건 그렇지."

바람이 부는 듯한 그의 미소가 좋았다.

루는 저도 모르게 그를 향해 손을 뻗었다. 손가락 끝이 그의 볼에 닿았다. 그는 피하지도, 언짢아하지도 않았다.

그의 붉은 눈동자 안에 루가 가득 담겨 있었다.

저 눈동자에 '여인'으로 비치고 싶다는, 바보 같은 생각을 하고 말았다. 안 될 말씀이다. '여인'으로 비치는 순간, 그에게 버림을 받을 것이다.

그의 뺨을 쓰다듬는 것도, 그에게 버릇없이 구는 것도 허락되지 않으리라.

'여인'인 루는 케이에게 환심을 살 무엇도 갖고 있지 않았다. 비비안처럼 배경이 있는 것도, 쥬엔처럼 돈이 있는 것도 아니다.

그러니까 바보 같은 소망을 품어서는 안 된다.

루는 몰랐다.

'루가 여자였더라면 좋았을 뻔했군.'

케이가 루를 내려다보며 하고 있는 생각을.

*　　*　　*

"마음에 듭니다."

방을 둘러본 라일이 말했다.

5층에 있는 방들은 대부분 비슷한 구조로 되어 있었다. 가장 좋은 점은 방마다 딸려 있는 욕실이었다. 개인 욕실은 5층 방들에만 설비되어 있었다.

"욕실이 따로 있다는 게 좋군요. 르막은 방에 놓인 욕조에 매번 물을 채우고 비웠어야 했는데."

"네, 우리 쿠빌레의 자랑입니다."

"아, 돈은 선불로 지불하죠."

라일이 주머니에서 금화 두 개를 꺼내 유진에게 내밀었다.

"방과 루를 빌리는 돈입니다."

유진은 그 돈을 바로 받아 들지 않고 가만히 응시하다가 말했다.

"루는 토스카의 귀한 인재이자, 저의 소중한 아우입니다. 만약 루를 함부로 건드리시면, 제가 당신을 죽일 겁니다."

라일이 눈을 크게 떴다가 곧 미소를 지었다.

"무섭네요."

전혀 무섭지 않다는 눈빛이었다.

"걱정하지 마세요. 루의 허락 없이 그 몸에 손을 대는 일은 없을 테니까."

유진이 나간 후, 라일은 침대 끝에 걸터앉아 크게 숨을 내쉬었다. 유진은 상대하기 어려운 자였다. 안경 너머의 눈동자는 사람의 마음을 꿰뚫어 보는 듯 빛났다.

꿍꿍이라고 해 봐야, 루를 잘 꾀어 자신의 사람으로 만들겠다는 것뿐이지만, 토스카는 라일의 생각 이상으로 루를 아끼는 듯했다. 함부로 접근했다가는 토스카 전부를 적으로 돌리게 될지도 모르니 조심해야겠다.

쿠빌레에 바흘의 방을 마련해 주지 않은 것도, 바흘과 토스카가 부딪치는 일을 만들고 싶지 않아서였다. 바흘은 신분을 상당히 중요하게 여겨서, 라일이 신분을 감추고 행동할 때에도 라일에게 함부로 대하는 자를 두고 보지 못했다.

'일이 어렵게 됐어.'

돈이라도 써서 루의 마음을 얻을 생각이었지만 그러기 힘들 것 같다. 여자들은 돈보다는 자신을 아껴 주는 사람들 곁에 있는 것을 더 좋아하는 법이다. 라일이 아무리 많은 돈을 준다고 해도, 토스카 사람들이 루를 아끼는 한 그들을 버릴 생각을 하지 않을 것이다.

'하지만 여자를 움직이게 하는 하나를, 나는 알고 있지.'

사랑.

사랑에 미친 여자는 부모도 버릴 수 있다. 하물며 혈육이 아닌 이들을 버리는 건, 쓰레기를 버리듯 쉬울 것이다.

루의 마음을 얻으면 된다. 그러면 그녀는 힘들이지 않아도 나비처럼 팔랑팔랑 라일에게로 날아올 터였다.

'여자의 마음을 얻는 건 어렵지 않지. 게다가 루와 같은 상황이라면 더욱더.'

흉측한 마법에 걸려 있어서 사람의 다정함을 모르고 지냈다. 남자인 척하느라 남자의 체온도, 달콤함도 모를 것이다.

아직은 라일을 경계하고 있으니, 여유를 가지고 천천히 다가가 부드럽게 어루만지면 될 것이다. 자신을 한 여인으로 대해 주는 다정한 손길에, 언젠가는 넘어오고 말 것이다.

'아까 유진의 행동으로 봐선, 루를 얻으면 토스카도 자연스럽

게 딸려 올지도 몰라.'

루를 내 사람으로 만들어야 할 이유가 하나 더 생겼다.

강하고, 아름답고, 토스카라는 강한 자들의 사랑을 받는 여자.

'한동안 심심했는데 잘됐다.'

* * *

유진은 루에게 지하 주점의 일을 관두고 당분간 라일의 비위를 맞춰 주라고 했다. 지하 주점에서 하루 버는 돈보다 라일에게서 받는 돈이 더 크다는 것이 그 이유였다.

라일이 시도 때도 없이 부를까 봐 걱정했는데 하루가 지나도록 그는 잠잠했다.

아무것도 안 하고 방에 있으려니 심심했다. 와칸과 쿠반은 귀뚜라미 더듬이와 뱀 눈알을 구하기 위해 어딘가로 떠난 터였고, 이 시간에 텐치와 휴이는 잠을 잔다.

'그러고 보니 유진 형님은 언제 자는 거지?'

유진은 지하 주점이 문을 닫는 시간까지 깨어 있었고, 누구보다도 일찍 일어나 하루를 시작했다. 자는 시간이 2시간 되려나?

'도서관에 가서 귀족 문화에 대한 책이라도 빌려 올까?'라는 생각에 방에서 나왔을 때였다.

맞은편 방에서 나오던 라일과 마주쳤다.

루를 본 라일이 환하게 웃었다. 정체를 알 수 없고 귀찮은 인물이기는 하지만 웃는 얼굴만큼은 참으로 근사하다. 주위가 밝아지는 느낌이었다.

"루, 마침 잘 만났어요. 같이 차를 한잔 마시지 않을래요?"

"차요?"

"네. 차와 쿠키를 주문해서 받아 두긴 했는데 혼자 마시기 영 외로워서 루를 부를까 했거든요."

'혼자 마시기 외로우면 근처 찻집에라도 가시지요.'라는 말이 목구멍까지 나왔지만, 간신히 삼켰다.

"종을 울려도 됐을 텐데요."

루의 말에 그가 싱긋 웃었다.

"종 하나로 오라 가라 할 수는 없죠. 누군가를 다과 자리에 청할 때에는 몸소 찾아가서 정중히 모시는 것이 예의니까요."

'그렇게 예의를 차리는 사람이 왜 여기까지 찾아와서 돈으로 날 산 겁니까?'라는 말 역시 꿀꺽 삼켰다.

"차 한잔, 함께하시겠습니까?"

그가 정중하게 물었다.

일주일에 금화 한 개를 지불하는 사람의 요청을 거절할 수는 없었다. 게다가 루도 심심하던 참이었기에 순순히 그의 방으로 들어갔다.

창가에 위치한 작은 티 테이블 위에는 차가 담긴 주전자와 달콤해 보이는 쿠키가 놓여 있었다. 잔은 미리 준비한 듯 두 개.

라일이 루가 앉을 의자를 빼 주었다.

이런 식의 배려는 처음인지라 루는 당황했다. 라일은 루가 여자라는 듯 행동하고 있었다.

"의자는 나 혼자서도 빼서 앉을 수 있습니다."

"명심하지요. 하지만 이왕 뺀 의자니 이번엔 그냥 앉으면 어떨까요?"

루의 차가운 말에도 라일은 미소를 잃지 않았다. 루는 인상을 찌푸리고 의자에 앉았다.

맞은편에 앉은 라일이 찻잔에 차를 따랐다. 향기로 보아 몸에 좋은 약초가 조금 들어간, 비싼 차인 것 같았다.

'뭐하는 사람이기에 이렇게 돈이 많은 거지? 귀족 같긴 한데, 금화를 몇십 개나 막 가지고 다니는 걸 보면 부유한 상인 같기도 하고.'

라일의 정체를 짐작하기 어려웠다. 루가 자신을 살펴보는 걸 아는지 모르는지, 라일은 우아하게 찻잔을 들었다.

'아니, 귀족인 게 확실해.'

그는 실없는 사람처럼 웃기는 해도 기품이 넘쳤다. 찻잔을 드는 손짓, 한 모금 마시는 행위까지도.

'그래, 마침 잘된 일일지도 몰라.'

귀족을 연구해야 하는 상황이니 라일의 행동을 관찰하다 보면 어느 정도는 몸가짐을 익힐 수 있을 것 같다. 그의 정체가 귀족이 아닐지라도, 그의 행동거지는 귀족보다 더욱 정중하고 기품이 있으니까.

"어이쿠."

찻잔을 내려놓은 라일이 옅은 미소를 지었다.

"그렇게 뜨거운 눈길을 보내면 덮치고 싶어져요, 루."

"잊고 계신 것 같은데, 난 남자입니다."

"아, 그랬었죠. 너무 예쁜 얼굴이라서 자꾸 잊게 되네요."

"곤란합니다, 그런 건."

"네, 네. 미안해요, 루. 앞으로는 주의하죠. 아, 그런데 아까 어디 가는 길이었어요?"

"도서관이요."

"도서관? 그러고 보니 전에도 책을 잔뜩 빌려서 돌아오는 길이었죠? 책 읽는 걸 좋아하나 봐요?"

"그건 유진 형님의 심부름 때문에 빌린 책이었습니다."

"아하. 스트루티오 섬에 토벌을 가나 보죠?"

그가 아무렇지도 않게 던진 질문에 긴장했다.

스트루티오 섬 토벌. 관심이 있는 자가 아니라면 잘 모르는 정보였다.

"당신, 뭐하는 사람입니까?"

루가 경계하며 물었다.

"글쎄요. 뭐하는 사람처럼 보여요?"

"내가 물었습니다."

"어휴, 딱딱하시긴."

그가 씩 웃었다.

보면 볼수록 이상한 사람이다. 말투가 이렇게 경박스러운데
도 그리 느껴지지 않는 이유는, 그의 기품 있는 행동과 자세 때
문일 것이다.

"때로는 장사를 하고, 때로는 도박을 하죠. 그리고 대부분 여
행을 합니다."

루가 원하는 대답은 아니었다. 하지만 여행을 한다는 말에 호
기심이 생겼다.

"여행이요?"

"네. 많은 곳을 돌아다니고 있지요."

"어디어디 다녀 봤는데요?"

"대륙 여기저기. 한번은 남쪽 섬에도 다녀왔습니다."

"남쪽 섬이라면?"

"볼케노 섬이요."

볼케노 섬이라면 루도 들어 본 적이 있었다.

*　　*　　*

볼케노 섬은 드래곤이 만들었다는 전설이 있는 섬이었다. 드
래곤이 불을 내뿜어 바다 깊은 곳에서 폭발을 일으켰고, 그때 떠
오른 부유물이 한데 뭉쳐서 섬이 되었다나 어쨌다나.

중간에 커다란 산이 있는 섬으로, 고즈넉하고 아름다운 곳이

라고 들었다.

드래곤이라는 단어에 문득 케이가 떠올랐다. 이상한 것들을 잔뜩 넣은 약을 먹어야 한다는 사실에, 케이도 절박하긴 한 모양이다. 드래곤을 만날 수 있으면 좋겠다는 생각을 하다니.

"왜 그렇게 웃어요?"

라일의 질문에 퍼뜩 정신을 차렸다.

'내가 웃고 있었나? 대장을 생각할 때마다 웃으면 안 되는데.'

당혹감을 감추며 말했다.

"볼케노 섬은 무척 아름답다고 들었습니다. 정말 아름다운가요?"

"네, 무척. 내가 가 본 곳 중에 가장 아름답고 평화롭더군요. 대륙에서 많이 떨어져 있어서 그런지, 다른 세계에 간 느낌이었어요."

"그렇군요."

"언젠가 같이 한번 가죠."

라일이 은근슬쩍 제안했다. 루는 그 말에 대답하지 않고 창밖을 응시했다.

언젠가 케이와 함께 그곳을 방문하고 싶다는 소망은 너무 헛된 소망일까? 케이와 함께 그 고즈넉하고 아름다운 섬을 거닐고 싶다는 마음은 지우는 게 좋겠지?

관광을 하기 위해 볼케노 섬에 간다는 것은, 케이가 티그리스를 되찾아 관광을 다닐 만큼 상황이 안정되었다는 뜻이다. 티그리스를 되찾는 것이 1, 2년 내로 되는 일이 아니니, 아마 그때쯤에는 케이의 곁에 아름다운 동반자가 있을 것이다.

루가 볼케노 섬에 가고 싶다고 하면, 케이는 아마도 루를 보내주겠지만 함께하진 않을 것이다. 설령 함께한다고 해도 당연한 듯 그의 곁엔 그의 동반자가 함께이리라.

그와 단둘이 볼케노 섬을 방문하여 즐길 일은 일어나지 않을 것이다.

그러니까 바보 같은 소망은 품지 않는 게 낫다.

루는 서둘러 찻잔을 비웠다.

"특별히 시킬 일이 없다면 이만 나가 보겠습니다."

"도서관?"

"네, 따라올 생각은 하지 마세요."

루의 말에 그가 씩 웃었다.

"네, 그럴게요. 나중에 봐요, 루."

루가 나간 후, 라일은 손에 턱을 괴고 생각에 잠겼다.

방금 전 루의 미소를 봤을 때는 깜짝 놀랐다. 웃을 줄 모르는 얼음 같은 여인이라고 생각했는데 아니었다. 루는 놀랍도록 달콤한 미소를 지을 줄 알았다.

그 미소를 보는 순간 심장이 덜컥 내려앉았다. 처음 있는 일이었다.

'루가 감정을 잘 드러내지 않는 여자라서 다행이야. 그런 식으

로 웃고 다닌다면 모두가 반할 테니.'

라일이 그런 생각을 하고 있을 때, 똑똑, 노크 소리가 났다. 루가 다시 돌아왔을지도 모른다는 기대감을 가지고 방문을 열었는데, 찾아온 사람은 유진이었다.

"무슨 일이세요?"

제멋대로 찾아온 유진이 먼저 질문을 던졌다. 순간 라일은 자신이 먼저 유진을 불렀다는 착각에 빠질 뻔했지만, 가까스로 정신을 차렸다.

"그건 내가 할 질문인 것 같은데요."

라일의 말에 유진이 고개를 갸우뚱했다.

"그래요? 이 방에서 호출이 울려서 온 건데. 오작동이었나 보네요. 아, 차 다 드셨으면 온 김에 가지고 나갈까요?"

"네, 그러세요."

라일이 살짝 옆으로 비켜서자, 유진이 안으로 들어왔다. 라일은 유진이 재빠르게 방 안을 살피는 모습을 목격했다.

'여우 같은 자군.'

유진이 이 방에 온 것은 벨의 오작동 때문이 아닌 게 분명했다. 오늘 아침 바흘이 라일의 짐을 가져다주었다. 유진은 필시 그 안에 담긴 내용물이 무엇인지 알아보기 위해 방에 올라온 것이리라. 벨의 오작동이라는 명분을 내세워서.

"손님은……."

"라일이라고 불러요."

"그래요, 라일. 당신은 귀족인가요?"

유진이 단도직입적으로 물었다.

"쿠빌레는 이용객의 신분을 일일이 조사하는 곳이었나요?"

라일이 되묻자 유진의 눈이 가늘어졌다. 당황하는 기색은 조금도 없었다. 이런 식의 반응을 예상했다는 듯이. 역시 대하기 어려운 남자다.

"루가 나흘 후에 백작 영애를 경호하게 되었습니다."

"백작 영애라면…… 메르앙 가터 백작의 영애인 비비안 양을 말하는 거겠죠? 비비안 양이 토스카의 대장에게 푹 빠졌다는 소문이 자자하거든요."

"네."

"루는 경호라기보다는 액세서리 자격으로 가는 거군요."

"눈치가 빠르시네요, 라일."

"눈치 하나로 먹고살거든요."

"아, 루에게 들었습니다. 도박판에서 사기를 치시는 분이라고."

"하하하하하. 루가 그런 칭찬을 하던가요?"

"칭찬은 아니었던 것 같지만 그렇게 생각하고 싶다면 생각하세요. 라일의 신분이 무엇인지는 모르겠지만 귀족들의 예법에는 통달한 것 같아 보입니다. 부탁 하나 드려도 될까요?"

"루의 예법 교육이요?"

"정말로 눈치가 빠르시네요. 도박판에서 돈 좀 만지셨겠습니다."

"쏠쏠하지요. 걸릴까 봐 무섭기도 하지만 그게 또 스릴이 넘치거든요. 예법 교육은 어디까지 할 수 있을지 모르겠지만, 한 여성을 에스코트할 수 있을 만큼은 가르쳐 보지요."

유진은 감사 인사를 하고 라일의 방에서 나왔다. 계단을 내려가다가 마침 일어나서 나오는 휴이와 마주쳤다.

"웬일이냐, 네가 쟁반을 다 들고."

"귀한 손님 좀 대접하느라."

"귀한 손님? 아, 일주일에 금화 한 개를 쓰는 미친놈?"

"말조심해, 휴이. 우리의 돈줄이야. 라일이 아니었으면 넌 출장 요리사가 돼서 귀족가에 들락거려려 했을 거야."

귀족을 좋아하지 않는 휴이는 상상하는 것도 싫다는 듯 몸을 부르르 떨었다. 그렇게 휴이는 공동 목욕탕으로 가 버렸고, 유진은 카운터에 앉았다.

'만만찮은 사내야.'

유진은 방금 전의 대화를 떠올렸다.

처음에는 라일을 조금 우습게 봤다. 귀족이나 돈 많은 상인의 자제일 거라고 생각했다. 그런 자들은 부모의 권력과 돈에 기대어 흥청망청 살아가는 사람들이 대부분이다.

하지만 라일은 달랐다.

귀족인 것은 확실한 것 같은데 흥청망청 살아가는 부류는 아니다. 눈빛이 예리하고 상황 판단이 빠르다. 그런 자가 루에게 접근하는 이유를 알 수 없었다.

'어쨌든 이용할 수 있는 건 다 이용해야 돼.'

유진도 정체 모를 남자에게 루를 맡기는 것이 마음 편한 일은 아니었다. 하지만 라일은 이유 없이 루에게 손을 댈 것 같진 않았고, 현재로썬 무척이나 필요한 존재였다.

돈줄이자 예법 선생.

루는 아마 책으로 이것저것 알아보려고 하는 것 같지만, 직접 체험하는 것보다 좋은 공부는 없다. 라일과 어울리다 보면 자연스럽게 귀족적인 행동이 몸에 붙을 터였다.

'아까 라일을 찾아왔던 남자 이름이 바흘이라고 했던가?'

험상궂은 외모에 건장한 체구를 가진 남자였다.

'라일은 그자가 용병이라고 했지만, 그 말은 거짓말이야. 용병일 리가 없지. 일단 그 남자가 들고 다니는 검 자체가 값비싼 물건이니까. 분명히 기사일 거야.'

바흘은 비비안의 호위기사인 헤다인보다 훨씬 강한 것처럼 보였다.

'쿠반, 아니, 와칸 정도로는 강한 것 같아 보였어. 일단…… 토벌 전까지는 조심할 필요가 있겠어. 나즐한테 라일의 뒷조사를 해 보라고 말해 두고 떠나야겠군.'

* * *

케이는 의자에 비스듬히 앉아, 비비안에게 빌려 온 책을 읽었다. 무어라도 하지 않으면 루와 함께 어딘가로 나가고 싶어질 것이고, 함께 다니다 보면 어제처럼 키스를 하고 싶다느니, 끌어안고 싶다느니 하는 생각이 들 것 같았다. 더 이상 미치광이가 되는 것은 사양이다.

케이가 펼쳐 놓고 있는 부분은 '주술'이라고 불리기도 하는, 흑마법에 관련된 내용이었다. 인간에게 안 좋은 영향을 미치는 흑마법은, 마법이 사라지기 시작했을 때보다 훨씬 전에 금지를 당했다. 공식적인 흑마법사가 사라진 지 500년이 넘었다고 알고 있다.

그래서인지 흑마법에 대한 내용은 그다지 길지 않았다.

'흑마법이라.'

흑마법을 사용할 수 있다면 티그리스를 되찾는 데에 상당히 도움이 되리라. 흑마법이 금지되면서 관련 서적도 모조리 불태웠다고는 하지만, 어딘가에 숨겨 놓은 흑마법서가 남아 있긴 할 것이다.

'어차피 당장 익힐 수 있는 건 아니니 잠깐 접어 두는 게 좋겠군.'

케이는 흑마법 페이지를 대충 읽어 넘겼다.

'이번 토벌이 아주 쉽진 않겠지. 어쩌면 내가 도울 일이 생길지도 모르겠는데.'

케이도 검을 사용할 수는 있었다. 와칸이나 쿠반 정도는 상대할 수 있을 정도의 실력이었다. 하지만 위기의 순간에 실질적으로 도움이 되는 것은 검이 아닌 마법이었다.

마법을 사용할 수만 있다면 스트루티오 섬 원주민 토벌 정도는 일도 아닐 것이다. 마법을 사용할 수 없다는 건, 수족이 묶인 것같이 답답한 일이었다.

'바다 건너에서 사용하는 마법도, 놈들이 눈치채려나?'

티그리스의 마법사들은 일정한 나이가 되면 피의 맹세를 한다. 커다란 수정구에 피를 뿌리고 충성하겠다는 서약을 하는 의식인데, 그 의식이 끝나고 나면 마법을 사용할 때마다 마법사의 위치가 알려진다. 마법을 허투루 사용해, 티그리스를 위험에 처하지 않게 하기 위한 의식이었다. 그 맹세는 마법사가 죽을 때까지 유지되었다.

어릴 적 아무 생각 없이 한 의식이 이런 식으로 발목을 잡을 줄은 몰랐다.

케이는 '정말로 드래곤이라도 만나게 되면 좋을 텐데.'라고 생각하며 쓴웃음을 지었다.

드래곤이라니.

그런 전설 속의 생물 따위는 믿지 않는다. 그러면서도 이렇게 원하게 되는 건 절박하기 때문이리라.

'절박해? 왜 절박해진 거지?'

불과 얼마 전까지만 해도, 티그리스를 되찾는 일 따위에는 관심이 없었다. 루가 웃는 얼굴을 보고 싶어서 티그리스를 되찾아야겠다고 결심은 했지만, 그것이 이리도 절박한 일이 될 이유는 없다. 사내놈의 웃는 얼굴이 뭐라고, 절박하게 보고 싶어 한단 말인가?

'미치겠군, 정말.'

고개를 휘휘 저으며 페이지를 막 넘기던 케이는, 방어 마법 페이지에서 손을 멈췄다. 공부를 게을리한 케이가 사용할 줄 아는 마법은 대부분 공격 마법이었다.

'방어 마법이라.'

공격이 최고의 방어라는 말이 있기는 하지만, 실제로 싸움에 들어갔을 때에는 방어가 공격 이상으로 중요했다.

'여차하면 써먹어야겠군.'이라고 생각하며, 케이는 방어 마법의 도식을 익히기 시작했다.

*   *   *

도서관에서 책을 읽다가 어둑해질 무렵에 책 몇 권을 빌려 쿠빌레로 돌아왔다. 귀족의 문화 어쩌고 하는 책들을 읽어 보았지만 그다지 도움이 되진 않았다. 대부분의 내용이, 신분이 존재해야 하는 이유와 귀한 피를 타고난 귀족의 찬양이었기 때문이다.

'귀한 피는 무슨.'

제국에서 황제 다음으로 고귀한 존재라는 오르딘 공작은 성욕을 주체하지 못하는 살인마였다. 고귀한 혈통을 타고났다는 이유만으로 처벌받지 않는 존재.

방에 들어가 책을 내려놨을 때 노크 소리가 들렸다. 누구냐고 묻지도 않고 문을 열었더니 라일이 서 있었다. 없는 척할걸 그랬다고 후회하며 그를 빤히 응시했다.

싫은 티를 온몸으로 내고 있는데도 그는 불쾌한 기색이 없었다. 참으로 속을 알 수 없는 남자다.

"저녁에 초대를 하러 왔어요, 루."

그가 여느 때처럼 다정한 목소리로 말했다.

"저녁 생각 없습니다."

사실 배가 고팠지만 라일과 함께 저녁을 먹을 생각은 없었다. 싫은 기색을 보여도 자꾸만 다가오는 그의 의도를 알 수 없었기 때문이다. 속을 알 수 없는 자를 상대하는 것은 불편하다.

"사실은 유진에게 부탁을 받았거든요."

"부탁이요?"

"사교 모임 초대를 받았다면서요?"

"아. 그건 초대를 받은 게 아니라 비비안 양의 경호원 자격으로 가게 된 겁니다."

"아닐걸요."

"네?"

"사교 모임에선 말이죠. 여자들의 은밀한 암투가 벌어져요. 내가 데리고 온 경호원이 얼마나 멋진지, 내가 입은 옷이 얼마나 비싼지, 내 액세서리가 얼마나 구하기 힘든지. 비비안 양이 루를 선택한 이유는."

그가 엄지와 검지로 루의 턱을 살며시 잡았다. 어째서인지 그 손길을 피할 수가 없었다. 루는 눈을 동그랗게 뜨고 그를 올려다봤다.

라일의 녹색 눈동자가 은밀하게 빛났다. 그는 허리를 살짝 굽혀 루와 눈높이를 맞췄다. 그의 숨결이 루의 입가에 닿았다.

"이 아름다운 얼굴이 제 것이라고 자랑하기 위함이겠지요."

"나는 대장의 것입니다."

바보처럼 웅얼웅얼 내뱉었다. 그의 눈이 가늘어졌다.

"그래요. 바로 그거예요."

그가 갑자기 루를 놔주고 허리를 똑바로 폈다. 그 순간 루는 마법에서 풀린 것처럼 자유로워졌다.

자신에게 화가 났다. 어째서 손길을 피하지 못한 거지? 어째서 이렇게 바보처럼 대답을 한 거지?

"당신은 토스카의 대장 케이의 것. 비비안은 말하고 싶은 거죠. 토스카의 대장과 같은 것을 공유하는 사이라고."

심장이 콱 죄이는 느낌이 들었다. 케이를 향한 비비안의 마음, 그녀의 욕심은 이미 알고 있었다. 루를 데리고 가려는 비비안의 의도 또한 유진에게 들었다.

하지만 라일에게 듣는 말은 그때와 다른 느낌으로 루를 지배했다.

나는 네 마음을 알고 있어, 루. 너는 케이를 갖고 싶겠지. 하지만 가질 수 없어. 케이와 같은 것을 공유할 수 있는 건, 아무것도 없는 네가 아닌 비비안이야.

그의 녹색 눈동자가 그렇게 말하는 것만 같았다.

'이 남자가 싫어.'라고 생각했을 때, 라일의 얼굴에 햇살 같은 미소가 번졌다. 동시에 그를 향한 미움도 사라졌다. 그의 미소는 마치 루의 고통스러운 마음을 어루만지듯 다정하고 따사로웠다.

괜찮아, 루. 네 마음 알아. 힘들지? 걱정하지 마. 네 사랑은 가시밭을 걷는 듯 괴롭겠지만 내가 옆에 있을게. 더 아프지 않게, 내가 네 손을 잡아 줄게.

그렇게 말하는 것 같았다.

표정만으로 분위기가 휙휙 변하는 라일이, 두려운 한편 신기했다. 라일이 루를 향해 손을 내밀었다.

"저녁 같이 먹어요, 루. 사교 모임에서 실수하지 않도록, 당신이 토스카 대장의 보석으로 남아 있을 수 있도록 도와줄게요."

7장

케이는 시장 거리에 와 있었다. 마법을 직접 사용할 수가 없으니 비슷한 힘을 내는 마법 도구라도 만들 요량이었다.

유진에게 받아 온 돈은 금화 한 개. 이 돈으로 쓸 만한 것을 구해야 한다.

'나즐과 알리에게 돈을 많이 좀 벌어 두라고 말해야겠군.'

괜찮은 물건을 골라 마력을 주입하면 훌륭한 마법 도구가 되겠지만, 마력을 사용한다는 건 티그리스에게 위치를 알리는 것과 마찬가지였다. 이미 마력이 주입된 물건을 찾아서, 그 마력을 증폭시켜야 한다.

마력이 담긴 물건은 누군가 사용하던 것이니 골동품 상점으로 가 보는 것이 좋겠다.

골동품 상점은 골목 중간쯤에 있었다. 시장 거리 구석에서 꺾어 들어가는 골목길엔 사람이 많지 않았다. 느릿하게 걷고 있는데 누군가 다가오는 기척이 느껴졌다.

공격할 준비를 하고 휙 돌아본 케이는 후드를 눌러쓴 자그마한 체구의 인물을 발견했다. 후드 밖으로 연갈색 머리카락이 보였다. 비비안이었다.

"케이."

그녀가 겁도 없이 다가왔다. 케이의 전신에서 흘러나오는 살기를 읽지 못한 탓이다. 케이는 살기를 거둬들였다.

쫓기는 몸인지라 인적이 드문 곳에서 뒤따라오는 기척을 느끼면 경계를 하게 된다. 마법을 사용하지 않은 지 7년. 티그리스가 케이의 흔적을 찾았을 리 없는데도.

"이런 곳엔 어쩐 일이지, 비비안 양?"

"약초를 좀 사러 왔어요."

"약초?"

"네. 곧 토벌을 가신다고 들어서 뭔가 도움이 될 게 없을지 고민하다가요. 약값이 비싸니까 제가 마련해드리면 좋겠다 싶었어요."

"흐음."

"케이는 이런 곳에 어쩐 일로 혼자 나오셨나요?"

"물건을 좀 사려고."

"물건이요?"

비비안이 주위를 둘러봤다. 골목길에 위치한 상점들은 비주류 상품을 팔고 있었다.

케이는 비비안의 궁금증을 풀어 주지 않고 골동품상으로 들어갔다. 비비안도 서둘러 그의 뒤를 따라 들어왔다.

백작의 영애인 비비안은 이런 허름한 가게가 처음이었다. 낡았지만 신기한 물건들이 진열된 가게를, 비비안은 호기심 가득한 눈으로 둘러봤다.

"어서옵쇼."

뱃살이 두둑한 가게 주인이 우렁차게 인사를 건넸다. 케이는 가볍게 고개를 끄덕이고는 물건을 둘러보다가 낡은 검들이 대충 던져져 있는 곳으로 향했다.

"이런 건 너무 낡아서 못 쓸 것 같아요, 케이. 제가 좋은 무기를 마련해드릴 수 있을 것 같은데."

비비안이 말했다.

"좋은 무기라."

"저택에 아버지가 수집한 무기들이 많이 있어요. 당신이 원한다면 아버지께서 흔쾌히 빌려 주실 거예요."

"그렇군."

케이는 적당히 대꾸하고 무기를 검들을 훑어봤다. 아무리 값비싼 무기라도 마법에 걸린 무기를 이기지 못한다. 검을 하나하나 손에 쥐어 보던 케이는 검 몇 개를 골랐다. 낡은 물건들 중에서도 몇 개.

비비안은 케이가 고르는 물건들의 규칙을 파악할 수가 없었다. 검이야 그렇다 쳐도 시계와 종이, 펜과 그림 같은 것은 왜 사는 걸까? 그리고 저 목걸이는 뭐지?

가죽으로 된 줄에 반들반들한 검은 돌을 꿴 목걸이는 걸고 다닐 수 없을 정도로 예쁘지 않았다. 하지만 비비안은 케이가 저 목걸이를 자신에게 준다면, 매일매일 걸고 다닐 거라고 다짐했다.

하지만 케이는 싼값에 구입한 그 물건들 중 어느 하나도 비비안에게 주지 않았다. 투박한 목걸이가 갖고 싶은 건 아니었지만 내심 실망스러웠다.

케이는 그 후에도 몇 군데의 상점을 더 돌아보며, 낡고 쓸모없어 보이는 물건들을 구입한 후 골목을 빠져나왔다. 충실하게 케이를 따라다니던 비비안은, 그의 무심함에 상처를 받았다. 계속 따라다니는데도 먼저 말 한 번 안 걸어 주다니.

"케이. 저기…… 루를 제 경호기사로 빌려주셔서 감사해요."

"그래."

"감사의 의미로 만찬에 초대하고 싶어요. 당신이 와 주면 아버지도 좋아하실 거예요."

"만찬이라."

케이는 들고 있는 짐을 흘끗 내려다봤다. 이 물건들에 걸린 마법이 무엇인지 파악하고, 쓸모 있는 것을 골라 마력을 강화시키려면 꽤나 시간이 걸릴 것이다.

하지만 비비안의 요청을 거절할 수는 없었다. 그녀의 아버지는 토스카에 필요한 존재였다. 루가 백작 이상의 작위를 받을 때까지는 가터 백작의 보호가 필요했다.

"그러지."

케이는 가볍게 고개를 끄덕이고는 비비안과 함께 가터 백작가로 향했다.

*   *   *

라일의 방에는 이미 저녁이 차려져 있었다. 루가 순순히 만찬 초대에 응할 것을 확신했다는 듯, 2인분의 요리와 식기가 준비되어 있었다.

상큼한 과일 소스를 바른 커다란 생선구이와 감자튀김, 그리고 삶은 계란을 잘라 넣은 샐러드. 의외로 간소한 상차림이었다.

루가 의자를 빼서 앉으려고 하는데 라일이 루를 가볍게 밀어내며 자신이 의자를 빼 주었다.

"레이디의 의자는 남자가 빼 주는 거예요."

"나는 레이디가 아닙니다, 라일."

"알아요. 하지만 지금은 교육을 하는 중이잖아요. 내가 남자, 당신이 여자 역할을 맡는 걸로 하죠."

"왜 내가 여자 역할을 해야 합니까?"

"그럼 루, 당신이 남자 역할을 확실하게 해낼 수 있겠어요?"

미소는 띠고 있지만 꾸짖는 듯한 말투였다. 루는 아랫입술을 깨물고 그를 노려봤다.

라일이 아닌 다른 사람이 이런 행동을 했다면 대수롭지 않게 넘길 수 있었을 것이다. 하지만 라일이 이런 행동을 할 때는 왠지 그냥 넘어가기 힘들었다. 그의 행동 하나하나에, 무언가 다른 의도가 담겨 있는 것만 같았다.

"여자가 되어 느껴 보세요. 남성의 섬세한 배려가 어떤 건지. 그냥 흘려 넘기지 말고 제대로 익히세요."

틀린 말이 아니기에, 루는 순순히 따르는 수밖에 없었다. 루가 의자에 앉은 후에야 그가 자신의 자리에 앉았다. 포크를 들며, 그가 말했다.

"레이디는 남자가 자신을 지켜보고 배려할 때에 안정감을 느낍니다. 주의해야 할 것은 지켜보고 있다는 것을 레이디가 눈치채지 못하게 해야 한다는 거지요."

이야기를 하면서도 그는 능숙하게 움직였다. 루가 물을 마시려고 하면 먼저 주전자를 들어 물을 따라 주고, 양념통을 집으려 하면 먼저 집어서 루에게 건넸다.

"마치 이 세상에 레이디만이 존재한다는 듯 그녀에게 집중을 해야 하는 겁니다. 너무 과해서 부담스럽지 않을 정도로만."

차분하게 가르치는 그에게 다른 꿍꿍이는 없는 것 같았다. 루는 경계심을 풀고 물었다.

"너무 과해서 부담스러운 건 어떤 걸까요?"

질문이 끝나자마자 그가 눈을 들어 루를 똑바로 응시했다. 그의 녹색 눈동자는 흔들리지도 않고 탁하게 흐려지지도 않았다. 마치 루를 보기 위해 존재한다는 듯, 루에게 고정되어 있었다.

　당혹스러웠다.

　루는 시선을 옆으로 피하며 냅킨을 향해 손을 뻗으려 했다. 그 전에 그가 먼저 냅킨을 낚아채 루에게 건넸다.

　"이런 거예요."

　"네?"

　"부담스러운 거, 이런 거라고요."

　"아."

　"방금 내 모습은 여유가 없어 보였을 겁니다. 당신이 냅킨을 집으려 하자마자 거의 빼앗듯이 냅킨을 집어 들었죠. 이런 행동은 좋지 않아요. 여자를 잘 몰라 긴장한 남자처럼 보이게 만들죠."

　"라일은 여자를 잘 아시나 봅니다."

　빈정거리는 말에도 그는 근사한 미소를 지었다.

　"여성을 기쁘게 해 줄 수 있을 정도로는 알고 있지요. 다음으로는 식사 예절에 대해 알려드리겠습니다."

　그는 차분하게 식기의 사용법에 대해 설명했다. 여유롭게 식사를 하는 그의 모습을, 루는 꼼꼼히 관찰했다. 긴장하지 않고 우아하게 식사를 하는 그는, 인정하고 싶지 않지만 근사했다.

　루는 그의 움직임을 따라 식사를 하고 물을 마셨다.

"이번 사교 모임에는 비비안 양의 경호원 자격으로 가는 거니, 이런 예법까지는 필요하지 않을 겁니다. 아마도 정원으로 안내를 받은 후, 다른 여인들의 경호기사들이 서 있는 곳에서 대기를 하게 되겠지요. 그곳에서 차분히 비비안 양의 모습을 지켜보다가 필요한 것이 있을 때에 다가가 챙겨 주면 될 겁니다."

"여인들끼리 차를 마시고 있을 때 끼어들어도 되는 겁니까?"

"일반적인 경호기사라면 그래선 안 되겠지만, 루는 비비안 양의 액세서리로 가는 거니까요. 그 정도는 용서를 받겠지요."

이것저것 배우면서 식사를 하느라 꽤 늦은 시간에 식사가 끝났다. 슬슬 일어나야 할 것 같아, 루는 의자에서 일어났다.

"덕분에 많은 걸 배웠습니다."

"내일도 와요. 더 많은 것들을 가르쳐 주죠."

"네, 뭐…… 내일 봐서요."

적당히 대꾸하며 문고리에 손을 댔을 때였다. 라일이 갑자기 루의 손목을 당겨 돌려세우더니, 루를 문에 밀어붙였다. 딱딱한 방문에 등이 닿을 때, 라일이 팔로 루의 허리를 감싸 세게 부딪치지 않게 해 주었다.

그의 가슴과 루의 가슴이 맞닿을 정도로 가까운 거리에서, 라일이 루를 내려다보았다. 루는 놀랐지만 무표정하게 그를 올려다봤다.

"레이디를 모실 때의 마지막 매너."

그가 낮은 음성으로 속삭였다.

"헤어지기 전."

그의 음성에 귀를 기울이느라 그의 얼굴이 가까이 온다는 것을 깨닫지 못했다.

"다정한 입맞춤을."

그의 코가 루의 코끝을 비스듬히 스쳐 지나가고, 그의 입술이 루의 입술 위를 가볍게 스쳤을 때에야 루는 정신을 차렸다.

루는 황급히 그의 팔을 잡아 돌리며 다리를 걸었다.

털썩—

루의 갑작스러운 움직임에 라일은 반항하지 못하고 바닥에 쓰러졌다. 그런 라일의 가슴을 한쪽 무릎으로 꽉 눌러 제압한 루는, 차가운 눈으로 라일을 노려봤다.

"라일, 자꾸 착각을 하는 것 같은데. 나는 여자가 아닙니다. 자꾸 이런 식으로 나오면 당신의 정체가 무엇이든, 이 손목을 베겠습니다."

서슬 퍼런 루의 기세에도 라일의 입가에 번진 미소는 사라지지 않았다. 그 녹색 눈동자에 담긴 다정함도.

루는 울컥 짜증이 치밀었다.

대체 이 남자는 왜 포기하지 않고 이런 눈으로 보는 걸까? 내게 무엇이 있다고 자꾸만 이렇게 다가오는 걸까?

왜 자꾸만.

'여자로 대하는 거지?'

왜 나는.

'그 행동에 설레는 거지?'

정체를 알 수 없는 자였다. 못된 꿍꿍이가 있을지도 모르는 남자였다. 그런데도 오늘 식사를 하는 내내, 그의 다정한 말투와 섬세한 배려에, 그의 은근한 눈빛과 부드러운 미소에.

심장이 뛰고 말았다. 마치 여자처럼.

루엘이라는 이름과 함께 여자를 버렸다. 부모님이 돌아가신 그때에, 복수를 하기 전까지는 남자로 살겠다 결심했다.

케이를 다시 만나게 되면서, 어린 날의 꿈같은 소망이 부풀었지만 그래도 자제할 수 있었다. 보들보들하게 움직이는 마음을, 그저 동경일 뿐이라고 자위하며 어떻게든 억누를 수 있었다.

그런데 만난 지 얼마 안 된 이 남자는, 어째서 이 마음을 들쑤셔 놓는가. 어째서 오랜 시간 견고히 쌓아 올린 이 마음은, 이따위 싸구려 배려에 바보처럼 흔들리는가.

루는 자신에게 환멸을 느꼈다.

이제 스무 살이 된 여인이 여성으로서 대우 받고 싶어 하는 것이 당연한 것임에도, 루는 그런 마음을 품는 자신을 용서할 수가 없었다.

"루."

라일이 뻗은 손이 루의 볼에 닿았다.

"여인은 그저 여인이라는 것만으로도 대우를 받을 자격이 있습니다."

"나는……!"

"안타까워서 그래요. 활짝 꽃피워야 할 나이의 당신이 이렇게 험한 곳에서 살아가는 것이."

라일은 루가 여자라는 것을 확신하고 있었다. 루는 어금니를 악물었다.

그동안 잘 숨겨 왔다. 이런 식으로 비밀을 아는 자들이 늘어나는 것은 좋은 일이 아니다.

"그리고 루."

라일이 달콤한 목소리로 루를 불렀다.

"이제 나 좀 놔줄래요? 남자다운 척하려고 참고 있긴 한데, 아파서요."

마음 같아서는 더 세게 눌러 아예 숨을 쉴 수 없게 만들고 싶었지만 참았다. 루는 일어나 라일을 향해 손을 뻗었다. 라일은 씩 웃으며 루의 손을 잡았다. 루가 그 손을 끌어당겨 라일을 일으켜 세웠다.

"힘이 세네요, 루. 나보다 더…… 큭……."

라일은 말을 끝낼 수가 없었다. 루가 그의 멱살을 움켜쥐고 벽으로 밀어붙인 것이다.

루의 새파란 눈동자가 차게 빛났다.

"잘 들어 둬. 날 여자로 대하든 남자로 대하든, 그따위 것은 중요치 않아. 그런 건 네 멋대로 해. 네놈이 무슨 생각으로 내게 접근하는 건지는 모르겠지만, 토스카에 누가 되는 행동을 한다면 널 죽이겠어."

*　　　*　　　*

　비비안의 앙큼한 거짓말에 속아 넘어갔다.

　만찬은 준비되어 있지 않았고, 메르앙 가터 백작도 부재중이었다. 비비안은 케이의 눈치를 보며 고용인들에게 일러 저녁을 준비하도록 시켰다.

　"아직 준비가 안 되었나 봐요. 기다리는 동안 잠시 응접실에서 차를 마시며 대화를 나누시겠어요?"

　뻔뻔하게 말하는 비비안을 보며 케이는 속으로 웃었다. 몸이 달긴 달았나 보다. 이런 여성들을 처음 만나는 건 아니었다. 이전에 머물던 작은 촌락에서도 여러 여자가 이런 식으로 접근을 해 왔다. 케이의 마음을 얻기 위해.

　케이가 딱히 여자를 싫어하는 것은 아니었다. 가볍게 데리고 놀다가 버릴 수 있는 여자라면 얼마든지 상대해 줄 수 있었다. 하지만 비비안은 그런 여자가 아니었다.

　남자 경험도 없는데다가 백작의 딸이다. 잘못 건드리면 여러 가지로 위험해진다.

　"비비안 양과 나 사이에 나눌 대화라는 것이 있나?"

　케이의 차가운 태도에 비비안이 얼굴을 붉혔다. 순진하게 반응하는 모습이 조금은 귀여웠다.

　"무, 물론 나눌 대화는 없지만…… 그러니까……."

고개를 숙이고 머뭇거리던 비비안이 결심한 듯 케이를 올려다보며 말했다.

"당신이 좋아요, 케이. 그래서 당신과 함께 시간을 보내고 싶고요. 대화 없이 함께하는 시간이, 당신에게는 지루하겠지만…… 나에게는 그 시간이 더없이 달콤할 거예요. 내게, 당신의 시간을 빌려줘요."

비비안의 솔직한 말에, 케이는 당황했다. 이런 식으로 나올 줄은 몰랐다. 사랑에 빠진 여자가 무섭다는 말은 들었는데, 지금 보니 무섭다기보다는 사랑스럽다.

문득 루가 떠올랐다.

'루도 이렇게 솔직하게 부딪쳐 오면 좋을 텐데.'라는 생각을 하다가 소스라치게 놀랐다. 좋긴 뭐가 좋단 말인가. 루는 남자인데. 사내놈이 이런 소리를 하는데 기분이 좋아진다는 건, 정신 상태를 의심해야 한다는 뜻이다.

"좋아, 비비안 양."

이런 순간에도 머릿속을 가득 채운 루를 털어 내야만 했다.

"내 시간을 빌려주지."

*　　*　　*

안에 미스릴 갑옷을 입고 있지 않았더라면 갈비뼈가 부러졌을지도 모르겠다. 라일은 루에게 눌렸던 가슴을 문지르며 침대에 누웠다.

얼음처럼 차갑고, 바다처럼 깊은 루의 새파란 눈동자가 뇌리에 콱 박혀 떠나지 않았다.

대단치 않은 이유(예를 들자면, 남자뿐인 토스카의 일원이 되고 싶다거나, 케이와 더 가까이 있고 싶다거나 따위의)로 남장을 하고 있는 줄 알았는데, 잘못 생각했다. 깊고 푸른 눈동자에는 그보다 더 많은 것이 담겨 있었다.

'뭐가 담겨 있는 거지? 뭘 이루고 싶은 거야, 루?'

처음보다 더 큰 호기심이 생겼다. 그 호기심이 얼마나 큰지 심장이 두근두근 뛸 정도였다.

루에 대해 더 많이 알고 싶었다. 그녀가 원하는 게 무엇인지, 그녀가 좋아하는 게 무엇인지, 그리고 그녀의 이상형이 어떤 남자인지.

'제기랄.'

라일은 한 손으로 이마를 짚었다.

'미치겠군. 이런 식으로 사랑에 빠질 줄이야.'

심장이 뛰는 건 호기심 때문이 아니었다. 단지 신기해서 그렇다고 생각할 만큼 바보도 아니었다.

루의 마음을 사로잡을 계획이었다. 하지만 도리어 사로잡히고 말았다. 그 푸른 눈동자에, 흔들림 없는 각오가 새겨진 깊은 눈동자에.

'이거 진짜 큰일이네.'

　　　　　*　　　　*　　　　*

　비비안의 사교 모임이 있는 날까지, 루는 매일 라일의 방에 들
렀다. 피할 수 없다면 철저하게 이용해 주겠다는 생각이었다.

　그는 처음과 똑같이 루를 여자 대하듯 배려했다. 달라진 점이
있다면 더 이상 루를 자극하지 않는다는 것이었다. 레이디라고
부르지도 않았고, 필요 이상으로 접촉을 하지도 않았다. 반드시
필요한 순간에만, "괜찮아요?"라고 물어보고 루의 대답을 들은
후에야 접촉을 했다.

　늘 귀족의 예법에 대해 공부하는 건 아니었다. 그는 때로 세
상사나 도박판, 여행지에 대해 이야기를 했다. 루가 모르는 것들
을, 그는 아주 많이 알고 있었다. 그래서 어느 순간부터인가, 루
는 그의 이야기를 듣는 것이 좋아졌다.

　입고 갈 옷은 유진이 마련해 주었다. 늘씬한 몸매가 드러나는
검은 정장이었는데, 최근에 수도에서 유행 중인 옷이라고 들었
다. 옷맵시는 좋지만 불편했다.

　"기억해요, 루. 성급하면 안 됩니다. 여유를 가지고 행동해야
합니다."

　라일의 당부에 고개를 끄덕이고, 루는 가터 백작가로 향했다.
루의 뒷모습이 멀어지자, 유진이 말했다.

　"루와는 많이 친해졌어요?"

"네. 처음엔 날 많이 경계했는데 이젠 그러지 않더라고요."

"경계하지 않는다는 건 여유가 생겼다는 뜻이겠죠. 상대가 무슨 짓을 해도 이길 만하다는 여유."

생각지도 못한 해석에, 라일이 미간을 좁히고 유진을 돌아봤다. 하지만 유진은 루가 걸어간 길을 응시한 채로 말했다.

"루에게 못된 짓을 하셨나 보군요, 라일."

"왜 그렇게 생각하죠?"

"루는 우리 토스카에 폐를 끼치기 싫어서 항상 몸을 사리거든요. 문제를 일으키느니 자신이 참겠다고 생각하는 성격이죠. 그런 루가 당신을 이길 수 있겠다고 판단했다는 건."

유진이 고개를 돌려 라일과 시선을 맞췄다.

"당신을 죽일 각오를 할 만한 일이 벌어졌다는 거겠죠."

순간, 라일은 섬뜩함을 느꼈다. 단지 그것만으로 여기까지 추측을 하다니.

"그래도 멀쩡한 것으로 보아 아주 나쁜 분은 아닌 것 같으니, 이번에는 모르는 척하겠습니다."

"그거참 고맙군요."

"비아냥거리지 마세요, 라일. 당신이 우리의 돈줄이기는 하지만, 우리 대장은 자기 사람을 건드렸을 때 폭발을 하거든요."

"이런, 이런. 그럼 난 당신의 대장에게 죽을 운명인가요?"

"아니요."

유진이 싱긋 웃었다.

"대장이 폭발하기 전에, 나나 쿠반이 당신을 죽이게 될 거예요. 대장이 폭발하면 간신히 터를 잡은 이 도시가 사라진다는 뜻이니까."

*　　*　　*

헤다인과 가터 백작의 놀란 눈동자가 루의 얼굴에 고정되어 있었다. 그들은 '파필리아의 괴물'이 저주에서 풀려 아름다워졌다는 이야기는 전해 들었지만, 이 정도로 바뀌었을 줄은 몰랐던 것이다.

사실 헤다인은 비비안이 자신이 있는데도 루를 데려가는 것이 무척이나 불만이었는데, 루의 얼굴을 보는 순간 그런 불만마저 잊고 말았다. 루는 그들을 향해 가볍게 인사를 하고는 비비안에게 말했다.

"모시러 왔습니다, 비비안 양."

"멋져요, 루. 이렇게 신경을 쓰고 와 줘서 고마워요."

비비안이 솔직하게 말했다.

"비비안 양은 중요한 분이시니까요. 걸림이 되지 않게 모시라는 당부가 있었습니다."

사실 그런 당부는 누구에게도 듣지 못했다.

케이는 무엇을 하는지 며칠째 방에 틀어박혀 있었고, 유진은 "만약 누군가 네게 무례하게 굴면 일단은 참아 보고, 영 안 되겠다 싶으면 다 죽이고 도망쳐. 나머지는 내가 어떻게든 해 줄 테니까."라고 말했을 뿐이다.

하지만 그것을 모르는 비비안은 기쁜 듯 볼을 붉혔다. 사랑스러운 모습이다.

마차와 말이 준비되어 있었다. 비비안은 마차를, 루는 말을 타고 가야 한다. 말 타는 법을 알고 있어서 다행이라고 생각하며, 루는 마차의 문을 열었다.

"조심히 오르십시오."

"도와줘요."라며, 비비안이 손을 내밀었다. 그녀는 팔목까지 오는 흰색 레이스 장갑을 끼고 있었다.

"제가 감히 비비안 양의 몸에 손을 대도 괜찮겠습니까?"

루의 질문에 비비안이 까르르 웃었다.

"괜찮아요, 루. 오늘은 당신이 나의 기사님이잖아요."

루는 비비안을 향해 가볍게 미소를 지어 주고는 그녀의 작은 손을 살며시 붙잡았다. 그녀가 마차에 탄 후 문을 닫으려 하자, 비비안이 말했다.

"같이 타요."

"네?"

"같이 마차에 타고 가요. 두 시간이 넘게 걸리는 거리인데, 그런 차림으로 말을 타고 가기는 힘들 거예요."

"아, 하지만……."

루는 가터 백작과 헤다인의 눈치를 살폈다.

아무리 경호원 자격으로 간다고 해도, 레이디와 사내가 한 마차에 타는 건 좋게 보이지 않을 것이다. 게다가 혜다인도 함께 가는데 대우가 너무 달라 고까워 보일 것 같았다.

"괜찮아요, 루. 난 어차피 못된 소문에 시달리는 데 익숙해졌는걸요. 이제 와서 하나둘 더 생긴다고 해서 큰일 날 것도 없어요."

비비안이 아무렇지도 않게 한 말에, 루는 속으로 한숨을 삼켰다. 그러고 보니 비비안에게는 이러저러한 소문들이 많이 따라다녔다. 예전에 루가 그랬듯이.

루는 비비안의 요청에 따라 마차에 올라, 그녀의 맞은편에 앉았다. 마부가 와서 마차의 문을 닫았고, 마차가 출발했다. 마차에 있는 작은 창문에는 파란색 커튼이 달려 있었다.

"루, 그렇게 입으니까 정말 멋있어요. 모두가 루에게 반할 거예요."

"그건 좀 무서운데요."

"어머. 여자를 안 좋아해요?"

"아니, 그런 건 아니지만 조금 불편합니다."

"하긴. 예전에는 다들 루를 미워했으니까 갑자기 호의를 보이면 당황스럽겠어요. 그래도 루, 너무 무서워하지 말아요. 이제는 아름다운 얼굴이 되었잖아요."

"그런가요?"

"그럼요. 만약 루가 여자였다면 굉장히 질투를 했을 거예요.

루처럼 예쁜 여자가 케이 옆에 있다는 게 싫어서."

"하하……."

"케이가 자랑스러워하겠어요. 괴물이라고 불리는 사람을 곁에 두는 것보다는, 아름다운 사람을 곁에 두는 게 훨씬 좋은 일이니까."

나쁜 뜻으로 한 말은 아니겠지만, 루는 비비안의 말들이 신경에 거슬렸다.

"헤다인도 루처럼 아름다웠으면 좋았을 텐데."

귀족들에게 고용인이란 액세서리에 불과하다는 것은 알고 있었다. 하지만 케이에게 있어서 자신은 그렇지 않다고 생각했다. 아니, 그렇게 생각하고 싶었다.

하지만 지금 비비안은 말하고 있었다.

넌 케이에게 도움이 되는 존재가 아냐. 그저 그의 액세서리일 뿐이야. 예전에는 버리는 게 나을 흉측하고 더러운 액세서리, 지금은 값비싸고 반짝이는 액세서리. 그뿐이야.

'아니, 내가 나쁜 쪽으로 생각하는 거야. 비비안은 아무 생각 없이 하는 말일 텐데.'

루는 스멀스멀 기어 나오는 불쾌감을 꾹 눌러 가라앉혔다.

바빈터 백작가로 향하는 길은 즐겁지 않았다. 비비안은 루의 저주에 대해 끊임없이 질문을 던졌고, 자신의 약 덕분에 루의 저주가 풀렸다고 확신하는 것 같았다. 비비안에게 진실을 이야기할 수가 없어서 적당히 상대를 해 주었는데, 비비안이 서운한 듯 말했다.

"루는 내가 싫은가 봐요. 내가 당신의 대장을 빼앗아 가는 것 같아서 불쾌한가요?"

"아니요, 비비안 양. 그렇지 않습니다."

"나, 바보 아니에요, 루. 당신은 자꾸 내 질문을……."

히이이잉—!

비비안이 투덜거리듯 말하고 있을 때, 말들이 거친 울음소리를 토해 내며 멈췄다.

덜컹—

갑작스러운 정지에 마차가 흔들렸다. 가볍게 비명을 지르며 기우뚱하는 비비안의 팔뚝을, 루가 잡아 고정시켰다. 밖이 소란스러웠다.

"너희는 누구냐?"

혜다인의 고함 소리가 들려왔다.

"무슨 일……."

"쉿, 비비안 양."

루는 혼란스러워하는 비비안을 조용히 시키고 밖의 소리에 귀를 기울였다. 이쪽의 경호기사가 세 명. 그리고 마차 앞에 막아선 이들이 서른두 명.

묵직한 장비들이 부딪치는 소리가 들려왔다. 검, 검, 몽둥이와 쇠사슬, 그리고.

'제길. 총을 가지고 있군.'

총은 많이 보급되지 않은데다가 유지비가 비싸고 불량품이 많아서 소유한 이들이 많지 않았다. 하지만 제대로 된 총은 검보다 빠르고 강해, 상대하기 힘들었다. 만약 저들이 비비안을 죽일 목적으로 온 거라면, 마차를 향해 총을 쏠 것이다. 난사된 총알은 마차를 뚫고 들어와, 루와 비비안을 엉망으로 만들어 버리겠지.

하얗게 질린 비비안의 얼굴을 흘끗 살폈다. 그녀는 예상치 못한 일에 금방이라도 기절할 것 같았지만, 어떻게든 차분함을 유지하려고 애쓰고 있었다. 백작가에서 자란 것치고는 심지가 강한 여자다.

루는 그녀의 손목을 꽉 잡아 눌렀다. 바들바들 떨리던 그녀의 시선이 루에게 고정되었다. 루는 그녀와 눈을 맞추고 살짝 고개를 끄덕였다. 그리고 마차의 문을 열려는데 비비안이 속삭였다.

"나가지 말아요. 위험해요."

"비비안 양."

루는 밖의 소리에 귀를 기울였다. 헤다인과의 대화 내용으로 보아, 상대는 도적인 것 같았다. 아직 싸움이 벌어지지 않은 이유는, 총 때문일 것이다. 헤다인도 총 가진 자를 상대하는 것이 위험하다고 판단한 것이겠지.

"괜찮아요."

루는 비비안을 안심시키기 위해서 미소 지었다.

"여기에 가만히 있어요. 금방 돌아오겠습니다."

루는 마차 문을 열고 내렸다.

"넌 방해하지 말고 들어가 있어!"

헤다인의 외침에 도적들이 낄낄거렸다.

"가터 백작 따님의 정신이 이상하다는 말은 들었는데, 아랫것
들에게 거지 같은 대우를 받고 지내는구먼!"

루를 비비안이라고 착각한 것 같았다. 루는 차라리 그게 나을
거라고 생각했다.

놈들을 눈으로 확인하고 나니, 그냥 도적처럼 보이지는 않았
다. 도적으로 가장한, 다른 목적을 가진 무리들이었다. 그들의
검과 총은, 잘 모르는 루의 눈에도 상당히 고가의 상품으로 보였
다.

누군가의 사주를 받고 가터 백작가의 영애를 납치하러 온 것
이 분명하다.

"이놈들이 감히 누굴 비비안 님으로 착각하는 거냐?"

헤다인의 외침에 루는 속으로 한숨을 삼켰다. 착각하는 게 나
은 상황인데.

"뭐야, 비비안 양이 아니야?"

"어여쁘고 사랑스러운 비비안 양이라고 들었는데?"

"아, 그러고 보니까 갈색 머리라고 들었어. 저 계집은 까만 머
리잖아."

도적들은 여유가 있어 보였다. 자신들이 질 리가 없다고 생각

하는 것 같았다.

루는 그들을 빠르게 훑었다.

총을 가진 자는 네 명. 저 넷만 처리하면 나머지는 쉽다. 상당히 강해 보이긴 하지만 질 것 같은 기분은 들지 않았다.

문제는 루에게 무기가 없다는 점이었다.

사교 모임에 갈 때에 무기를 가져가서는 안 된다고 들어서, 옷 안에 숨길 수 있는 짧은 단도만 두 개 가지고 왔다. 단도 두 개로 저들을 상대할 수 있을까?

루는 흘끗 옆을 봤다. 헤다인을 포함한 세 명의 경호기사. 그 중 한 명이 루와 가까운 곳에 있었다. 검을 빼 든 자세가 좋았지만 저들을 전부 상대할 순 없을 것이다.

'자, 어떻게 해야 검을 빌릴 수 있으려나?'

＊   ＊   ＊

유진은 어디서 쓰레기 같은 물건들을 주워 오더니, 며칠째 방에서 나오지 않는 케이가 걱정스러웠다. 텐치에게 카운터를 맡기고 케이의 방에 올라가서 노크를 했다.

"들어와."

곧바로 대답이 들려와서 안심했다.

안으로 들어가자, 케이가 쓰레기들에 둘러싸여, 펜던트 하나를 집어 들고 그것을 물끄러미 응시하는 중이었다.

"대장, 뭐해요?"

"마법이 새겨진 물건들이다. 골동품상에서 사 왔지."

"아, 저번에 1골드 가져가신 걸로 사 온 거예요? 별말씀이 없기에 어디서 여자랑 노닥거리다가 오신 줄 알았는데."

케이는 이제 '내가 우스운가?'라는 말을 하는 것도 지쳤다. 묵묵히 펜던트를 응시하며 새겨진 마법을 읽어 내리려고 애썼다.

굉장히 오래된 펜던트였다. 미미한 마법의 기운이 느껴지는 데다가, 검은 돌이 루의 머리카락과 잘 어울릴 것 같아서 저도 모르게 사 오고 말았다.

"유진. 출발일까지 얼마나 남았지?"

"15일이요."

"그 전까지 이 도구들을 전부 쓸 만하게 만들어야겠군."

"마법 무기가 있으면 확실히 편하긴 하겠죠. 히센한테 총 몇 자루를 쓸 만하게 좀 만져 두라고 했어요."

"그래."

"조만간 와칸이랑 쿠반도 돌아올 거고요. 원정선이 그 무렵에 들어와서 정박할 테니, 짐을 옮기면 될 거예요."

"그래."

"대장, 그런데요."

유진의 음성이 낮아졌다. 케이는 목걸이에서 눈을 떼고 유진을 돌아봤다. 유진은 심각한 표정으로 케이를 응시하다가 조심스럽게 말했다.

"그 목걸이, 설마 대장이 차고 다닐 건 아니죠? 좀…… 징그러울 것 같아서요."

"……."

*   *   *

책임을 뒤집어쓰면 되겠다고, 루는 생각했다.

이 싸움에서 패한 이유를 전부 루의 탓으로 돌릴 수 있다고 하면, 이들은 안심할 것이다. 그래서 루는 적들을 향해 말했다.

"나는 토스카의 루다. 마차를 빌려 탔을 뿐, 가터 백작가와는 아무런 관계가 없지."

느닷없는 루의 고백에, 다들 어리둥절한 표정이었다. 하지만 헤다인은 루가 무슨 의도로 이런 말을 하는지 짐작했다.

사실 헤다인도 저들이 비비안에 대해 언급했을 때부터, 평범한 도적이 아닐 거라고 생각하고 있었다. 이런 상황에서 루가 자신을 '토스카의 루'라고 밝힌 것은, 후에 있을 모든 상황에 대한 책임을 토스카와 루가 감당하겠다고 선언한 것이나 다름없었다.

유곽에서 심부름이나 하던 루를 무시해 왔던 헤다인은, 루의 빠른 상황 판단에 내심 놀라움을 금치 못했다.

"토스카의 루? 그게 뭐야?"

"토스카라면 그 불량배 놈들 아냐? 포르쿠스를 치고 구온 시에 눌러앉은 놈들."

"아아, 그놈들 말이지?"

적들은 토스카를 무시하고 있었다. 그럴 만도 했다. 토스카가 한 것이라고는 포르쿠스 잔당을 해치운 것밖에 없으니까.

그렇다면 앞으로 토스카를 무시하지 못하게 만들면 된다. 물론 저들에게 '앞으로'는 존재하지 않겠지만.

"검을 좀 빌려주시겠습니까?"

루는 옆에 있던 경호기사에게 말했다. 경호기사는 루가 감히 자신에게 말을 붙인 것이 불쾌한 듯 인상을 찌푸렸다. 하지만 헤다인이 말했다.

"빌려줘."

"하지만 헤다인 님."

"빌려줘라. 토스카의 루가 얼마나 대단한 실력인지 구경 좀 하게."

경호기사는 떨떠름한 표정으로 루에게 검을 넘겼다. 루는 검을 가볍게 쥐고 무게를 가늠해 보았다. 그동안 사용하던 검보다 훨씬 가벼웠다.

'좀 더 빠르게 움직일 수 있겠군. 하지만 내리치는 힘은 약할 거야. 베는 쪽으로 가야겠어.'라고 생각하며, 헤다인에게도 요청했다.

"헤다인, 당신의 검도 빌려주시겠습니까?"

"아, 넌 쌍검을 사용했었지."

"네. 제가 잘못되면 당신들의 검을 빼앗아 혼자 날뛰었다, 고 증언하셔도 됩니다."

루의 여유로운 말에 헤다인이 인상을 찌푸렸다.

"우리가 그렇게 치졸한 짓을 할 거라고 생각하나?"

"가터 백작님을 위해 무슨 짓이든 할 수 있는 분들이니까요. 나쁘다고 생각하지 않습니다."

루는 헤다인이 내민 검을 받아 들며 덧붙였다.

"나 역시 대장을 위해, 무슨 짓이든 할 수 있으니."

두 개의 검을 쥐자마자, 루는 땅을 박찼다. 가장 먼저 총을 가진 자들에게로 향했다.

두 명을 목을 베는 것은 어렵지 않았다. 루의 빠른 움직임에 다들 당황하고 있었으니까. 하지만 정신을 차린 다른 두 명이 총을 발사했다. 하나는 빗나갔고, 하나는 루의 어깨에 맞았다.

끔찍한 통증이 느껴졌지만 루는 머뭇거리지 않고 움직였다.

탕— 탕탕— 탕—

예상치 못한 루의 움직임에 총을 가진 두 명이 마구 발사했다. 총알 하나가 루의 볼을 스쳤다. 루는 살짝 허리를 굽히고 다른 한 명을 향해 몸을 날렸다.

헤다인은 벌어진 입을 다물 수가 없었다.

루는 헤다인의 눈으로도 쫓을 수 없을 만큼 빨랐다. 게다가 긴 장검 두 자루를 어렵지 않게 휘두르고 있었다.

정신을 차린 다른 놈들이 루를 향해 달려들었지만, 루를 이길 수는 없었다. 루는 가볍게 뛰어올라 그들의 어깨를 밟으며 검을 피했고, 간혹 칼등에 내려앉기도 했다. 마치 무게가 없는 듯, 날개가 달린 듯, 루는 그렇게 움직였다.

"이럴 때가 아니지."라고 말하며, 헤다인은 다른 기사의 검을 빼앗아 적들을 향해 달려갔다.

비비안은 창문의 커튼 사이로 밖의 모습을 지켜보고 있었다. 아까까지만 해도 떨림이 멈추지 않았는데, 루의 움직임을 보는 순간 두려움이 사라졌다.

루를 믿는다, 믿지 않는다 때문이 아니었다. 루의 아름다운 움직임에 홀려, 다른 감정을 느낄 수 없게 된 것이다.

서른 명이 넘는 사람들의 목과 팔이 떨어져 나가는 장면은 분명 끔찍해야 했다. 하지만 흩날리는 선혈 가운데서 춤을 추듯 움직이는 루의 모습이 아름다워, 눈을 뗄 수가 없었다.

루가 멈췄을 때, 서른 명이 넘었던 적들이 전부 쓰러져 있었다. 바닥에는 시체와 떨어져 나간 살점이 흩뿌려졌고, 루의 얼굴과 옷은 피에 젖어 있었다.

루는 볼에 흐르는 피를 손등으로 쓱 닦아 내며 헤다인을 응시했다. 헤다인은 마른침을 꿀꺽 삼키며 저도 모르게 뒷걸음질을 쳤다.

'인간이 아냐.'

시체 사이에 서서 고고한 시선을 보내는 루는 인간 같지 않았다. 흐르는 피와 살점조차, 루의 아름다움을 앗아 가지 못했다. 이런 진창 속에서도 홀로 아름다운 루는, 마치 신 같았다. 전쟁의 신.

아무도 나서지 못하고, 아무도 말을 걸지 못했다.

"다쳤습니다."

루가 중얼거리는 소리에, 모두 마법에서 풀린 듯 정신을 차렸다. 루는 검 두 자루를 헤다인에게 내밀었다. 헤다인은 멍한 표정으로 그것을 받아 들었다.

"피를 많이 흘린 것 같아요."

루가 마차를 향해 걸어가며 말했다. 헤다인은 루의 뒤를 쫓을 생각조차 못했다.

루는 마차 옆에 서서 말했다.

"비비안 양. 미안하게 됐습니다. 치료를 받아야 할 것 같아요. 사교 모임에는 동행하지 못하겠습니다."

굳어 있던 비비안이 벌컥 마차의 문을 열었다. 눈을 크게 뜬 비비안을 마주 본 루가 옅은 미소를 지었다.

"레이디가 보실 만한 장면은 아닐 텐데요. 안으로 들어가세요, 비비안 양."

"많이, 많이 다쳤잖아요. 이리 들어와요, 루. 쿠빌레까지 데려다줄게요."

"괜찮아요, 비비안 양. 이런 모습으로 레이디와 한 마차에 탈 수는 없지요. 말을 빌려주신다면……."

비틀―

루의 무릎이 꺾였다.

어깨를 꿰뚫은 총상이 하나, 여러 명을 상대하다가 찔린 자상이 여러 개. 그중 깊이 찔린 상처가 하나 있었다.

확실하게 검술을 익힌 자들을 상대하는 건 산적을 상대하는 것과 달랐다. 군더더기 없이 움직이는 검의 궤적을 일일이 막기가 쉽지 않았다.

'난 형편없이 약해 빠졌어. 고작 서른 명도 제대로 상대하지 못하다니.'

헤다인이, 아니, 다른 누가 들었더라도 기함할 만한 생각을 하며 루는 자세를 바로 했다. 루를 똑바로 세워 주기 위해 손을 뻗었던 헤다인이 민망한 듯 다시 손을 거두었다.

"말을 빌려주신다면 후에 돌려드리도록 하겠습니다."

"이런 식으로 보낼 순 없어요, 루. 당신 덕분에 아무도 다치지 않았는데."

"다툼에 휘말려 사교 모임에 가지 못하신다면, 또다시 좋지 않은 소문을 듣게 되시겠지요. 전 혼자 돌아갈 수 있으니 부디 예정대로……."

털썩―

간신히 버티고 서 있던 다리가 결국은 힘을 잃고 말았다. 한쪽 무릎을 꿇고 앉은 루는 속으로 한숨을 삼켰다. 토스카의 사람으로서 약한 모습을 보이고 싶지 않았는데, 피를 너무 많이 흘렸다. 눈앞이 빙글빙글 돌았다.

"헤다인, 루를 마차, 여기에 뉘어 줘요."

비비안의 말에 헤다인이 얼른 루를 들쳐 안았다. 괜찮다고 말할 수도 없을 만큼, 루의 상태는 좋지 않았다.

'뭐가 이렇게 가벼워?'

헤다인은 생각보다 훨씬 가벼운 루의 무게에 놀라며 비비안의 맞은편 자리에 루를 눕혔다.

"쿠빌레, 아니, 의사에게 가야 할 것 같습니다."

헤다인이 몸에 묻은 피를 보며 말했다. 전부 루의 피였다. 헤다인이 다칠 기회도 없을 만큼 루가 활약했다. 누군가 헤다인을 공격하려 하면, 어떻게 알았는지 루가 막아 주었다. 헤다인에게 베인 상처 하나 없는 것은 루 덕분이었다.

"그래요, 저택으로 가요. 헤다인, 먼저 가서 주치의를 저택으로 부르고, 아버님께 상황을 보고하세요. 다른 분들께선 이곳의 처리를 해 주시고요."

마차의 문이 닫히자마자 마부가 방향을 틀었다.

비비안은 주먹을 꽉 쥐고 루를 응시했다. 아까는 루의 움직임에 홀려서 놀라고 겁낼 틈이 없었는데, 이제 생각해 보니 위험한 상황이었다. 이제야 공포가 찾아와 부들부들 떨리기 시작했다. 손가락 끝이 차가웠다.

늘 붉었던 루의 입술은 핏기가 빠져나가 파랗게 변하고 있었다. 검은 정장 안에 입은 흰 셔츠는 처음부터 붉은 색이었다는 듯 피에 물들어 있었다.

'루가 아니었으면 난 죽었을 거야.'

검술에 대해 잘 모르는 비비안의 눈에도, 루의 검술은 평범치 않았다. 헤다인은 상대도 되지 않을 만큼 강한 실력이리라고 확신했다. 그런 루가 이렇게 당할 정도니, 루가 없었다면 경호기사들은 검 몇 번 휘둘러 보지 못한 채 죽었을 것이다.

그리고 비비안은 그들에게 끌려가 끔찍한 꼴을 당했을지도.

신분 체계가 흔들리기 시작하면서, 때때로 귀족 여인들을 납치해 가 강간을 하는 무리들이 생겼다. 그들은 귀족 여인을 멸시하고 능욕하며, 귀족들에게 눌려 살아온 분노를 풀었다.

'그런 자들이었겠지?'

비비안은 아랫입술을 지그시 깨물었다. 울고 싶지 않은데, 눈물이 볼을 타고 흘렀다. 비비안은 소리를 죽여 울면서 루의 볼을 쓰다듬었다. 루의 볼도 비비안의 손만큼이나 차가웠다.

이러다가 죽는 게 아닌지 걱정스러웠다.

그때였다.

눈을 감고 가느다란 숨을 몰아쉬던 루가 갑자기 번쩍 눈을 떴다.

"비비안 양."

루는 죽어 가는 사람답지 않게 강한 눈빛으로 비비안을 응시했다.

"네, 네?"

"지금 어디로 가고 있는 겁니까?"

"아, 저택으로 가는 중이에요. 의사를 불렀어요. 구온 시에서
가장……."

"의사는 부르지 말아 주세요."

"루, 그게 무슨 말이에요? 상처가 너무 깊어요."

"괜찮아요. 혼자 할 수 있습니다. 비비안 양은 수술 도구와 연
고를 가지고 계시지요?"

"가지고 있긴 하지만 혼자서는 무리예요."

"아니요, 괜찮아요. 늘 그래 왔으니까."

그렇게 중얼거리는 루의 목소리가 쓸쓸했다.

"하지만 루."

"부탁해요, 비비안 양. 그리고 토스카에는 조금 나중에 알려
주세요. 대장께 걱정을 끼치고 싶지 않습니다."

"루."

"해 주시겠죠?"

루는 생명의 은인이었다. 당연히 루의 부탁을 들어주는 수밖
에 없었다. 비비안이 고개를 끄덕이는 걸 확인한 루는, 안심했다
는 듯 다시 눈을 감았다.

* * *

케이가 들어왔을 때, 루는 모든 치료를 끝내고 누워 있었다. 비비안이 만든 연고는 효과가 좋았다. 총알을 빼내고 꿰맨 부위에 바르자마자 피가 멎었고, 통증이 가셨다. 그래서 케이가 당도했을 무렵엔 루도 상당히 안정을 되찾은 후였다.

"루."

케이가 어둡게 침잠한 눈으로 루를 응시했다. 그는 조금 분노한 듯 보였다.

"왜 쿠빌레로 돌아오지 않은 거지?"

"대장에게 걱정을 끼치고 싶지 않았습니다."

루의 말에 케이가 인상을 찌푸렸다. 그의 미간에 생긴 깊은 주름을, 루는 멍하니 응시했다.

"내 개가 멋대로 다치는 건 유쾌한 일이 아니군."

그가 침대 옆으로 다가왔다.

"거리 생활을 하던 개라, 주인의 기분을 잘 헤아리지 못하나 봅니다."

루의 대답에 그가 쓰게 웃었다. 그가 루의 앞머리를 쓸어 넘기고 반듯한 이마를 쓰다듬었다. 그의 손은 긴장한 사람처럼 조금 차가웠지만 다정했다.

"화가 치미는 이유를 알 수가 없군."

"비비안 양을 지켜야만 했습니다."

"그래, 넌 당연한 일을 했지. 싸움이 있으면 다치는 것 또한 당연하고. 그런데 왜 이리 화가 나지?"

그의 손가락 끝이 가늘게 떨리고 있었다.

"죄송합니다. 제가 아직 강하지 않아서 대장께 걱정을 끼쳤습니다."

"강하지 않다고?"

케이가 어이없다는 표정을 지었다.

"고작 서른을, 제대로 상대하지 못했습니다."

"총을 든 자가 있었다고 들었다. 총을 가진 자들을 상대로 이 정도만 다치고 끝났다는 게 강하지 않다는 건가?"

"네. 강하지 않습니다. 이런 싸움에서조차 다친다면, 어찌 그들을 상대할 수 있겠습니까?"

"하아."

케이가 고개를 저으며 침대 옆에 걸터앉았다. 아카시아 향기가 흘러와 아찔해졌다. 그의 품에 얼굴을 파묻고 싶었다.

사랑하는 이의 품에 안겨 어리광을 피우는 것은 어떤 기분일까?

"그래, 루. 더 강해져라. 이 몸에 상처 하나 생기지 않도록. 자제하는 건 이번뿐일 것 같으니까."

"네?"

"아니, 아무것도 아니다."

케이는 한숨을 삼켰다.

루가 많이 다쳤다는 말을 들었을 때, 하마터면 분노를 이기지 못하고 폭발할 뻔했다. 케이의 분노가 이성을 지배하게 되면, 쿠빌레와 토스카에, 그리고 이 도시에 어떤 영향을 미칠지, 케이는 자각하고 있었다.

간신히 억누르고 가터 백작의 저택에 도착해 창백한 루를 보았을 때. 참기 힘든 분노가 케이를 지배했다. 루의 새파란 눈동자가 이쪽을 향하지 않았더라면, 이성이 사라졌을지도 모르겠다.

"심려를 끼쳐 죄송합니다, 대장."

케이는 루의 창백한 얼굴을 가만히 응시하다가 일어났다.

응접실에는 유진과 비비안이 걱정스러운 표정으로 앉아 있었다.

"루는 좀 어때요?"

"괜찮아 보이더군."

"다행이네요. 비비안 양 이야기로는 상대가 서른 명이 넘었던 데다가 총을 가진 놈들이 있었대요."

케이는 가만히 유진을 응시했다.

그래, 저게 올바른 반응이다.

아무리 좋은 말을 가져다 붙여도, 토스카는 결국 어둠에 속해 있는 불량배 무리일 뿐이었다. 모든 '어둠'은 위험하기 마련이다. 이 세계에 발을 디딘 순간, 루 역시 다치는 것을 각오했을 것이다.

그런데 왜 이렇게 화가 치밀까. 아니, 이 가슴속을 채운 것은 그저 분노뿐이 아니다. 분노 이상의 걱정과 한탄, 아픔이 심장을 채우다 못해 터져 나오려 하고 있었다.

*　　*　　*

그리하여 케이는 비비안이 원망스러웠다. 저 계집이 루를 사교 모임에 데려가겠다는 소리만 하지 않았더라도, 루는 무사했을 것이다. 희고 고운 피부에 상처가 나는 일은 없었을 것이다.

'별 미친 생각을 다 하는군.'

케이는 절망스러웠다.

희고 고운 피부라니. 사내놈이 희고 고운 피부를 가져서 무얼 한단 말인가. 토스카 단원 중, 몸에 흉터가 하나도 없는 녀석들은 없었다. 실제로 쿠반과 휴이는, 티그리스에게 쫓긴 지 얼마 안 되었을 때에 지독한 마법에 당해 죽을 뻔한 고비를 넘기기도 했다.

그때에도 걱정스러울지언정, 이러한 기분까지는 느끼지 않았다.

울컥울컥 터질 것만 같은 심장을, 차라리 떼어 내고 싶었다.

"유진, 상대가 총을 가졌다면 평범한 도적 무리는 아닐 거다. 가서 어떤 놈들인지 확인해."

"네, 대장."

유진이 나간 후 케이는 무릎 위에서 두 손을 모아 쥐고 허리를 굽혔다. 스멀스멀 퍼져 전신을 지배하려는 분노를 억눌러야 했다.

"미안해요, 케이."

비비안이 말했다.

"괜히 날 호위하다가 이런 일이 생기고 말았어요."

"그렇군."

"네?"

"비비안 양을 호위하다가 이런 일이 생기고 말았군."

"아……."

비비안이 얼굴을 붉혔다.

그녀는 '괜찮아. 당신이 무사하다면 된 거야.'따위의 반응을 기대했던 것이다.

아랫입술을 잘근 깨무는 비비안을, 케이는 무시했다. 비비안의 처참한 기분 따위는 아무래도 좋았다. 루의 창백한 얼굴이 머릿속에서 떠나질 않았다.

아무리 죽을 만한 상처가 아니었다 해도 아팠을 것이다. 혼자서 베인 피부를 꿰매며, 몸 안에 들어간 총알을 빼내며, 얼마나 고통스러웠을까.

"그만 가야겠군. 마차를 빌려줄 수 있나?"

케이가 물었다. 비비안이 얼른 대답했다.

"네, 당연하지요. 가장 편한 마차로 준비해드릴게요. 그리고 루의 치료비는 우리 가터 백작가에서 부담하도록 하겠어요. 무엇이 필요하든 괘념치 말고 말해 주세요."

*　　　*　　　*

　　비비안은 아랫입술을 깨물고 케이와 루를 응시했다. 루에게
는 고마웠다. 생명의 은인이니까. 하지만 케이가 루를 안아 들고
걷는 모습을 보는 것이, 그다지 유쾌하진 않았다.

　　루는 남자인데도, 케이에게 안긴 그는 마치 여자처럼 보였다.
남자치고는 작은 체구, 시리도록 아름다운 얼굴. 그런 루를, 케
이는 마치 사랑하는 여자라는 듯 품에 안고 걸었다. 케이의 걸음
이 유독 느린 이유는, 다친 루에게 자극이 가지 않도록 조심스럽
게 걷기 때문일 것이다.

　　"대장, 혼자 걸을 수 있습니다."

　　비비안의 시선을 느낀 루가 말했다. 하지만 케이는 들리지 않
는다는 듯 대답하지 않았다. 루는 어쩔 수 없다는 듯 한숨을 내
쉬었고, 비비안은 점점 더 기분이 나빠졌다.

　　부럽다. 케이에게 안긴 루가. 케이가 저토록 소중히 안아 줄
줄 알았더라면, 차라리 내가 다칠걸 그랬다, 고 비비안은 생각했
다.

　　'이런 생각을 하면 안 돼. 루는 내 생명의 은인이야.'

　　비비안은 자꾸만 흘러나오는 질투심을 꾹꾹 억눌렀다.

　　케이가 마차 한쪽에 루를 눕히고 비비안을 돌아봤다.

　　"비비안, 그대의 마차가 습격을 당한 것은 단순히 돈을 노린

자의 소행이 아닐 것이다. 아마도 가터 백작가를 향한 원한이나 도발이겠지. 당분간 몸을 사리는 편이 좋겠군. 시장 거리를 드나드는 것도 자제하고."

비비안은 케이가 걱정을 해 주는 말에 언제 그랬냐는 듯 기분이 좋아졌다. 볼을 발그레 물들이고, "그럴게요."라고 대답하는 비비안을 빤히 응시하다가, 케이는 마차의 문을 닫았다.

아무리 좋은 마차라고는 해도 달리는 동안 덜컹거리는 것이 당연했다. 마차가 덜컹거릴 때마다 흔들거리는 루의 몸을 지켜보던 케이는, 루 쪽으로 몸을 옮겼다.

루의 머리를 들어 올려 자신의 허벅지를 베고 눕게 만든 케이가, 루의 검은 머리카락을 쓰다듬었다. 아직 씻지 못해 피가 말라붙어 있어서, 쓰다듬을 때마다 마른 피가 거뭇하게 묻어 나왔다.

그의 손길에, 루는 당황할 수밖에 없었다.

'대장이 왜 이러지?'

하지만 의문을 입 밖으로 내지는 않았다. 그의 다정한 손길이 기분 좋았다.

슬며시 눈을 뜨고 그를 올려다봤다. 그는 루를 내려다보고 있지 않아서, 그의 턱 선만 눈에 들어봤다. 턱 선 위로 보이는 오뚝한 코와 언뜻언뜻 모습을 드러내는 긴 속눈썹. 마음껏 그를 감상하고 싶지만 눈꺼풀이 무거웠다.

그의 앞에서 잠들고 싶지 않았다. 흐트러진 모습을 보이고 싶지 않은데 눈꺼풀이 무거워졌다. 몸이 너무나 지친 탓이다.

까무룩 잠이 들기 직전, 그의 다정한 음성이 들려왔다.

"다치지 마라, 루. 네 상처가 내게 독이 되는 것이 분명하니까."

잠든 루의 얼굴을, 케이는 가만히 응시했다. 반듯한 이마와 예쁜 눈썹 아래로 보이는 긴 속눈썹이 가슴 아리도록 사랑스러웠다.

그래, 이것도 마법 때문이겠지. 선대가 걸어 둔 마법이, 루가 상처를 입을 때마다 이 가슴을 찢어 놓게 만든 거겠지.

케이는 그렇게 결론을 지었다.

그러지 않으면 케이가 받아들이고 싶지 않은 '이유'가 생길 것 같아서. 케이가 인정하고 싶지 않은 '감정'을 인정해야만 할 것 같아서.

쿠빌레 입구에, 초조한 표정으로 기다리는 휴이가 보였다.

'그래, 선대가 건 마법 때문에 다들 이러는 거야.'

휴이의 걱정스러운 표정을 보며 케이는 확신했다. 토스카는 동료가 좀 다친다고 해서 이렇게까지 걱정하는 무리가 아니었다. 쿠반이 죽을 뻔했을 때에도, 다들 '너무 약해 빠진 게 아니냐.'며 놀려 댔었다.

그러니까 유독 루에게만 약해지는 이유는, 선대의 마법 때문이다.

"대장, 루는 어때요? 많이 다쳤습니까?"

마차가 멈추자마자 휴이가 달려들 듯 물었다.

"아니, 곧 회복할 거다."

케이는 루를 안아 들며 말했다. 푹 잠이 들었는지 루는 케이가 안아 드는데도 깨어나지 않았다.

"아이고, 안 그래도 비쩍 마른 녀석인데 피를 한 바가지나 쏟아 냈으니…… 얼굴이 허옇게 됐네요."

휴이가 케이를 따라 위로 올라왔다.

루의 방으로 들어간 케이는 루를 침대에 눕혔다.

"뭣 좀 먹을 수는 있겠죠? 스프를 끓여 뒀거든요. 좀 식혀서 가지고 올라올게요."

"그래."

"아, 그리고 이거."

휴이가 주머니에서 작은 통을 꺼냈다.

"저번에 비비안이 만들어서 가져다준 연고예요. 잘 듣더라고요. 흉터도 안 남고. 이걸 좀 발라 주세요."

휴이가 나간 후, 케이는 루를 돌아봤다. 죽은 게 아닐까 싶을 정도로 창백하지만 다행히 가슴이 오르내리고 있었다. 새액새액 들려오는 숨소리가 안타까웠다.

케이는 주머니에서 목걸이를 꺼냈다. 저번에 골동품상에서 구입한, 검은색 돌이 달린 목걸이. 그 목걸이에 걸린 마법은 방어 마법이었다. 착용자가 위험에 처하면 순간적으로 안 보이는 방패를 만들어 내는 마법. 여러 번 사용되어 거의 사라져 가는 그 마법을, 다시 강하게 만들어 뒀다.

케이는 루의 목에 목걸이를 걸어 줬다.

땀 냄새와 피비린내가 나야 하는데도, 루에게서는 달콤한 향기가 났다. 목걸이를 걸어 주는 동안 가까워진 루의 머리카락에서 풍기는 향기에, 케이는 아찔해졌다.

하마터면 이성을 잃고 루의 이마에, 입술에 키스를 할 뻔했다. 이거 진짜 미칠 노릇이다.

'선대, 대체 어떤 마법을 걸어 둔 거야?'

시간이 지나면 약해져야 하는데, 선대의 마법은 점점 더 강해지기만 했다. 루를 처음 만났을 때만 해도, 그저 귀엽다, 예쁜 눈동자다, 곁에 두고 싶다, 정도의 감정이었다. 그것이 점점 부풀어, 이제는 루 없이 살 수 없겠다, 키스하고 싶다, 안고 싶다, 라는 감정으로 변해 버렸다.

이러다가 루가 남자라는 것도 잊고 침대에 끌어들일 것 같아서 걱정이다.

'연고나 발라 줘야겠군.'

케이는 연고통의 뚜껑을 열고, 연고를 듬뿍 찍어 올렸다. 그리고 루의 볼과 목덜미에 조심스럽게 연고를 바르기 시작했다. 다친 곳이 아픈 듯, 닿을 때마다 루가 움찔 몸을 떨었다.

혹시라도 잠에서 깨어날까 싶어, 살짝 발라 주고 멈추고 발라 주고 멈추고 그러기를 반복한 끝에, 드러난 부분에는 전부 연고를 발랐다.

이제는 옷 안쪽의 상처에 연고를 발라 줄 때다.

꿀꺽—

케이는 마른침을 삼켰다.

계집의 옷을 벗기는 것도 아닌데 긴장이 됐다. 아니, 계집의 옷을 벗기면서도 긴장한 적이 없는 케이였다. 그런데 어째서일까. 옷 위로 드러난 루의 흰 목덜미, 그 아래를 보게 되었다는 상상만으로도 아랫도리에 힘이 들어갔다.

'나는 미쳤어.'

케이는 차라리 죽고 싶었다.

'선대, 당신 덕에 아들이 미쳐 가고 있어. 아니, 제대로 미쳐 버렸어.'

사내놈에게 연고를 발라 줄 상상만으로 흥분을 하다니. 미치지 않고서야 이런 일이 생길 리 없다.

심장이 콱 죄어 왔다.

'아니, 상상이라서 그런 걸지도 모르지.'

케이는 생각했다.

'막상 벗기고 보면 아무렇지도 않을 거야. 혼자 이상한 상상을 하니까 흥분을 하는 거야.'

케이는 일단 저질러 보기로 했다. 옷을 벗겨서 그 아래에 존재하는 판판한 가슴을 보고 나면, 흥분이 싹 가라앉을 것이 분명하다. 케이는 남색 취향이 아니니까.

루는 오늘 아침 단추가 달린 흰 셔츠를 입고 나갔지만, 지금은 비비안이 마련해 준 회색 셔츠로 갈아입은 후였다. 단추가 없는 옷이었다. 아래에서 위로 벗겨야 하는 옷.

케이는 루의 상의를 잡아 살짝 위로 들쳤다. 날씬한 배가 눈에 들어왔다.

꿀꺽―

저도 모르게 마른침을 삼켰다.

손이 더 이상 움직이지 않았다.

더 위로 올리면 된다. 더 위로 올리면 납작한 가슴이 보일 거고, 그러면 이 납득 못 할 감정도 깨끗이 사라질 것이다.

'사내 녀석 옷을 들어 올리는 게 이렇게 용기가 필요한 일이라니.'

케이는 쓴웃음을 지으며 조금 더 옷을 위로 올렸다. 가슴 바로 아래 부분. 하얀 천이 보였다.

'붕대인가?'

숨을 쉬기 힘들 정도로 꽉 옥쥔 흰 천을 응시하고 있을 때였다.

똑똑―

노크 소리가 들려왔다.

나쁜 짓을 하고 있었던 것도 아닌데, 소스라치게 놀라 옷에서 손을 떼었다.

"들어가도 되겠습니까?"

밖에서 들려오는 목소리는 라일의 것이었다. 케이는 인상을 찌푸리고 문을 노려봤다.

들어오게 하고 싶지 않았다.

라일은 마음에 들지 않는 자였다. 루에게 친절한 것도, 루와 오랜 시간을 보내는 것도, 루에게 많은 것을 알려 줄 수 있는 것도, 전부 싫었다.

"아니, 돌아……."

"들어와도 됩니다, 라일."

케이가 거절하려고 할 때, 루의 음성이 그의 말을 끊었다. 케이는 놀란 눈으로 루를 돌아봤다.

언제부터 깨어 있었던 걸까? 설마 살금살금 옷을 들추려던 행동을 할 때부터 깨어 있던 건 아니겠지?

다행히도 루는 아무것도 모른다는 표정이었다.

문이 열리고, 라일이 성큼성큼 들어와 침대 옆에 섰다.

"루가 많이 다쳤다는 말을 들었습니다. 걱정이 돼서 찾아왔어요."

라일은 케이가 보이지 않는다는 듯 행동했다.

"이 예쁜 얼굴이 다치다니. 마음이 안 좋군요. 내가 따라갔어야 했던 건데."

라일이 혀를 쯧쯧 차며 말했다. 아무렇지도 않게 루의 볼에 손을 대는 라일을, 케이는 죽이고 싶었다. 하지만 꾹 눌러 참았다.

"루, 많이 아프지요? 내가 그 아픔을 대신할 수 있다면 좋을 텐데요."

"그거참 징그러운 말이군."

케이가 어깃장을 놓았다. 그제야 라일이 케이를 돌아봤다.

"남색 취향인가? 사내놈에게 그런 말을 아무렇지도 않게 하다니."

"하하하하. 토스카의 대장은 듣던 것과 달리 귀여우시군요."

"뭐?"

"귀여운 질투를 하는 남자는 싫어하지 않습니다. 내 관심이 필요하다면 진즉에 말해 주지 그랬습니까?"

은밀하게 말하며 다가오는 라일을, 케이는 질색한 표정으로 노려봤다.

"미쳤군."

"꼭 정상적이어야 할 필요는 없잖아요. 사람이 살다 보면 여기에 미칠 수도 있고, 저기에 미칠 수도 있는 거지요."

라일이 하는 말이 루에게 미친 것 같은 자신을 두고 하는 말처럼 들렸다. 자칫 잘못하면 라일에게 이 속마음을 들킬 것만 같아 불안해졌다. 케이는 나가겠다는 말도 하지 않고 루의 방에서 나갔다.

탁—

문이 닫히는 걸 지켜본 라일이 루를 향해 휙 돌아섰다. 그의 녹색 눈동자 가득 담긴 걱정은 거짓이 아니었다.

"루, 괜찮아요?"

"대장을 자극하지 말아요, 라일."

"자극? 내가 한 말이 왜 자극이 되지요? 내 삶의 방식을 이야기했을 뿐입니다."

루는 대꾸할 말을 찾을 수가 없었다.

라일의 말대로, 그는 케이를 자극하지 않았다. 하지만 케이는 화가 난 듯 보였고, 루는 케이가 화내는 것을 원치 않았다. 안 그래도 걱정을 끼쳐서 마음이 불편한데.

'그나저나 다행이야.'

사실은 케이가 목걸이를 걸어 줄 때부터 깨어 있었다. 그의 손길이 좋아서 잠든 척하고 있었던 것이다. 연고를 발라 주는 손길은 조심스러웠고, 애정이 듬뿍 담겨 있었다.

'물론 내 착각이었겠지만.'

자신의 착각일 뿐이더라도 그의 손길을 좀 더 느끼고 싶었다. 이윽고 케이가 옷을 들추려 했을 때, 루는 속으로 비명을 지를 수밖에 없었다. 이제껏 신나서 그의 손길을 느낀 대가를 호되게 치르게 되었다고, 자는 척했던 자신을 원망했다.

마침 라일이 들어오지 않았더라면, 가슴을 꽉 압박한 붕대를 들킬 뻔했다. 케이의 곁에 계속 남아 있을 수 있게 된 것은 라일 덕분이었다.

"연고를 마저 바르지요."

케이가 두고 간 연고 통을 집어 들며, 라일이 말했다.

"내가 혼자 바를 수 있습니다. 나가 주세요, 라일."

"이런, 그거 아쉬운데요. 루의 매끈한 몸매를 감상할 수 있을 줄 알았는데."

"그런 말을 뻔뻔하게 잘도 하는군요."

루는 인상을 찌푸리고 라일이 든 연고 통을 향해 손을 뻗었다. 그런 루의 손목을 낚아챈 라일이 진지하게 루를 응시했다.

"당신이 걱정돼요, 루. 토스카는 여자가 몸을 담기에는 위험한 그룹입니다."

루는 한숨을 삼키며 청각에 신경을 집중시켰다. 다행히 대화를 엿들을 만한 거리에 있는 사람은 없었다.

"라일, 나는……."

"여자가 아니라는 말은 이제 그만하세요. 당신이 숨길 만한 이유가 있을 거라고 생각해서 모르는 척하려고 했지만, 이제는 안 되겠어요. 이렇게……."

라일이 루의 볼에 살며시 손을 얹었다.

"이렇게 많이 다치다니."

그의 녹빛 눈동자를, 루는 가만히 응시했다. 꿍꿍이 같은 것은 없었다. 걱정과 안타까움뿐이었다. 그리고 언뜻 내비치는 후회는, 아마도 루를 혼자 보낸 것에 대한 것이리라.

'어째서?'

라일은 알게 된 지 얼마 되지 않은 타인일 뿐이었다. 루는 그의 정체를 몰랐고, 그 역시 루에 대해 알지 못했다. 그럼에도 그는 진심으로 루를 걱정하고 있었다.

"상처 한두 개, 흉터 한두 개. 일일이 걱정할 거 없습니다, 라일."

루는 정신을 가다듬고 말했다.

"나는 해야 할 일이 있고 그것을 위해 움직일 뿐입니다. 당신의 친절은 고맙지만, 과한 친절로 날 부담스럽게 만들지 마세요. 이 손도 좀 치워 주시고요."

루의 매몰찬 거절에 라일이 싱긋 웃으며 손을 거두었다.

"그리고 날 그런 식으로 대하지 말아요. 나는 남자로 살아가겠다고 결심했고, 그 결정에 후회한 적 없습니다."

라일이 몸조리 잘하라며 나간 후, 루는 문이 잘 잠겼는지 확인했다. 거울 앞에 서서 옷을 벗었다. 가슴을 압박한 흰색 천이 군데군데 피로 물들어 있었다. 자칫 잘못했더라면 싸우는 중에 천이 찢어질 뻔했다. 천으로는 부족하다. 아무래도 가죽으로 된 것을 찾아 가슴을 압박해야 할 것 같다.

흰 천을 풀자 그동안 짓눌려 있던 풍만한 가슴이 모습을 드러냈다. 흰 천 덕분에 가슴에는 상처가 없었다. 루는 알몸이 된 자신의 모습을 가만히 응시했다.

라일에게는 남자가 된 것에 대한 후회가 없다고 말했다. 하지만 거짓말이었다.

후회하고 있다. 케이를 다시 만난 순간부터, 그를 향한 감정이 동경이 아닌 사랑이라는 것을 확신한 다음부터, 매일, 매순간 이 선택을 후회한다.

여자이고 싶다고, 단 한순간이라도 좋으니 그에게 여자로 비춰지고 싶다고, 그런 바보 같은 생각을 하고 있다. 그가 다정한 손으로 이 몸을, 이 가슴과 배를 어루만져 주었으면 좋겠다고 열망한다.

그에게 여자라 밝히면, 아마 한순간은 그의 곁에 있을 수 있을 것이다. 침대 위에서 알몸으로 그에게 안겨, 그의 손길과 입술을 받아들일 수 있겠지.

그러나 그뿐이었다.

한 번 루를 안은 그는, 다른 여자들에게 그랬듯 가차 없이 루를 버릴 것이다. 어쩌면 한 번쯤 더 안아 줄지도 모르나 그의 곁에 쭉 머물 수는 없으리라.

그에게 쓸모 있는 존재가 되고 싶었다. 그를 위해 목숨까지 버릴 수 있는, 그리하여 그가 버리지 못할 그런 존재로 남고 싶었다. 그가 티그리스의 검은 호랑이로 그 위용을 드러내는 날, 그의 곁에 머물고 싶었다.

그러니까 여자여서는 안 된다.

루는 연고를 바르며 마음을 다잡았다.

*   *   *

"도착했을 때는 가터 백작이 보낸 사람들이 시체들을 거의 다

수습한 후였어요. 그래서 대충 살펴볼 수밖에 없었는데, 아무래도 평범한 놈들은 아닌 것 같더라고요. 일단 비싼 무기였던 데다가 상당히 잘 점검한 총을 가지고 있었어요. 총 하나를 몰래 가지고 왔는데."

유진이 총을 테이블 위에 내려놨다. 케이는 그것을 집어 들어 이리저리 살펴봤다. 유진의 말대로 잘 만들어진 총이었다.

"이런 건 2, 3천 골드를 줘도 구하기 힘들 거예요. 그런 돈을 사용할 수 있을 만큼 부자라는 거겠죠. 게다가 그놈들 근육 상태를 보니, 제대로 된 훈련을 받은 자들이었어요. 기사이지 않을까 싶던데요."

"기사라……."

"아마 그들을 부리는 자는 귀족일 겁니다. 여러 명의 기사를 수족처럼 부릴 수 있는 위치의 귀족."

"오르딘 공작일 리는 없겠지?"

"네, 그쪽은 아니에요. 가터 백작이랑 관계된 자들일 것 같습니다."

"그렇다면 신경을 쓰지 않아도 되겠군."

"네, 그쪽은 가터 백작이 알아서 하면 될 것 같긴 한데…… 대장, 이건 그냥 제안인데요."

"루를 원정 멤버에서 빼자는 말이겠지?"

"네, 대장. 피를 너무 많이 흘렸어요. 회복하려면 시간이 꽤 걸릴 거예요. 배를 타고 생활하는 게 쉬운 일이 아니니, 아무리 15

일 후에 출발이라고는 해도 몸에 무리가 갈 거예요.”

“그렇겠지.”

안 그래도 그 부분을 고민하고 있던 터였다.

루를 두고 가는 게 옳았다. 설령 루의 체력이 버텨 준다 해도, 그 험한 곳에서 루가 검을 들고 싸우는 모습을 잠자코 지켜볼 수는 없을 것 같았다. 루에게 작은 위험이라도 닥친다면, 저도 모르게 마법을 사용하게 될 것이 틀림없었다. 루의 몸에 작은 상처 하나 생기는 것이 끔찍이도 싫으니까.

그러나 두고 가고 싶지 않았다.

원정을 끝내고 돌아올 때까지는, 서둘러도 세 달은 넘게 걸릴 것이다. 그 오랜 시간 루를 만나지 않고 견딜 수 있을까?

어디로 가든 내 개를 데리고 가는 건 당연한 일이야, 라는 말은 변명에 불과했다. 루를 키우는 ‘개’라고 생각하지 않게 된 지 오래다. 아니, 애초에 루를 개라고 생각하지도 않았다.

미치지 않고서야 인간을 개로 키우는 사람이 어디 있겠는가.

그저 그러한 변명을 붙여서라도, 그 푸른 눈동자를 가지고 싶었던 것이다.

‘인간을 개라고 키우는 것보다, 사내놈 눈동자를 갖고 싶다고 생각하는 게 더 미친 짓이겠지.’

케이는 쓴웃음을 지으며 말했다.

“루는 두고 가는 걸로 하지. 원정은 너와 나, 와칸과 쿠반, 히센, 그리고 휴이. 이렇게 여섯만 간다. 아, 그리고 파필리아의 여

주인까지."

"텐치는 안 데리고 가요? 이번에 데리고 가서 경험 좀 쌓게 해주는 게 좋을 것 같은데."

"가터 백작가와 토스카가 긴밀한 사이라는 건, 알 만한 사람들은 다 알고 있지. 이번 사건 때문에 더 많이 알려졌을 거야. 비비안을 공격하라고 사주한 자가 토스카를 먼저 해결해야겠다고 계획을 바꾸면, 루 혼자서는 상대하기 힘들 거다."

"그런 거라면…… 흠……."

유진은 안경을 벗어 들고 만지작거리다가 말했다.

"에이, 진짜로 싸우고 싶었는데 어쩔 수 없네요. 텐치를 데려가세요, 대장. 제가 남을게요. 텐치 혼자서는 나즐과 알리를 상대하기 버거워요."

*　　*　　*

시간은 빠르게 흘러, 원정을 떠나는 날이 되었다.

스트루티오 섬으로 떠나는 원정용 배에 타는 무리는 토스카를 포함해 총 다섯 팀. 두 팀은 용병단, 두 팀은 귀족이 직접 이끄는 기사들이었다.

원정용 배가 보이지 않을 때까지, 루와 유진은 항구에 서 있었다.

"비비안 양이 왔다가 갔어."

유진의 말에 퍼뜩 정신을 차렸다.

"네? 언제요?"

"방금. 저쪽에 후드를 눌러쓴 아가씨가 서 있더라. 펑펑 울다가 도망치듯이 자리를 떠났어. 헤다인이 그 뒤를 따라갔고."

"아아."

"그때 그 사건 때문에 가터 백작에게 몸 사리라는 명령을 들었겠지. 그런데도 여기까지 배웅을 나오다니. 참 열정적인 아가씨야."

"그러게요."

"넌 괜찮아?"

"저요?"

"응. 이번 원정을 못 가게 됐잖아."

"아, 괜찮아요."

루가 가볍게 대답했다.

이렇게 될 줄 알았다. 서른 명도 제대로 상대하지 못하는 인력을 데리고 가 봐야 발목만 붙들 것이다. 그래서 다치고 난 이튿날 원정팀에서 빠지라는 말을 들었을 때에, 그러려니 하고 납득했다.

더 강해지면 된다. 다시는 놔두고 갈 수 없을 만큼.

"검 연습을 더 하려고요. 대장에게 도움이 될 수 있도록 강해져야겠어요."

주먹을 불끈 쥐고 말하는 루를 향해, 유진은 황당하다는 눈빛을 보냈다.

더 강해지겠다니.

유진은 루가 싸우는 모습을 본 적은 없지만, 비비안 습격 사건을 통해 루의 실력을 어느 정도 가늠할 수는 있었다.

평소 루를 고깝게 여기는 헤다인이, "대단한 녀석이야. 난 검을 휘두를 틈도 없었지."라고 혀를 내두를 정도의 실력. 총을 가진 자들이 네 명이나 되는데도 그 정도의 상처만 입고 살아난 실력을 갖추고 있었다.

케이는 루가 와칸과 비슷한 실력일 거라고 말했지만, 유진의 생각엔 루가 와칸보다 더 강할 것이 틀림없었다. 그런데도 루는 더 강해지겠단다. 대체 더 강해져서 뭘 하려는 건지.

"얼굴에 흉이 안 져서 다행이야, 루."

쿠빌레로 돌아가며, 유진이 말했다. 루가 쓴웃음을 지었다.

"흉터 같은 건 아무래도 좋습니다."

"아무래도 좋다니. 넌 우리 토스카의 마스코트라고."

"마스코트요? 제가?"

"그래. 넌 대장이 제일 예뻐하는 녀석이잖아. 그러니까 마스코트지."

"하하…… 대장이 절 제일 예뻐할 리 없죠."

"예뻐하지 않으면 왜 저렇게 잘해 주겠냐? 너 다쳤을 때, 대장이 아주 사색이 돼서 뛰어나가더라. 네가 그 모습을 봤어야 했는데."

"……."

"게다가 그 목걸이도 그래. 그거 보호 마법이 걸려 있다면서? 내가 대장이랑 20년 넘게 같이 지내봐서 아는데, 대장은 그런 거 막 주고 그러는 사람 아냐."

"불쌍해서 주신 거 아닐까요?"

"불쌍해? 누가?"

"제가요."

"허, 참."

유진은 기가 막혔다.

불쌍하다니.

파필리아의 괴물일 때는 조금 불쌍했을지도 모르겠다. 하지만 이제는 아니다. 아름다운 얼굴에, 대단한 검술 실력까지 지닌 녀석이 불쌍할 이유가 무엇이 있단 말인가.

부모님을 잃은 것?

토스카 단원 중에 부모님이 편히 돌아가신 사람은 아무도 없었다. 현 티그리스의 검은 호랑이가 반란을 일으키면서, 선대의 편이었던 자들은 끔찍하게 죽었다. 토스카 단원의 부모들 역시 마찬가지였다.

루가 딱히 더 안타까울 것도, 불쌍할 것도 없는 상황이다.

"루, 너는 예뻐. 안 불쌍해."

"예쁘면 안 불쌍한 겁니까?"

"그래. 자, 생각해 봐, 루. 토스카가 불미스러운 사건 때문에 해산을 하게 된 거야. 휴이는 요리사를 하면 되고, 난 이 머리로 어디 가서든 일할 수 있겠지. 하지만 쿠반이나 와칸, 텐치를 봐. 걔들이 어디 가서 뭘 하겠냐? 기껏해야 용병단에 가서 몸 굴리는 일밖에 못 할걸."

"저도 뭐……."

"넌 아냐. 넌 그 얼굴만 가지고도 편하게 살 수 있을 거야. 널 먹여 살리겠다고 해 줄 여자들이며, 널 고용하고 싶다고 하는 극단이며…… 아니, 멀리 갈 것도 없겠다. 라일만 해도 그 돈을 주고 널 데리고 가고 싶어 하잖아."

"하하하……."

"아아. 라일이 반한 사람이 나였더라면 좋았을 텐데."

한탄을 하는 유진에게 해 줄 말이 없었다.

루가 다친 후 매일같이 루를 보살피고 찾아오는 라일의 행동 때문에, '라일은 남자를 좋아한다더라.'라는 소문이 퍼졌다. 휴이는, "사내놈 사랑을 받는 기분은 어때, 루 양?"이라며 루를 놀리기도 했다.

다행히 아무도 루가 여자일 거라고는 생각하지 않는 것 같았다.

그런 오해를 받으면서도 라일은 태도를 바꾸지 않았고, 루가 여자라는 사실을 떠벌리지도 않았다. 가벼운 행동과 달리 입은 무거운 사람이었다.

"그나저나 형님. 나즐과 알리라는 분들은 언제 도착하나요?

원정 전에 도착한다고 들었던 것 같은데."

"그러게 말이다. 어디서 놀다 오나 보다."

"놀다 온다고요?"

"응. 생각이 부족한 놈들이거든. 특히 나쁠은."

"쿠반 형님보다도요?"

"글쎄. 쿠반이랑 비슷하려나? 조금 더 멍청하려나."

그런 이야기를 하며 시장 거리를 지나가다가, 눈에 익은 뒷모습을 발견했다. 라일이었다.

라일은 거리에서 벌어진 작은 도박판 앞에 서 있었다. 주머니에 손을 찔러 넣고 비스듬히 서 있는 모습이 근사했다. 그래서인지 라일을 흘끗흘끗 보면서 지나가는 여성들이 많았다.

쿠빌레 안에서의 라일은 짜증 나는 존재인데, 이런 데서 보니 확실히 달라 보인다. 뻐딱하게 서 있는데도 저렇게나 기품이 넘치다니.

"라일은 뭐하는 사람일까요?"

"귀족이지 않을까 싶은데."

루와 유진이 라일의 정체에 대해 대화를 나눌 때였다.

"3번! 3번에 내 바지를 걸지요!"

라일의 호쾌한 외침이 들려왔다.

'도박을 하는데, 왜 바지를 거는 거야?'라는 생각을 하는데, "으앗! 1번이었다니! 내 예리한 눈으로 봤을 때는 3번이 확실했는데 말입니다!" 라며 라일이 절규했다.

"물론 바지를 벗는 게 싫다는 건 아닙니다. 나는 바지를 벗어도 근사할 테니까요. 하지만 이 매끈한 다리를 드러내면 다들 만지고 싶어질 거 아닙니까. 내가 걱정되는 부분이 바로 그겁니다."

유진과 루는 서로 눈짓을 했다.

'우리 그냥 모르는 척하고 얼른 지나가자.'

정신이 나간 남자와 일행이라는 오해를 받고 싶지 않아 걸음을 서둘렀다. 하지만 라일이 더 빨랐다.

"어이쿠, 이게 누구십니까. 토스카의 유진과 루 아닙니까."

토스카라는 말에, 도박판 앞에 모여 있던 사람들이 술렁거렸다. 루는 속으로 혀를 차며 라일을 노려봤다.

"라일. 한창 즐거우신가 봅니다."

"아니요. 나는 지금 일생일대의 위기에 처했어요, 루. 어떤 위기냐 하면……."

"듣고 싶지 않은데요."

"100타리온만 빌려줘요, 루."

"……."

"내가 주사위 도박에 약하거든요."

라일이 하고 있던 것은 세 개의 컵 중, 어디에 주사위가 들어 있는지 맞추는 게임이었다.

라일에게 손목을 붙잡힌 루가 도움을 청하기 위해 뒤를 돌아봤지만, 그곳에 있어야 할 유진이 보이지 않았다. 주위를 둘러보니, 바삐 도망치는 유진이 저 멀리 보였다.

'배신자.'라고 생각하며, 루는 주머니에서 100타리온을 꺼냈다.

"도박 좀 적당히 해요, 라일."

라일이 싱긋 웃었다.

"내 걱정을 해 주다니. 이거 감격스러운데요."

"그런 건 됐고요."

"아, 이러지 말고 루도 한번 해 볼래요? 도박, 해 본 적 없죠?"

"해 본 적 없긴 한데 하고 싶지 않아요."

"왜요, 재미있어요. 이리 와 봐요."

라일이 루의 손목을 잡아끌었다. 도박판 앞에 포진해 있던 사람들이 옆으로 비켜섰다. 작은 탁자 위에 엎어 놓은, 똑같은 모양의 컵 세 개. 저것들 중 하나에 주사위가 들어 있을 것이다.

"간단해요. 어디에 주사위가 있는지 맞추면 돼요. 맞추면 판돈의 두 배를 받을 수 있죠."

라일이 루의 어깨에 턱을 얹고 속삭였다. 귓불에 닿는 그의 입김이 신경에 거슬렸다.

"턱 좀 치워요, 라일. 얼마나 잃었죠?"

"1골드."

"전부 찾아주죠."

도박판의 주인은 루가 몇 번 본 적 있는 얼굴이었다. 두 번째 컵을 열어서 보여 줬다. 그 안에 주사위가 들어가 있었다.

도박판 주인의 손이 컵을 이리저리로 움직이기 시작했다. 빠른 속도였지만 못 알아볼 정도는 아니었다. 컵들이 멈췄고, 세 번째 컵에 주사위가 들어 있다고 확신했다.

"3번에 100타리온."

"어이쿠. 어쩌죠, 루. 2번에 들어 있는데."

주인이 씩 웃으며 두 번째 컵을 들었다. 주인의 말대로 그 안에 주사위가 들어 있었다.

루의 눈동자가 어둡게 가라앉았다.

컵을 열기 직전, 주인이 주사위를 옮겼다. 평범한 사람의 눈으로는 쫓기 힘들 정도로 빠른 속도였다. 아마도 그런 방법으로 라일을 속였을 것이다.

루는 등에 메고 있던 검 중 하나를 뽑았다.

거대한 검을 뽑아 드는 모습에, 주인을 비롯한 구경꾼들까지도 사색이 되었다.

탁―!

루는 그 검을 탁자 위에 거칠게 올려놓고 주인을 똑바로 노려봤다. 그리고 나직하게 말했다.

"한 번은 봐주겠습니다. 하지만 한 번 더 사기를 치면 이 검으로 그 잘난 손목을 베어 주겠어요."

주인의 얼굴에서 핏기가 가셨다.

라일은 팔짱을 끼고 서서, 흥미로운 듯 루의 뒷모습을 지켜봤다.

또다시 시작된 게임에서, 루는 연달아 이겼다. 그리고 예고한 대로 1골드를 되찾았다.

"이 기세를 몰아서 더 합시다, 루."

"아니요. 당신이 잃은 돈을 되찾았으면 됩니다."

루는 라일의 손에 1골드를 올려 준 후, 탁자 위의 검을 집어 들며 말했다.

"사기는 적당히 쳐요, 주인장. 위험한 자들 손에 걸리면 정말로 밥벌이를 못 하게 될지도 모르니까."

✳　✳　✳

"이 돈으로 근사한 곳에서 저녁을 대접하고 싶어요, 루."

라일이 말했다.

"아니요, 사양하겠습니다."

루가 단호하게 거절했지만 라일은 질경이보다 질긴 남자였다. 어미 새에게 배고프다고 칭얼거리는 아기 새처럼 따라오는 라일의 집요함에, 루는 굴복했다. 참으로 징글징글한 남자다.

"그럼 2시간 후에 서쪽 관문에서 만나요."

함께 저녁을 먹겠다는 루의 약속을 받아 내자, 라일은 그렇게 말하고는 쌩하니 사라졌다.

도서관에서 적당히 시간을 때우다 보니 2시간이 금세 지나갔다. 라일은 서쪽 관문 앞에 서서 루를 기다리고 있었다. 루가 좀 늦었는데도 그는 별말 없이 관문 쪽으로 걸음을 옮겼다. 그는 커다란 가방을 옆으로 메고 있었다.

"성 밖으로 나가는 겁니까?"

"네."

"어디를 가는데요?"

"가 보면 알아요, 루."

그가 향하는 곳이 어디인지 짐작조차 할 수 없었다. 근사한 식당이라고 할 만한 곳은 전부 성 안에 있었다. 성 밖에는 농사를 짓는 민가, 그리고 그 너머의 숲이 전부였다.

'설마 다른 도시에 가려는 건 아니겠지?'

말도 준비되지 않은 상황에서 다른 도시까지는 가는 건 무리였다.

밭을 지나 숲에 접어들었다. 숲길을 따라 안으로 들어간 라일이 멈춘 곳은, 짓다 만 건물 앞이었다. 토스카를 위한 훈련장인데, 이번 원정을 준비하면서 전부 중지시켰다. 어두운 숲에서 덩그마니 존재하는 건물은 을씨년스러웠다.

건물이라는 이름을 붙이기도 민망했다. 골조만 세워 둔 상태였으니까.

"이리로 와요, 루."

건물 안으로 들어간 라일이 루에게 손짓했다. 루는 그의 생각과 행동을 예측할 수가 없었다.

'하지만 질 것 같진 않아.'

라일이 돌변하여 공격을 해 온다고 해도, 그를 이길 자신이 있었다. 그래서 루는 등에 짊어진 검의 무게를 확인한 후, 건물 골조 안으로 들어갔다.

라일은 큰 가방을 열더니, 그 안에서 담요를 꺼냈다. 양털로 만든, 비싼 담요였다. 그것을 바닥에 깐 라일이, 가방에서 꺼낸 것들을 그 위에 내려놨다. 도시락 가방과 물병이었다.

"이리 와서 앉아요, 루."

라일이 촛대를 꺼내 양초에 불을 붙이며 말했다. 눈을 크게 뜨고 그 모습을 지켜보던 루는 신발을 벗고 담요 안으로 들어가 앉았다.

어두운 숲을 밝히는 것이라고는 세 개의 촛불뿐이었다.

'아니야.'

루는 고개를 들었다. 유독 맑은 날이라 반짝거리는 별과 달이 선명하게 보였다.

하지만 이곳을 밝히는 것이 단지 그것들만은 아니었다.

인정하고 싶지 않지만, 라일의 녹색 눈동자 역시, 그 맑은 미소 역시 이 어둠을 밝히고 있었다. 그 무엇보다도 밝게.

"밤의 숲은 무서워요. 그렇기 때문에 함께 있는 사람에 대한 소중함이 더 크게 느껴지죠."

라일이 도시락 가방을 열었다. 얇은 나무를 꿰어 만든 도시락 가방 안에는 샌드위치가 들어 있었다.

"당신이 없으면 지금 난 무서워서 벌벌 떨고 있을 거예요."

"보통은 사서 고생을 하진 않죠. 굳이 숲에 와야 할 이유가 있었을까요?"

"숲에서 보는 밤하늘은 눈부시게 아름다우니까요. 정말 근사한 식당이지 않아요?"

라일이 샌드위치를 건넸다. 루는 그것을 받아 들며 하늘을 올려다봤다.

조금 춥지만, 라일의 말대로 멋진 광경이었다.

"네, 멋지네요."

"샌드위치, 맛있을 거예요. 휴이가 만들어 준 것만큼은 아니겠지만."

"아."

"적적할 때 같이 이곳에 와서, 별을 보면서 저녁을 먹읍시다. 내가 맛있는 음식으로 준비해서 올게요."

그제야 라일이 이곳에 자신을 데리고 온 이유를 깨달았다.

원정을 떠난 토스카 때문에 심란한 마음을 위로해 주기 위해서였나 보다. 잃은 돈을 찾아줬다는 바보 같은 이유 때문이 아니라.

그러고 보면, 라일은 도박판의 사기에 능한 자였다. 그런 간단한 사기에 걸려들 리가 없었다.

싱글싱글 웃으며 샌드위치를 먹는 라일을, 루는 가만히 응시했다.

"왜 그렇게 봐요? 쑥스럽잖아요."

"왜 이렇게 잘해 주는 거예요?"

"그거야 내 아까운 돈 1골드를 찾아줬으니까?"

"라일은 사기꾼일 뿐만 아니라 거짓말쟁이이기도 하군요. 당신이 1골드를 아까워할 리 없잖아요."

"아무리 나라도 돈 아까운 줄은 알아요."

"하지만 나에게 20골드 넘게……."

"당신이니까요."

라일이 루의 말을 끊었다.

그의 입가에서 미소가 사라졌다. 그는 진지한 표정으로 루를 지그시 응시하며 말했다.

"루, 당신이기 때문에 그 돈을 아까워하지 않았던 거예요. 나는 당신을 얻기 위해서라면 무엇이든 할 수 있어요."

심장이 덜컥, 움직이는 것처럼 느껴졌다.

"왜, 왜요? 나 정도로 강한 사람은 어디에나 있을 거예요. 이 정도 외모를 가진 사람들도 어디에나 있을 거고요. 그런데 왜……."

"사랑해서요."

"……."

"당신을 사랑해요, 루."

시간이 멈춘 것만 같았다.

사내에게 사랑한다는 말을 들은 것은 처음이었다.

비록 이 가슴에 품은 남자의 고백은 아니지만, 사랑 고백이라는 이유만으로 달콤함에 가슴이 떨렸다.

루를 지그시 바라보는 에메랄드빛 눈동자는 흔들리지 않았다. 평소처럼 장난기를 머금고 있지도 않았다. 이 세상에 오롯이 루 한 명만이 존재한다는 듯, 루를 가득 담고 있었다.

아아, 이런 거구나. 사랑에 빠진 남자는 이런 눈으로 상대를 보는구나. 우쭐한 기분이 들 만큼, 다정하게 상대를 봐 주는구나.

당혹스러웠다. 도망치고 싶은데 마법에 걸린 듯 꼼짝도 하지 않았다. 그의 녹빛 눈동자에 사로잡혀, 두 번 다시 빠져나오지 못할 것만 같았다.

"나는……."

"남자라고 말하지 말아요, 루."

간신히 목소리를 냈지만, 라일이 가로막았다.

"그런 거짓말로 내 사랑을 기만하지 말아요."

"……."

"다른 사람들에게 당신은 남자일지 모르겠지만, 나에게 당신은 여자예요. 그리고…… 설령 당신이 남자라 해도 상관없어요. 난 당신을 사랑해요. 당신이 그 무엇이든."

"대체 왜…… 왜요? 우리가 만난 지 얼마나 되었다고…… 당신이 날 얼마나 안다고……."

목소리가 한심할 정도로 떨렸다.

그럴 수밖에 없었다. 여자로 대우를 받는 것은, 철이 든 이후 처음이니까.

"그러게요. 만난 지 얼마 안 됐죠. 하지만 사랑이라는 게, 만난 지 오래 되어야만 빠지는 감정인가요?"

그의 말대로였다.

루도 케이를 처음 보는 순간 그 붉은 눈동자를 갖고 싶다고 생각했으니까. 그토록 어렸음에도 사랑을 하게 되었으니까.

"게다가 내가 당신에 대해 아는 게 아주 없는 건 아니에요, 루. 나는 당신이 여자라는 걸 알고, 휴이가 만들어 주는 야식을 먹으면서 행복해 한다는 걸 알아요. 텐치와 더 친해지고 싶다고 생각하는 것도, 새 옷을 꺼내 입을 때마다 더러워지지 않게 조심한다는 것도, 케이의 격에 맞는 부하가 되기 위해 몸가짐을 바르게 한다는 것도 알고 있어요."

"……."

"그리고 당신의 눈동자가 케이에게서 떨어지지 않는다는 것 또한 알고 있지요."

"아……."

"이 정도면 당신의 소중한 토스카 단원들보다는 더 많이 아는 것 아닌가요?"

루는 한 손으로 입가를 가렸다.

"내가 대장을……."

"사랑하죠?"

"그걸 알면서도……."

"사랑하게 됐어요."

"……."

"알잖아요. 어쩔 수 없는 거. 상대가 날 사랑하지 않는다고 해도, 이 마음을 어쩔 도리가 없는 거."

당연히 알고 있다.

"멈추고 싶은데, 관두고 싶은데, 그거 불가능하다는 거 알잖아요."

그의 마음이 절절히 느껴졌다. '무슨 꿍꿍이지?'라고 의심을 하는 것조차 미안할 만큼, 그의 눈빛은 애절했다. 루는 그가 하는 말이 전부 진심이라는 것을 알 수 있었다.

"그저 강한 자를 향한 끌림인 줄 알았는데 그게 사랑이었을 줄이야. 아니, 어쩌면 강한 자를 향한 끌림에서 사랑으로 바뀐 건지도 모르겠네요. 루는 정말……."

라일이 조심스레 손을 뻗어 왔다. 루는 피하지 않고 그의 손길을 받아들였다. 그는 루의 뺨을 어루만지며 말했다.

"아름다우니까요."

"얼굴만 보고……."

거기까지 말하고 루는 말을 멈췄다.

라일은 루가 파필리아의 괴물이라 불릴 때에도 루에게 친절했다. 방을 잘못 찾아들어 간 루에게 함부로 대하지 않았다.

단지 얼굴만 보고 사랑에 빠질 사람이 아니다. 다른 이유가 있을 것이다.

'내가 언제 이 남자를 이렇게 믿게 된 거지?'

루는 당혹스러웠다.

'내가 언제부터 이 남자의 손길을 거부하지 않게 된 거지?'

아마도 비비안 습격 사건 이후부터일 것이다. 매일 찾아와 걱정해 주는 라일에게, 루는 저도 모르게 마음을 열고 말았다. 그를 신뢰하고 말았다.

"돌아……가야겠습니다."

이대로 있으면 기대고 싶어질 것 같았다. 남자로 사는 것을 포기하고, 그의 달콤한 눈빛에 젖어 여생을 보내고 싶다는, 바보 같은 생각을 하게 될 것 같았다. 그런 생각을 하게 될 만큼 라일의 눈빛이 뜨거우니까. 그의 사랑이 짙게 느껴지니까.

남자의 사랑을 받아 본 적 없이 외롭게 살아온 루에게, 라일의 애정은 독이었다. 강하게 스며드는 독.

"돌아갈게요, 라일."

벌떡 일어나는 루를, 라일은 붙잡지 않았다. 도망치듯 그 자리를 떠나다가 돌아보았을 때, 라일은 루의 볼을 쓰다듬던 자세 그대로 움직임을 멈추고 있었다. 지끈, 가슴이 아파 왔다. 그리고.

심장이 뛰었다.

깜짝 놀랄 만큼 거세게.

                    *   *   *

　루가 돌아간 후, 라일은 한숨을 내쉬었다.

　고백을 하려고 이런 자리를 마련한 게 아니었다. 원정 멤버에
서 빠진 루를 위로해 줄 생각뿐이었다. 그러나 순진하게 바라보
는 그녀의 파란 눈동자를 보는 순간, 저도 모르게 내뱉고 말았
다. 사랑한다고.

　"아직은 안 되는데."

　라일은 미처 다 먹지 못한 샌드위치를 한입 베어 물었다.

　"아, 정말로 아직은 안 되는데."

　우물우물 씹으며 밤하늘을 올려다봤다.

　세상이 변하고 있다고는 하지만, 아직은 신분의 차이라는 것
이 확실하게 존재하는 사회다. 라일과 루 사이에는 신분의 격차
가 있었다. 루의 마음을 사로잡아 내 이내로 삼겠다고 하면 큰
반발이 있을 것이다.

　'좀 더 힘을 키워야 돼. 누구도 내 결정에 반박할 수 없을 정도
로. 하지만……'

　라일은 자신의 아버지를 떠올렸다.

　'쉽지 않겠지.'

　대륙 전역을 돌아다니며 지식을 쌓고 다양한 인맥을 유지한
다 해도, 아버지의 발끝에 미치지 못하리라. 더 강한, 무언가가
필요했다.

'나도 사람들을 끌어 모아서 토벌을 하고 공적이나 쌓을까?'

루를 오롯이 얻고 싶다는 욕심에 마음이 급해졌다. 처음에는 호기심이었던 이 마음이 이토록 커질 줄은 몰랐다.

루에게 알려 주고 싶었다.

사랑 받는 여자의 삶이 어떤 것인지.

* * *

출발할 때부터 분위기는 좋지 않았다.

그럴 수밖에 없었다. 귀족과 평민이 섞여 있었기 때문이다. 귀족이 이끄는 기사단은 용병단을 무시했고, 용병단은 곱게 자란 기사들을 무시했다. 그리고 기사단과 용병단은 한마음으로 토스카를 경멸했다. 고작 여섯으로 원정을 떠나는 그들이 우스웠던 것이다.

케이는 이런 상황을 짐작했기에, 배에 오르며 딱 한 마디만 했다.

"땅을 밟을 때까지는 문제 일으키지 마라."

와칸이나 텐치, 휴이에게는 케이의 명령을 지키는 게 어려운 일이 아니었다. 와칸은 케이의 명령이 신의 뜻과 같았고, 텐치는 평화주의자였고, 휴이는 자기 음식을 욕하지만 않으면 뭐든 좋으니까.

그러나 히센과 쿠반은 달랐다.

히셴은 천성이 잔혹하고 나르시시즘이 강해서, 누군가 자신을 건드리는 걸 참지 못했다. 그리고 쿠반은 케이도 어쩌지 못할 다혈질이었다.

　그래도 며칠은 꾹 참는 듯 보였다. 아니, 참는다기보다는 부딪칠 일이 별로 없었다. 문제를 일으키지 않기 위해, 배정받은 선실에서 나가지 않았기 때문이다.

　원정용 배는 총 4층으로, 가장 아래는 배를 움직이는 기계실과, 문제를 일으킨 사람을 가둬 두는 비상용 감옥이 있었다. 그리고 그 위부터 선실이었는데, 각 팀별로 구역을 배정받았다.

　토스카는 쥬엔 덕분에 지하3층 전체를 사용할 수가 있었다. 그 아래에서 나가지만 않는다면 딱히 다른 이들과 부딪칠 일이 없었다.

　하지만 선실 안에서만 머무는 것이 쉬운 일은 아니었다.

　가장 먼저 갑판에 올라가 다른 팀들과 부딪친 것은 쥬엔이었다. 사실 쥬엔뿐이라면 큰 문제는 생기지 않았을 것이다. 토벌에 계집이 끼었다며, 사내들의 밤을 위해서냐고, 그렇다면 우리에게도 그 몸 좀 나눠 달라고 지껄이는 말쯤은 얼마든지 무시해 줄 수 있었다. 쥬엔은 감정에 휘둘리는 여자가 아니었으니까.

　하지만 쿠반은 달랐다.

　마침 갑판으로 올랐다가 놀림당하는 쥬엔을 발견한 쿠반이, "감히 내 계집을 건드려?"라며 길길이 날뛰었고, 돛대가 부러질 뻔해 히셴이 나와서 말리려고 했다. 그러다가 예쁘장한 사내놈이니 엉덩이나 대 달라는 말에 분노한 히센은 한 놈을 붙잡아 입술을 베어 버리려 했지만, 불안한 마음에 밖으로 나온 와칸이 말렸다.

"형편없는 새끼들."

"관광이나 하러 가는 거겠지."

"전멸하면 시체 정도는 거둬 주마."

따위의 말을 지껄이는 용병단과 기사단을 향해, "그 말 그대로 되돌려 주지."라고 말한 와칸은, 히센과 쿠반을 끌고 선실 아래로 내려갔다. 용병들과 기사들이 "저놈들, 꽁지 빠지게 도망친다."며 비웃은 것은 말할 것도 없었다.

누구 하나 잘못하면 펑 터질 듯 위태로운 상태로, 원정용 배는 스트루티오 섬을 향해 나아가고 있었다.

8장

잠에서 깨어난 루는, 하마터면 여자처럼 비명을 지를 뻔했다. 눈을 뜨자마자 보랏빛 눈동자가 시야에 들어온 탓이었다. 보랏빛 눈동자의 주인공은 루의 가슴 위에 앉아 루를 빤히 내려다보고 있었다. 가슴이 답답해서 깼는데 이것 때문이었던 모양이다.

짧은 금발과 통통한 볼살, 동그란 눈. 이제 10살이 좀 넘었을까. 짓궂은 느낌의 사내아이였다.

"누구죠?"

"공격 안 해?"

루의 질문에 아이는 질문으로 대답했다.

"네?"

"난 자는데 침입한 사람이잖아. 공격 안 해?"

"살기가 없어 보이는데 군이 공격할 필요가 있을까요?"

"흐응. 자다 깨자마자 살기를 읽어 낸단 말이야? 그렇다면 이건 어떨까?"

순진하게만 보였던 보랏빛 눈동자가 순식간에 잔혹한 살의로 물들었다. 하지만 루는 가만히 소년을 응시했다.

"뭐야, 왜 또 공격 안 해?"

소년이 살기를 거두지 않은 채 칭얼거렸다.

"그거야…… 가짜 살기니까요."

"에이씨. 뭐가 이렇게 어려워? 대장이 직접 거둔 개라기에 실력 좀 보려고 했더니."

"아, 대장의 사람인가요?"

"응. 내 얘기 못 들었어? 나, 대장이 엄청 예뻐하는……."

"나즐. 여기서 뭐하는 거야?"

그때, 차분한 음성이 나즐이라 불린 소년의 말을 끊었다. 차분한 목소리는 창가에서 들려왔다. 그쪽을 보자, 검은색 머리카락의 사내가 창틀에 걸터앉아 있었다. 음유시인 분위기를 풍기는, 순한 인상의 사내였다.

"알리, 언제 왔어? 난 이 녀석 실력 좀 보려고 했지."

나즐이 미안한 기색도 없이 말했다.

"노크도 없이 창문으로 드나드는 건 예의가 아냐."

알리가 나즐을 나무랐다. 루는 어이가 없었다. 창문으로 들어온 건 알리도 마찬가지였으니까.

'나즐과 알리. 이 사람들이구나.'

원정용 배가 떠난 지 일주일이 지났다. 온다던 사람들의 소식이 없어서 궁금했는데, 이제야 도착한 모양이다. 그런데도 두 사람은 서두르는 기색이 없었다.

"근데 알리. 이것 봐 봐. 얘, 엄청 예뻐. 이렇게 예뻐서 대장이 키우기로 했나?"

"그러게, 정말 예쁘네."

"원정에 같이 못 간 걸 보면 강하진 않은 모양이네. 그냥 마스코트인 거겠지?"

"그런가 보다."

"나도 이런 강아지 한 마리 키우고 싶다."

사람을 앞에 두고 못 하는 소리가 없다.

"그런 소리 그만하고 얼른 내려와. 루가 답답해하잖아."

알리의 말에 나즐이 순순히 침대에서 내려왔다. 그제야 루는 상체를 일으킬 수 있었다. 헝클어진 머리카락을 뒤로 쓸어 넘기며, 루는 그들에게 물었다.

"나즐과 알리?"

"응. 내가 나즐. 얘가 알리. 형님이라고 불러도 좋아."

나즐이 가슴을 두드리며 자랑스럽게 말했다. 아무리 봐도 열살 정도로만 보이는 소년이 '형님'이라 부르라고 하는 말에, 뭐라 대답해야 좋을지 알 수 없었다.

토스카는 먼저 들어온 순서대로 '형님'이라 불러야 하는 건가?

그렇다면 텐치에게도 '형님'이라 불러야 할 것 같은데.

"23살이야. 나랑 나즐, 둘 다."

루의 의아한 표정을 읽은 듯, 알리가 말했다. 루는 눈을 휘둥그레 뜨고 나즐을 쳐다봤다. 다시 보아도, 그는 열 살 정도로만 보였다.

나즐이 씩 웃더니 루의 볼에 쪽 입을 맞췄다. 갑작스러운 일이라 막을 틈도 없었다.

"와, 너 정말 귀엽다. 마음에 들었어. 앞으로 잘해 줄게."

루를 놀라게 만든 나즐은 그 말을 남기고는 휙 돌아서 방을 나갔다. 알리가 미안하다는 듯 루에게 말했다.

"나즐이 예의가 없어. 이해해 줘."

"아, 네에."

"그래도 나즐의 마음에 들었다니 다행이야. 여기 오는 내내 이상한 녀석이면 실컷 괴롭혀 줄 거라고 그랬거든."

"아."

정말 다행이란 생각이 들었다. 나즐은 라일만큼이나 행동을 종잡을 수 없는 사람이다. 그런 사람의 괴롭힘이라면 견디기 힘들 것이다.

"유진에게 도착했다고 알려야겠어. 이따…… 잠깐만."

부드럽게 말하던 알리가 갑자기 루의 볼에 손을 가져다 댔다. 그는 이해할 수 없다는 표정으로 루를 빤히 응시하다가 고개를 갸우뚱거리더니 다시 손을 뗐다.

"갑자기 만져서 미안해. 뭔가 좀 이상해서."

"뭐가요?"

"느낌이."

"느낌이요?"

여자인 걸 들킨 줄 알고 심장이 덜컥 내려앉았다.

"너, 평범한 애가 아니구나?"

"네?"

"이건 좋지 않은데."

알리가 알 수 없는 말을 중얼거렸다. 루는 불안한 눈으로 그를 올려다봤다.

"너 혹시 잘 보이고, 잘 들리고 그러니?"

네, 라고 대답하려다가 망설였다. 전에 휴이가 이런 성질에 대해서는 말하지 말라고 했던 것이 떠올랐기 때문이다.

"아니요, 그렇진 않습니다."

"그래? 이상하네. 아무튼 이따 보자."

알리가 방을 나갔다.

잠귀가 밝은 편인데 나즐과 알리가 들어오는 걸 느끼지 못했다.

'강한 사람들인 것 같아.'

특히 알리에게는 알 수 없는 기운이 있었다. 그는 느긋하고 부드럽게 행동했지만 그 안에 담긴 강한 기운이 있었는데, 그것이 무엇인지 알 수 없었다.

욕실에 들어가서 서둘러 씻고 나왔는데, 나즐이 침대에 앉아 있었다. 혹시나 싶어 욕실 안에서 옷을 갖춰 입고 나오길 잘했다.

"여어. 씻었어? 개운해?"

"형님."

"형님은 무슨. 그냥 나즐이라고 불러."

"하지만……."

"애초에 그렇게 부르게 된 게 텐치 때문이었어. 우린 기본적으로 호칭에 얽매이지 않거든. 하여간, 텐치 그놈은 괜히 정중한 척을 해 가지고 사람 불편하게 만들고 있어."

그러고 보니 나즐과 알리는 유진보다 어린데도 그의 이름을 막 불렀다.

"뭐, 가끔 형이라고 불러 주면 좋고. 네가 형이라고 부르면 기분 좋을 것 같거든."

나즐이 씩 웃으며 몸을 앞뒤로 흔들었다. 얼른 형이라고 불러 보라는 것 같아, 루는 어렵게 말했다.

"혀, 형."

"으아. 진짜 귀엽다."

나즐이 갑자기 달려들어 루를 끌어안았다. 그래 봐야 루보다 두 뼘 이상 작아서, 루의 가슴에 얼굴을 묻는 모양새가 되었지만. 살랑살랑 흔들리는 그의 금발을, 저도 모르게 쓰다듬고 말았다. 나즐이 루를 안은 채로 고개를 들었다.

"아, 죄송해요."

"응? 뭐가? 난 머리 쓰다듬어 주는 거 좋아해."

"아, 네에."

"만져, 만져. 내 머리카락 부드럽지?"

"네, 부드럽긴 하네요."

"네 머리카락도 부드러워 보여. 대장한테 사랑을 받을 만해."

"사랑을 받긴요."

"왜? 대장이 키우겠다고 했다면서? 우리 대장, 그런 사람 아니거든. 그거 알아? 티그리스를 떠난 후에 새로운 단원으로 받아들인 거, 너랑 히센이 처음이야."

"아, 그래요?"

"히센이란 놈은 아직 못 봐서 모르겠지만, 널 받아들인 이유는 확실히 알겠다."

"하지만 전 예전에…… 괴물이라고 불릴 정도로 끔찍했는걸요."

"아아, 마법에 걸려 있었다고 했지? 뭐, 얼굴은 크게 중요하지 않으니까. 이왕이면 예쁜 게 좋지만."

"그럼 대장은 제게서 뭘 본 걸까요?"

"눈."

"눈이요?"

"응. 네 눈동자, 정말 예쁘게 빛나거든."

나즐은 당혹스러울 정도로 칭찬을 남발했다. 나즐과 알리에 대해 들은 말이 많아서 잘 어울릴 수 있을지 걱정했는데 괜한 기우였던 것 같다.

"아침 먹으러 가자. 요새 옆방 사람이랑 같이 먹는다면서? 라일이라고 했던가?"

토스카가 원정을 떠난 후, 라일이 아침 식사 멤버에 끼게 되었다. 그는 자연스럽게 녹아들어 유진, 루와 함께 아침을 먹었다. 유진은 라일이 상당히 마음에 든 것 같았지만, 루는 그와의 아침 식사가 불편했다.

그의 사랑 고백을 들은 후, 그와 단둘이 얘기할 기회가 없었다. 그의 얼굴을 똑바로 보기 힘들었다.

"궁금하더라. 유진이 마음에 들어 하는 사람이라니. 유진은 까탈스러워서 아무나 마음에 들어 하진 않거든."

"유진 형님이 까탈스러워요?"

"에이, 형님이라는 거 오글거리니까 붙이지 말라니까. 유진, 까탈스럽지. 요샌 좀 나아졌는데 예전엔 장난 아니었어. 선인장 같았어. 선인장, 알아? 사막에서 자라는, 가시 돋힌 식물인데."

나즐은 말이 많았다.

"라일이란 녀석 방이 여기야?"

루의 팔짱을 끼고 방 밖으로 나온 나즐이 턱으로 라일의 방문을 가리키며 물었다.

"네."

"노크, 노크."

루에게 노크하라는 것 같아서, 루는 크게 한숨을 내쉬고는 방문을 두드렸다. 곧 방문이 열렸다.

라일은 언제나 그렇듯 옅은 미소를 띠고 있었다.

"좋은 아침이에요, 루. 그리고…… 누구시죠?"

라일이 나즐을 내려다보며 물었다. 나즐은 라일을 빤히 응시하다가 말했다.

"귀족이구나, 너."

"네?"

"귀족이 우리들이랑 어울리는 이유가 뭔지는 모르겠지만 나쁜 녀석 같지는 않네."

"아니요, 저기……."

"뭐, 좋아. 우리를 가지고 뭔가를 해 보려는 꿍꿍이만 없다면, 나도 널 건드리지 않을게. 하지만 꿍꿍이를 품으면, 알지?"

라일이 귀족일지도 모른다는 생각은, 루도 유진도 하고는 있었다. 하지만 이렇게 확신하진 못했다.

라일은 무척 당황한 듯 보였고, 루는 그를 당황시킨 나즐이 놀랍기만 했다. 라일은 그 어떤 일 앞에서도 당황하지 않을 것 같은 사람이었기 때문이다.

"아침 먹으러 가자."

나즐이 아무 일 없었다는 듯 라일에게 제안했다. 라일은 얼른 혼란스러운 감정을 수습하고는 말했다.

"오랜만에 합류하신 단원인 것 같은데 서로 나눌 이야기가 많을 테니 난 빠지도록 하겠습니다. 다음에 대화를 나눌 수 있으면 좋겠네요."

휴이가 자리를 비운 터라 지하 주점은 다른 요리사들로 운영이 되고 있었고, 오전, 오후에 여는 식당은 거의 폐업 상태였다. 아침, 점심은 루와 유진이 돌아가며 준비를 했는데, 휴이가 남기고 간 레시피를 따라서 만들어도 그가 만든 요리의 맛을 따라잡을 수가 없었다.

오늘 아침 식사는 유진의 순서였다.

지하 주점 룸에 유진이 만든 샐러드와 돼지고기 튀김이 그릇에 산더미처럼 담겨 있었다. 유진은 맛보다는 양을 주장하는 타입이었다.

"으아, 너무 배고팠어!"라는 말과 함께 돼지고기 튀김을 입에 넣은 나즐이 몇 번 우물거리다가 "퉤!"하고 뱉어 냈다.

"맛없어, 유진!"

"닥치고 먹어. 그 주둥이를 꿰매 버리기 전에."

유진의 부드러운 협박에 나즐이 코를 실룩거렸다.

"아, 도착하면 휴이의 요리를 마음껏 먹을 수 있을 줄 알았는데."

"그러게 누가 늦게 도착하래?"

"대신에 돈을 벌어 왔잖아!"

"금화 3, 4개를 누구 코에 붙여?"

"금화를 왜 코에 붙여? 돈이 남아돌아?"

"그래, 남아돈다. 남아돌아!"

사실 남아돌지 않는다는 걸, 루는 알고 있었지만 잠자코 있었다. 나즐과 유진의 다툼에 끼어들고 싶지 않았기 때문이다. 알리도 같은 생각인지 묵묵히 식사만 하고 있었다.

돼지고기 튀김은 질기고 돼지 냄새가 났다.

"그런데 대장이 토벌을 하러 다 가고, 어쩐 일이래?"

"티그리스를 되찾아야겠대."

"정말? 갑자기 왜?"

"뭐, 떠돌이 생활에도 슬슬 지치신 것 아니겠어?"

"하긴. 그럴 때도 되긴 했지."

"그래서 말인데. 앞으로 돈이 많이 필요할 거야."

"돈이 남아돈다더니?"

"까불지 마, 나즐. 맛없는 음식 때문에 심기가 불편하니까."

"형이 만든 거거든?"

유진과 나즐은 싸우지 않으면 대화가 안 되는 모양이었다. 한참 서로를 향해 맹비난을 퍼붓던 둘은 언제 그랬냐는 듯 돈을 벌 궁리를 시작했다.

진지하게 대화를 나누는 두 사람을 두고, 루와 알리는 식기를 챙겨 주방으로 향했다. 나란히 서서 설거지를 끝낸 후, 알리가 말했다.

"시간 좀 있어? 도시 좀 안내해 줘."

"네, 형님."

"알리라고 불러. 형님이라는 호칭, 징그러워."

알리는 다정한 말투지만 할 말은 다 하는 성격인 것 같다.

도시를 안내하며 루는 그동안 토스카에 있었던 일들을 설명했다. 알리는 즐거운 듯 루의 이야기를 들었다.

"그랬구나. 그렇다면 대장은 너한테 반해서 티그리스를 되찾기로 한 거겠네."

알리가 말도 안 되는 소리를 중얼거린 것은, 루의 비밀 장소인 해안 절벽에서였다. 너무 황당한 소리인지라, 루는 웃음을 터뜨리고 말았다.

"아하하하. 그럴 리 없어요, 알리. 대장이 저한테 반하다니요. 전 남자인걸요."

"아, 그런 설정이었어?"

알리가 무덤덤하게 물었다. 심상찮은 반응에 루는 웃음을 멈추고 그를 돌아봤다.

"네?"

"그러니까…… 네가 남자, 라는 설정이었냐고."

"아니요, 설정이 아니라 전 남자인데요."

"아니, 넌 여자야."

심장이 쿵 내려앉았다. 알리의 부드러운 확신에 당황했다.

왜 자꾸 여자라는 걸 들키는 걸까? 이 얼굴 때문에?

아니, 단지 얼굴 때문이 아니었다. 토스카의 단원이 되면서 사람과 대화할 일이 많아졌다. 그렇게 상대를 하다 보니, 여자라는 걸 들킬 확률이 높아진 것이다.

대꾸하지 못하는 루를 돌아본 알리가 부드러운 목소리로 말했다.

"내가 가진 힘이 뭔지 들었어?"

루는 고개를 저었다.

"나는 신력을 사용할 수 있어."

"신력⋯⋯."

들어 본 적 있다.

기계문명이 발달하며 마법이 잊히기 시작한 것처럼, 무신론자들이 많아지면서 신이 잊히기 시작했다. 예전에는 사제가 되면 자연스럽게 신력을 얻게 되었다지만, 이제는 신력을 사용할 수 있는 사제가 손에 꼽는다. 신관쯤 되어야 신력을 사용할 수 있을 것이다.

"나는 신력 중에서도 치유력이 강해. 치유력을 가지면 자연스럽게 인체 구조를 파악하게 되지. 인체를 모르면 치유를 하기도 힘들잖아."

"⋯⋯."

"너는 아기를 낳을 수 있는 몸이야. 아기를 낳을 수 있는 몸을 가진 성별은 여자고."

아기를 낳는다니.

루의 얼굴이 붉어졌다.

그런 식으로는 생각해 본 적이 없었다. 남자와의 결혼을 꿈꾸지 않았으니 당연하다.

하지만 알리에게서 '아기를 낳을 수 있는 몸'이라는 말을 듣자마자, 케이를 떠올렸다. 그를 닮은 아이. 그와 자신을 반씩 빼닮은 아이.

그 바보 같은 상상을 들킬 것만 같아, 루는 얼른 고개를 돌렸다. 알리가 가볍게 웃었다.

"괜찮아, 루. 네가 그런 설정을 유지하겠다면 다른 사람들에게는 얘기하지 않을 테니까."

"……."

"하지만 알고 싶은걸. 왜 남자인 척하는 건지."

그래서 루는 어릴 적의 일과 티그리스의 선대 검은 호랑이를 만난 일에 대해 이야기했다.

"계속 남자인 척하는 이유는 오르딘 공작이 절 알아볼지도 모른다는 생각 때문입니다. 그는 우리 부모님의 자식이 딸 한 명뿐이라는 걸 알고 있거든요."

"그렇구나. 고생이 많았겠네."

"……."

"그런데 루. 너, 선대에게 또 다른 이야기를 들은 거 없니?"

"또 다른 이야기요?"

"응. 너에 대해서."

하나 있었다. 선대는 분명 루에게 '대지의 축복을 받은 아이'

라고 했다. 그 말을 알리에게 해도 좋을지 알 수 없었다.

머뭇거리는 루를 지켜보던 알리가 말했다.

"들은 게 있구나?"

"……대지의 축복을 받은 아이라고…… 하셨어요."

"역시."

알리의 낯빛이 어두워졌다.

"그건 정말 좋지 않은데."

"이게 문제가 되나요? 대지의 축복이라는 게 뭔지도 잘 모르겠어요. 저는 그저…… 그러니까……."

"남들보다 오감이 발달했겠지."

"……네."

"대지의 축복이라는 건 곧 신의 축복을 말해. 사람들이 신을 잊기 시작하면서 축복을 받은 아이들도 태어나지 않게 됐지. 넌 아주 오랜만에 만난 축복의 아이야. 하지만…… 아니, 선대가 그냥 놔뒀다면 상관없겠지."

"말해 주세요, 알리. 제게 무슨 문제가 있나요?"

"네게는 아무 문제가 없어. 문제는 예언이야."

"예언이요?"

"티그리스에는 오래전부터 내려오던 예언이 있어. 천 년, 어쩌면 그 이상 되었을지도 모르는 예언."

"그게 뭔데요?"

알리의 검은 눈동자가 더 어둡게 침잠했다. 그는 한동안 고민하다가 말했다.

"신과 마법이 잊힐 때에 태어난 축복의 아이가 티그리스를 멸하리라."

소름이 돋았다.

예언이란 해석하기 힘들기 마련이었다. 하지만 티그리스의 멸망에 대한 예언은 무척이나 분명했다. 다른 해석을 하기 힘들 정도로.

"제가 티그리스를 멸한다고요?"

"그런 표정 지을 거 없어. 티그리스는 이미 멸망한 거나 마찬가지니까. 마법은 거의 사라졌고, 티그리스는 귀족의 개가 되어 발이나 핥고 있지. 그게 멸망이 아니면 뭐겠어?"

"하지만 대장이 다시 티그리스를 되찾는다면……."

"그래도 티그리스는 사라질 거야. 아주 잠깐 빛을 발할 수도 있겠지만 마법의 부흥기는 되돌아오지 않아. 대장도 그걸 알기에, 티그리스를 되찾을 생각이 없었던 거고."

"그래도 이제는 마음을 바꾸셨잖아요."

"응, 바꿨지. 너 때문에."

"저 때문이 아니에요. 대장은 그저……."

"너 때문이야, 루. 넌 몰라. 쿠반과 와칸이 대장에게 얼마나 간절히 티그리스를 되찾길 종용했는지. 휴이와 유진이 얼마나 애원했는지. 그래도 대장은 꿈쩍하지 않았지. 이곳에서 널 만나기 전까지는."

믿기 어려운 말이었다.

그런 중요한 결정을 루 한 명 때문에 내렸다고는 생각할 수 없었다. 그럴 리 없다.

"형들한테는 네가 축복의 아이라는 걸 비밀로 해 두는 게 좋겠어. 그 사람들은 티그리스를 무척이나 소중하게 여기니까."

"형은 괜찮아요?"

"나는 뭐, 괜찮아."

알리가 어깨를 으쓱했다.

"너도 들었는지 모르겠는데, 티그리스는 마법사와 마법사가 아닌 고용인들로 구성되어 있었어. 말이 좋아 티그리스지, 고용인들은 방패막이 정도로만 쓰였지."

"네, 들었어요."

"나와 나즐의 부모님은 마법사였어. 하지만 다른 형들의 부모님은 고용인이었지."

"아……."

"선대 검은 호랑이는 고용인들에게 무척 잘해 주었어. 그래서일 거야. 형들이 티그리스를 동경하는 건. 선대의 은혜를 입었기에, 그의 세계였던 티그리스와 마법을 지키고 싶은 거겠지."

"그럼 형은 안 그래요? 부모님이 마법사였잖아요."

"나는 어떠한 일이든 시대의 흐름을 거스를 수는 없다고 생각해. 티그리스가 선대를 배신하고, 그나마 강한 마력을 지닌 대장을 죽이려 들지. 그런 중에 네가 나타났어. 그렇다는 건 시대가 마법을 없애려 한다는 뜻일 거야."

사라져 가는 마법에 대해 이야기하던, 케이의 쓸쓸한 모습이 떠올라 가슴이 아팠다.

"그렇다면 따라야겠지. 마법도, 신력도 사라진 자리를 기계가 대신하게 될 테니까. 울지 마, 루."

저도 모르는 사이에 눈물을 흘리고 있었던 모양이다. 알리가 엄지로 루의 눈가를 닦아 주었다. 그의 검은 눈동자는 쓸쓸하지만 다정했다.

"세상은 변하게 되어 있어."

"하지만 대장은 티그리스를 되찾을 거라고…… 다른 형님들도 티그리스를 되찾는다는 생각으로…… 그런데 저 때문에……."

혼란스러워서 자신이 무슨 소리를 하는지도 모르고 중얼중얼 내뱉었다. 그 모습을 안타깝게 지켜보던 알리가 루를 안고 등을 토닥였다.

"형들은 대장을 위해 무언가를 해 주고 싶은 거야. 대장은 널 위해 무언가를 해 주고 싶은 거고. 괜찮아. 형들도 언젠가는 납득하게 될 거야. 사라지는 마법을 부흥시킬 수 없고, 마법이 없이도 세상은 돌아가리라는 걸."

*　　*　　*

루에게는 하늘이 무너질 것 같은 진실을 알려 준 알리는, 루를 놔두고 해안 절벽을 내려갔다. 아마도 루에게 생각을 정리할 시간을 주려는 것이리라.

루는 가파른 절벽 가장자리에 걸터앉아 눈을 감았다. 절벽이라 스치고 지나가는 바람이 유독 날카로웠다.

'대장이 나 때문에 티그리스를 되찾기로 했다는 말은 농담일 거야. 그런 중요한 결정을 나 때문에 할 리 없으니까.'

가장 믿기 어려운 사실은 단숨에 정리가 가능했다. 케이가 남색을 즐기는 자들을 혐오한다는 것을, 루는 알고 있었다.

게다가 그에게는 비비안이 있었다. 그의 힘이 되어 줄 만한 배경을 가진 여자. 게다가 비비안은 사랑스럽고 똑똑하기까지 했다.

알리가 놀리려고 한 말을 가지고 괜한 희망을 품고 싶지 않았다. 희망이 깨지는 순간 찾아오는 절망을 느끼고 싶지 않았다.

'대지의 축복을 받은 아이가 티그리스를 멸망시킨다니. 정말일까?'

이건 농담으로 할 만한 이야기가 아니었다.

'그래서구나. 휴이 형님이 비밀로 하는 게 좋겠다고 했던 이유.'

어떻게 해야 좋을지 알 수 없었다.

알리는 시대의 흐름일 뿐이라고 했지만 루는 그 말을 받아들이기 힘들었다. 사라지는 마법에 대해 이야기하던 케이의 쓴 표정이 머릿속에서 떠나지 않았다. 그의 아버지에게서부터 이어진 그의 세계를 무너뜨리는 주축이 되기는 싫었다.

'내가 사라져야 하는 걸까?'

어쩌면 오르딘 공작에게 복수를 하겠다는 자신의 욕심이 티그리스를 멸망시키는 일이 되는 걸지도 모른다. 오르딘 공작은 그와 같은 공기를 마시는 것도 싫을 만큼 증오스러운 자였다.

그러나 오르딘에게 복수를 하는 것이 케이의 세상을 무너뜨리는 일이 되는 거라면, 루는 복수를 포기할 수 있었다. 오르딘을 증오하는 마음보다 케이를 사랑하는 마음이 더 커졌으니까.

'하지만 떠나고 싶지 않아.'

이제는 케이가 없는 삶을 상상도 할 수 없다.

'어떻게 해야 하지?'

그런 고민을 하고 있을 때, 누군가 루의 곁에 와서 앉았다. 돌아보지 않고도 그라는 것을 알 수 있었다. 라일에게서는 달콤한 향기가 났다.

"이런 데서 위험하게 뭐해요?"

라일이 물었다.

그의 고백 이후 단둘이 있는 것은 처음이었다. 하지만 그것을 의식하지 못할 만큼, 루는 혼란에 빠져 있었다.

"루, 괜찮아요?"

라일이 걱정스럽게 루의 옆머리를 귀 뒤로 넘겨 주며 물었다.

그제야 루는 정신을 가다듬고 라일을 돌아봤다.

"여긴 어떻게 알고 찾아왔습니까?"

"알리가 알려 줬어요."

"아, 그래요."

"괜찮은 거예요? 표정이 많이 안 좋은데."

"네, 괜찮아요."

"고민이 있으면 말해 봐요. 힘닿는 데까지 도와줄게요."

알리는 라일이 귀족이라고 했고, 라일은 그 말에 딱 잘라 아니라고 말하지 못했다. 아마도 라일은 귀족이리라.

얼마나 높은 위치에 있는지 궁금했다.

토스카는 귀족이 가진 권력이 필요했다. 그래서 가터 백작과도 좋은 관계를 유지하려고 하는 중이다. 그렇다면 라일의 호의를 받아들여 그의 권력을 이용하는 것이, 토스카에게 도움이 될까?

루는 곧 그 생각을 지웠다.

라일을 이용하고 싶지 않았다. 그의 눈에 담긴 진지한 열정과 애정을 그런 식으로 퇴색시키기는 싫었다. 그의 마음을 받아 주는 것과는 다른 문제였다.

"라일, 당신 정말로 귀족인가요?"

"글쎄요."

루의 느닷없는 질문에 라일은 고개를 옆으로 기울였다.

"내가 귀족이라고 하면 우리 사이가 달라질까요?"

"내가 당신을 대하는 게 달라져야겠죠. 신분의 격차가 있으니까요."

"그래요? 그렇다면 귀족이 아닌 걸로 하죠."

그가 담백하게 결론을 지었다.

*　　*　　*

"당신은 정말 이상한 사람이에요."

루의 말에 그가 눈을 크게 떴다.

"내가요?"

"네. 귀족인데도 평민과 스스럼없이 대화를 하고, 평민이 함부로 대하는데도 화를 내지 않고. 당신 같은 귀족은 처음 봐요."

"그거, 썩 마음에 든다는 표현인가요?"

라일이 장난스럽게 물었다. 루는 가볍게 한숨을 내쉬었다.

"그래요, 썩 마음에 들어요."

"이런."

그는 한 손으로 입가를 가리고 고개를 돌렸다. 언뜻 보이는 그의 볼이 붉게 물들어 있었다. 예상치 못한 순수한 태도에 오히려 루가 당황했다.

"왜, 왜 얼굴을 붉히고 그래요? 난 그냥 인간 대 인간으로서 마음에 든다고 한 거예요."

"알아요, 알아요, 루. 하지만 잠깐만요. 조금만 더 이 여운을 즐기게 해 줘요."

　여자에 대해 알 만큼 아는 사람일 거라 생각했는데 그렇지도 않은 모양이다.

　"이제 됐어요."

　그가 손을 내렸다. 그의 볼에 옅게나마 홍조가 남아 있었다. 그걸 보노라니 루까지 가슴이 간질거렸다.

　"루, 내일 이 도시에 서커스가 들어온대요."

　"서커스요."

　"본 적 있어요?"

　"아니요, 한 번도 없어요."

　"잘됐네요. 내일 같이 보러 가요."

　"제안은 고맙지만 난 내일 검술 연습을 해야 돼요."

　"검술 연습?"

　"네. 더 강해지고 싶어요. 대장을 지킬 수 있을 만큼."

　루의 말에 라일의 입가에서 미소가 사라졌다. 하지만 그것은 아주 잠깐일 뿐이었다.

　"그렇군요. 검술 선생은 있나요?"

　"아니요. 혼자서 교본을 보고 어떻게든 해 보려고요."

　"검술 선생을 붙여 줄게요."

　"아니요, 라일. 그러지 않아도 돼요. 나한테 잘해 줄 필요 없어요. 나는……."

　"쉿, 루."

그가 검지로 루의 입술을 눌렀다. 추운 곳에 오래 있었는데도 그의 손가락은 따뜻했다.

"내 호의의 대가로 당신의 사랑을 원하지는 않을 거예요. 나는 당신이 강해진 모습을 보고 싶어요. 이건 내 욕심이기도 하니까, 내 말대로 해요."

그가 부드럽게 간청했다.

루는 시선을 피하고 싶었다. 그의 녹색 눈동자를 똑바로 마주 보고 싶지 않았다.

그의 눈동자는 루를 여자로 만들었다. 간절하고 깊은 애정이 담겨, 루가 해야 할 일도 잊고 여자로 살아가고 싶게 만들었다. 사랑을 받고 애정 가득한 목소리를 들으며, 다정한 손길에 취하는 나날을 꿈꾸게 하기에, 그의 눈동자가 무서웠다.

"검술 선생이 누군데요?"

"바흘이요."

"바흘이라면……."

"내 경호기사예요. 그리고 대륙에 몇 안 남은 소드마스터 중 한 명이기도 하죠."

*   *   *

"썩 좋은 상황은 아니군."

갑판 구석에서 바다를 내려다보던 와칸이 중얼거렸다. 그 옆에 서 있던 히센은 머리를 뒤로 쓸어 넘기며 그를 돌아봤다.

"뭐라고?"

"지금 이거, 썩 좋은 상황이 아니라고."

"아아, 그렇지. 생각보다 더 안 좋게 돌아가는데."

히센은 남자치고는 높은 톤의 목소리를 가지고 있어서, 여자라고 오해하는 사람들이 많았다.

"거기엔 너도 한몫했지."

"그거야 저 자식들이 주제도 모르고 기어오르니까 그런 거지. 내가 대장 생각을 했으니 여기서 멈춘 거야. 안 그랬으면 채찍으로 갈기갈기 찢어서 내장을 물고기 밥으로 던져 줬을걸."

"흐음."

"제기랄. 권위주의에 찌든 개새끼들 같으니. 막상 까고 보면 열 명이 덤벼도 나 하나 이기지 못하는 주제에."

히센은 예쁘장한 얼굴과 달리 말이 거칠었다.

"아무튼 여러 가지로 상황이 안 좋을 거야. 애초에 여러 팀을 한배에 태워서 보내는 것 자체가 협력해서 싸우라는 건데, 협력은 개뿔. 갈가리 찢어졌잖아. 서로 죽이지나 않으면 다행이지."

"그러니까 거기에는 너도 한몫을 했다고."

"망할. 한몫이든 두 몫이든 내 탓을 한다고 달라지는 게 있어?"

히센은 뻔뻔했다.

"그래, 달라지는 건 없지. 하지만 앞으로는 좀 자제하는 게 좋겠는데."

"충분히 자제하고 있다니까. 욜벤 그 새끼가 우리에 대해 떠
드는 거, 너도 들었잖아. 입을 나불거릴 때 그 투실투실한 배때
기를 갈라 버렸어야 했던 건데."

욜벤 자작은 기사단을 이끌고 온 원정팀 중 하나였다. 기사단
이라고 해 봐야 기사가 5명 남짓일 뿐, 대부분은 작위를 받지 못
한 검사에 불과했다. 그런데도 자신이 공작은 되는 것처럼 굴어
서 토스카와 용병단의 속을 박박 긁어 놓고 있었다.

"넌 그 잔인한 성품 때문에 언젠가 후회할 날이 올 거다."

와칸의 말에 히셴이 입술을 삐죽거렸다.

"후회할 날은 이미 왔어. 그 덕에 빌어먹게 작은 불량배 무리
사이에 끼어서 토벌을 나가고 있잖아. 토스카가 아무리 강해도
이 멤버는 뭐야? 아주 죽으러 가자는 거지. 그나마 쓸 만한 게 총
을 쓰는 유진이랑 루일 텐데, 그 둘은 빼놓고 오고."

"루가 오지 않은 게 너로선 다행이지 않나? 넌 루를 무서워하
잖아."

"야, 무서워하긴 누가 무서워한다는 거야? 난 그냥 걔가 키우
던 개를 죽인 것 때문에 걜 만나는 게 불편할 뿐이야!"

"지랄한다."라는 대답은 뒤에서 들려왔다. 쿠반이었다.

"불편은 무슨. 무서워서 쿠빌레 쪽으로는 오줌도 안 싼 주제
에."

"제길. 뚫린 입이라고 멋대로 짖지 말아 줄래?"

"아니꼬우면 덤비시든가."

쿠반이 비아냥거리는 소리에 히센이 허리에 찬 채찍에 손을 가져갔다.

"둘 다 가만히 좀 있어. 대장이 문제 일으키지 말라고 했잖아."

와칸이 히센의 손목을 세게 누르며 말했다.

"야, 와칸! 너 진짜 너무하다? 왜 쿠반 편만 들어? 쟤가 먼저 나한테 지랄했잖아!"

"당연히 내 편을 들지, 네 편을 들겠냐? 와칸이 나랑 몇 년을 아는 사이인데."

"몇 년을 알았는지가 중요한 게 아니지. 얼마나 신뢰할 만한지, 얼마나 좋은 사람인지, 그게 중요한 거 아냐?"

"너라면 너 같은 놈을 신뢰하겠냐?"

"물론 못 하지!"

히센은 객관적이기도 했다.

"둘 다 소란피우지 좀 마. 대장이 지금 꾹 눌러 참고 있는 거 모르냐?"

와칸이 둘 사이에 끼어들었다.

아닌 게 아니라, 케이는 지금 인내심의 한계를 느끼는 중이었다.

이렇게 오랫동안 배를 타 본 것도 처음이거니와, 다른 무리와 부딪치지 않기 위해 몸을 사리는 것도 티그리스를 제외하고는 처음이었다. 지금껏 덤비는 자들을 죽이고, 거슬리는 자들을 짓

밟으며 살아왔다.

단지 같은 원정을 떠난다는 이유만으로 그들의 만행을 참아
주고는 있는데, 인내심이 언제까지 지속될지는 알 수 없었다. 케
이는 진지하게 고민했다.

'그냥 다 죽여 버릴까? 목격자도 없애 버리면 스트루티오 섬에
서 싸우는 중에 죽었다고 생각할 텐데.'

그러고 있을 때에 누군가 케이의 선실을 노크했다.

"누구냐?"

"욜벤 자작이다. 들어가도 되겠나?"

"안 되겠는데."

"하하하하. 원 농담도. 들어가지."

욜벤 자작은 멋대로 문을 열고 들어왔다. 케이는 루를 떠올렸
다. 루의 새파란 눈동자는 분노를 가라앉히는 데 상당히 효과가
있었다.

"허구한 날 선실에 틀어박혀 있는 것도 괴롭지 않나? 밖에 좀
나와서 바람도 쐬고 그러면 좋을 텐데 말이야. 용병단 놈들이 거
칠어서 무섭긴 하지?"

케이는 욜벤 자작의 말을 귓등으로 흘려보내며 루의 도톰하
고 붉은 입술을 떠올렸다. 그 입술을 생각하노라면 다른 생각을
할 여유가 사라진다.

"그나저나 이 한 층을 어떻게 빌린 거야? 자리 얻기가 쉽지 않
았을 텐데 어디에 연줄이라도 있나? 소문으로는 어느 돈 많은

창녀가 힘을 썼다고 들었는데. 혹시 말이야. 그 창녀라는 게 자네들이랑 같이 다니는 그 계집이야? 응?"

욜벤 자작이 호기심 가득한 눈으로 물었다. 케이는 대답하지 않고 가만히 그를 응시했다.

"왜, 나한테만 말해 봐. 어디 가서 말 안 할 테니까. 그 계집, 보아하니 이 남자 저 남자에게 꼬리를 치고 돌아다니던데…… 나한테 하루만 빌려줘. 그러면 내가 자네들이 배에서 편하게 지낼 수 있게……."

욜벤 자작은 말을 끝낼 수가 없었다. 케이가 던진 단검이 욜벤 자작의 볼을 스치고 지나가 선실 벽에 박힌 것이다.

"그 입 좀 다물지."

케이의 요청에 욜벤 자작의 얼굴이 분노로 달아올랐다. 미련한 욜벤 자작은 자신의 눈으로 케이의 움직임을 따라잡을 수도 없었다는 것을 깨닫지 못했다.

"너, 이 새끼! 감히 내가 누군지 알고!"

"욜벤 자작. 랄프 백작령에 속한 땅에 몸을 담고 있다고 들었는데. 랄프 백작의 영애에게 구애를 했지만 매몰차게 차였다지? 이번 원정을 제대로 해내, 랄프 백작에게 공을 돌리면 그가 딸을 주겠다고 했다면서? 그런데 말이야."

케이가 일어나 선실 벽에 박힌 단검을 빼냈다.

"살아서 돌아갈 수나 있겠나?"

"이 건방진!"

달려드는 욜벤 자작을, 케이는 가볍게 피했다. 욜벤 자작은 콧등을 찡그리고 검을 뽑아 들었다. 둔중한 육체인지라 행동 하나하나가 굼떴다.

랄프 백작의 딸이 매몰차게 거절한 이유를 알 만했다. 외모도 저런데 미련하기까지 하니, 그 어떤 여자가 좋아하겠는가.

"호오. 덤비시게?"

케이는 여유롭게 단검을 오른손으로 옮겨 쥐었다.

"검을 빼 들었다는 것은 이 자리에서 목숨을 잃어도 상관없다는 뜻이겠지? 그렇다면 사양하지 않고……."

"자, 잠깐만!"

살기로 빛나는 빨간 눈동자를 눈치채지 못할 만큼 바보는 아닌 모양이다. 케이의 눈빛을 본 욜벤 자작이 갑자기 비굴한 웃음을 띠며 검을 아래로 내렸다.

"저기 말이야. 자네가 왜 그렇게 화를 내는지 모르겠는데. 난 자네랑 싸우려고 여기에 온 게 아니야. 대화도 하고, 이것저것 가르침도 줄 겸…… 아, 그러니까 말이야. 자네 무리들, 그 뭐라더라? 토스카? 토스카가 사람들이랑 영 어울리지를 못하잖아. 스트루티오 섬에 도착하면 다들 힘을 합해서 적과 싸워야 하는데, 토스카도 그렇고 용병단도 그렇고, 서로 겉도니까 걱정이 돼서."

틀린 말은 아니었다.

호기롭게 출발하기는 했으나 스트루티오 섬에 대해 아는 것이 많지 않았다. 원정을 떠난 자들 중 살아서 돌아온 자가 많지 않았기 때문이다. 무사히 돌아온 자들은 스트루티오 섬에 발만 디뎠다가 도망친 자들이었다.

정보가 없으니 책략을 세울 수가 없었다. 쓸 만한 마법 도구들을 챙겨 오기는 했지만 얼마나 효과가 있을지는 알 수 없다.

그런 상황이니 어느 정도는 협력하는 게 좋다.

케이의 살기가 줄어드는 걸 느낀 욜벤 자작이 안도의 한숨을 내쉬며 바짝 다가왔다.

"도착하기까지 열흘 정도 남았으니, 그 안에 서로 친목을 다지고 신뢰를 쌓는 게 좋을 것 같아. 내일 저녁에 다 함께 만찬을 즐기는 게 어때?"

나쁘지는 않지만 걱정스러웠다. 쿠반과 히센이 과연 잠자코 견뎌 줄지가 의문이었다.

"토스카의 요리사가 요리를 잘한다는 이야기를 들었는데, 내가 재료를 준비할게. 토스카에서 요리를 맡아 줘. 다른 이들에게는 내가 알리지."

케이는 욜벤 자작의 눈을 빤히 응시했다. 무언가 꿍꿍이가 있는 것 같긴 하지만 상관없었다. 욜벤 자작 한 팀 정도는 무난하게 상대할 수 있으니까.

이번 기회를 통해 다른 자들에게 토스카의 실력을 알려 주는 것도 괜찮겠다. 공식적으로 실력을 보여 주게 된다면, 앞으로의 일정이 편해질 것이다.

"그래, 좋아. 우리 쪽에서 요리를 준비하지."

*　　　*　　　*

"퉤!"

욜벤 자작은 케이의 선실에서 나오자마자 바닥에 침을 뱉었다.

"더러운 불량배 새끼가 콧대는 높아 가지고."

욜벤 자작은 이번 원정에서 공을 독차지할 욕심이 있었다. 그러려면 다른 이들의 협력이 필요한데, 용병단은 큰 문제가 되지 않았다. 원정이 끝난 후에 녹봉을 받으며 살게 해 주겠다고 하고, 이쪽 편으로 끌어들이면 된다.

하지만 다른 귀족인 코호론 백작은 그런 식으로 매수할 수가 없었다. 코호론 백작은 오랫동안 명을 이어온 순혈 귀족이지만, 돈이 없어서 귀족들 사이에서 무시를 당해 왔다. 명예를 되찾고 돈을 벌기 위해 이번 원정에 참가한 것이다.

게다가 코호론 백작은 돈을 주고 자작 작위를 산 욜벤을 은근히 무시하고 있었다. 신경에 거슬리는 자는 제거하면 그만이다.

케이에게는 이제부터 다른 이들에게 알리겠다고 했지만, 사실은 이미 다른 팀들에게 연락을 돌린 터였다. 토스카의 대장이 내일 저녁 만찬을 대접하고 싶어 한다고.

다들 토스카를 경멸하면서도, 토스카 요리사의 요리는 먹어

보고 싶어 했기에 초대를 받아들였다.

내일 만찬에서 코호론 백작과 그의 심복들은 독이 들어간 요리를 먹고 죽게 될 것이다. 그 배후는 음식을 만든 토스카가 되고, 코호론 백작의 부하들 중 살아남은 놈들이 토스카를 처리해주리라.

'아, 그 계집은 살려 둬야지.'

욜벤 자작은 쥬엔의 풍만한 육체를 떠올리며, 음흉한 미소를 지었다.

*   *   *

바흘은 심기가 불편한 표정으로 루를 노려봤다.

과연 예쁘장한 얼굴이기는 하다. 아름다운 것을 좋아하는 주인이 루에게 빠질 만도 했다.

'하지만 이건 아니잖아!'

충성스러운 바흘이지만 라일의 부탁을 받아들이기 힘들었다. 뒷골목 불량배의 검술 선생이 되어 달라니. 아니, 신분은 아무래도 좋았다. 문제는 상대가 검술을 배울 만한 자세가 되어 있는지였다.

루는 골격이 작아서 검을 가르친다고 해도 일정 수준 이상 강해질 것 같진 않았다. 게다가 루가 등에 메고 있는 거대한 클레이모어 두 자루. 실력도 없으면서 허세만 부리는 놈은 딱 질색이다. 저런 몸뚱이로 장검 두 자루를 휘두르는 게 가능하겠느냐 말이다.

"잘 부탁드립니다."

루가 꾸벅 인사를 했다. 반듯한 이마 위를 덮은 검은 머리카락이 살랑 흔들렸다. 기분 탓이겠지만 좋은 향기가 풍겨 왔다.

"난 라일 님처럼 성격이 좋지 못해. 제대로 못하면 팰 거고, 거만하게 굴어도 팰 거야. 알아들었나?"

"알아들었습니다, 바흘."

협박조의 말에도, 루는 두려워하는 기색이 없었다. 예쁘장한 얼굴로 사랑을 받고 있으니 바흘 역시 그러리라고 생각하는 게 분명했다.

하지만 바흘은 루를 잘 봐줄 생각이 없었다. 호되게 가르쳐서 제 발로 도망치게 만들어 줄 테다.

"검술 실력은 얼마나 되지? 뭐, 실력이랄 것도 없겠지만."

"특별히 배운 적은 없습니다."

"허! 배운 적이 없다고? 그런데 그렇게 큰 검을 가지고 다닌단 말이야?"

"검이 무거워야 베는 힘이 강해져서 좋더라고요."

"검을 우습게 보는군."

"우습게 보진 않습니다, 바흘."

"우습게 보지 않는다면 실력도 없는 주제에 그런 검을 두 자루나 들고 다니진 않겠지. 겉멋이 잔뜩 들어서는…… 너 같은 놈들이 검사들을 욕 먹이는 거야. 알아?"

"바흘."

"왜?"

"왜 그렇게 화가 나신 거죠? 제가 뭔가 기분 상하게 했습니까?"

"그걸 몰라서 물어? 난 너같이 실력 없는 놈들이 허세에 가득 차서 검사입네 하고 다니는 게 제일 마음에 안 들어. 검술이란 자고로 기초 체력부터 탄탄히 다져서 쌓아올려야 하는 거지. 그런데 네 몸뚱이를 봐라. 그게 검을 휘두를 만한 몸뚱이라고 생각하나?"

"그러게요. 확실히 비루한 몸뚱이이기는 하죠."

"그런데 체력도 없는 주제에 그런 검을 두 자루나 짊어지고 다녀? 쓰러지지나 않으면 다행이지."

"아, 제 걱정을 해 주시는 건가요?"

루가 밝은 표정으로 물었다.

바흘은 기가 막혔다. 걱정이라니. 지금 이게 걱정하는 소리로 들리나?

'왜 화를 안 내지?'

화를 내라고 한 소리였다. 인내심이 끊겨 버럭 소리를 지르면, 감히 선생에게 대드는 학생을 두고 싶지 않다고 쫓아낼 생각이었다. 하지만 루는 바흘이 어떤 말을 해도, 무덤덤한 표정으로 서 있었다.

속을 읽을 수가 없다.

"뭐, 됐다. 일단 어느 정도 체력인지는 확인해 주지. 그 검을 대충 휘둘러 봐."

둘은 짓다 만 토스카 훈련장 앞에 있었다. 루는 주위를 둘러봤다. 저번에 대충 정리해 두긴 했지만 좀 더 지역을 넓게 정리하면, 나중에 건물을 지을 때 더 편할 것이다.

"이 근처의 나무들을 정리해 볼까요?"

루의 질문에 바홀이 인상을 찌푸렸다.

"네가 나무꾼이냐? 무슨 나무를 정리하겠다고 그래?"

"검으로 베어 내면 어느 정도 실력인지 가늠하실 수 있을 것 같아서요."

검으로 나무를 베겠다고?

바홀은 어이가 없었지만 상대하고 싶지도 않아져서 고개를 가볍게 끄덕였다.

스릉—

바홀의 허락이 떨어지자마자 루가 양손으로 검을 한 자루씩 잡고 뽑아냈다. 제대로 들지도 못할 거라고 생각했는데, 예상과 달리 검을 쥔 모습이 힘들어 보이진 않았다.

'의외로 힘은 센 모양이군.'

바홀은 팔짱을 끼고 서서 루의 뒷모습을 지켜봤다.

호리호리한 체구, 금방이라도 부러질 듯 가느다란 허리. 뒷모습만 보면 완전히 여자 같다. 아니, 앞모습을 봐도 마찬가지이기는 하지.

바흘이 그런 생각을 하는 동안, 루는 나무를 노려보며 호흡을 가다듬었다. 그리고 느릿하게 검을 들어 올리고 나무들 사이로 걸어 들어갔다.

숨을.

쉴 수가 없었다.

바흘은 눈도 깜빡이지 못했다. 잠깐이라도 눈을 감으면 루의 움직임을 놓칠 것 같아서였다.

루는 두 자루의 클레이모어를 깃털처럼 가볍게 다루었다. 클레이모어는 단단할 것이 분명한데도 흩날리듯 움직였다. 쏟아지는 햇살에 반사된 검의 궤적이 은빛으로 휘몰아쳤다. 빛이 눈앞에서 부서지는 것만 같았다.

'저건 검술이 아니야.'

그 어디에도 존재하지 않는 방식이다. 검술이 아니라 대지와 바람에 동화되어 춤을 추는 것만 같았다.

루가 움직임을 멈췄을 때, 베어 낸 나무들이 우수수 아래로 떨어졌다.

꿀꺽―

바흘은 저도 모르게 침을 삼켰다.

'내가 뭘 본 거지?'

제 눈을 믿을 수가 없었다.

'대체 어떤 사람이 저렇게 빨리 움직일 수 있지?'

바흘은 대륙에 몇 안 되는 소드마스터였다. 소드마스터란 집 한 채를 통째로 베어 낼 수 있을 만한 힘을 가진 자에게 주어지는 명예로운 호칭이었다. 어느 누구에게도 지지 않을 최강의 검사.

그러나 바흘은 생각했다.

'난 저 녀석을 이길 수 없어.'

아무리 발버둥 쳐도 루를 이길 수는 없을 거라고.

딱딱하게 굳은 바흘에게, 루가 다가왔다. 루는 검을 도로 집어넣고 바흘을 올려다봤다.

"쓸 만한가요?"

소름이 돋을 만큼 놀라운 검술을 보여 준 루의 순진한 질문에, 바흘은 대답할 수가 없었다. 그걸 다르게 오해했는지 루의 안색이 어두워졌다.

"역시…… 못 쓰겠습니까? 제가 제대로 배운 적이 없어서……."

루의 중얼거림에 바흘은 정신을 차렸다.

이럴 때가 아니다.

바흘이 루의 손목을 덥석 잡았다. 루가 눈을 크게 떴다.

"바흘?"

"루, 라일 님의 사람이 되어다오."

루는 당황했다.

라일의 사람이 되라니.

'설마 바흘도 알고 있나? 라일이 날 사랑한다는 걸?'

당황하고 있는데, 바흘이 덧붙였다.

"라일 님은 여러 가지 계획이 있으셔. 네가 라일 님의 심복이 되어 준다면, 라일 님께 큰 힘이 될 거다."

'아아, 그런 말이었구나.'

루는 복잡한 기분으로 말했다.

"그건 안 됩니다, 바흘. 난 토스카의 사람이에요."

"라일 님은 네가 토스카에서 누리는 것의 몇 배는 더 잘해 주실 거야."

"진탕에서 굴러도 토스카가 좋습니다."

루가 빙그레 미소를 지으며 말했다.

바흘은 그런 루를 멍하니 바라봤다. 옅은 미소가 묻어 나오는 루의 얼굴은 숨이 턱 막히도록 아름다웠다.

라일이 루에게 푹 빠진 이유를 알 것 같았다. 외모가 아름다운 만큼 검술 또한 아름답다. 아름다울 뿐 아니라 강하기까지 하다.

'라일 님이 지금 당장 루를 붙들지 않는 이유는 이 녀석의 의지가 확고하기 때문이겠지. 게다가…… 토스카는 이번 원정에 루를 데리고 가지 않았어. 이런 전력을 놔두고 간다는 건, 그놈들도 이만큼은 강하다는 뜻일 거야. 그렇다면…… 그래, 라일 님

은 이 녀석뿐 아니라 토스카 전체를 라일 님의 사람으로 만들려는 계획이시군.'

빠르게 판단한 바흘은, 더 이상 루를 재촉하지 않기로 결심했다. 조급하게 굴어서 일을 망칠 수는 없었다.

"바흘, 검술은 가르쳐 주시겠습니까?"

루가 물었다.

"글쎄."

바흘은 고민했다.

루가 검을 다루는 방식은 '검술'은 아니었다. 검술을 잘못 가르치면 지금처럼 검을 사용할 수 없게 될지도 모른다.

'체력을 기르고 자세를 교정하는 수준으로만 해야겠군.'

언젠가 라일에게 큰 힘이 될지도 모르는 사람이다. 바흘은 루를 완벽하게 만들어 두겠다고 결심하며, 루에게 말했다.

"일단 달리기부터."

*   *   *

루는 녹초가 되어 침대에 쓰러졌다.

힘들 거라는 건 각오했지만 이 정도일 줄은 몰랐다. 다섯 시간 동안 쉴 새도 없이 달리기만 했다. 심장이 터지는 줄 알았다.

"내일은 이 두 배를 할 테니 제대로 먹고 쉬어 둬."라고, 바흘은 말했다.

소드마스터인 바흘의 눈에는, 이런 지옥 훈련을 해야 할 만큼 루의 실력이 형편없었던 모양이다. 자괴감이 들었다.

'원정에 같이 안 가기를 잘했어. 이런 실력으로 갔다가는 방해만 됐을 거야.'

내일도 이 이상으로 움직여야 한다는 걸 떠올리니 어디로든 도망치고 싶었다. 파필리아의 괴물이라 불릴 때 사람들에게 괴롭힘을 당했던 것보다 지금이 더 힘들다.

똑똑—

누군가 노크를 했다. 누구냐고 물어볼 기운도 없었다.

"들어오세요."

방문한 사람은 라일이었다. 라일이 청량한 미소를 지으며 루에게 다가왔다.

"루, 어땠어요?"

"죽을지도 모르겠습니다."

"이런, 이런. 그건 안 돼요. 태어날 땐 마음대로 태어났어도 죽을 땐 마음대로 못 죽어요."

"뭡니까, 그게."

루가 인상을 찌푸렸다.

라일은 루를 사랑스러운 눈으로 응시했다.

바흘은 훈련이 끝나자마자 라일을 찾아왔다. 그리고 강한 어조로 말했다.

—놓치면 안 됩니다, 라일 님. 루는 저보다 강합니다.

바흘은 오만하게 느껴질 만큼 자신의 실력에 자부심을 가진 자였다. 게다가 칭찬에 인색해서 누군가를 칭찬하는 일이 좀처럼 없었다. 그의 입에서 나오는 '강하다.'라는 칭찬은, '찾기 힘들 정도로 대단한 실력을 갖추고 있다.'는 말과 일맥상통했다.

그런 그가 루를 자신보다 강하다고 말했다.

루가 강하리라는 것은 짐작했지만 소드마스터의 입에서 '나보다 강해.'라는 소리가 나올 정도인 줄은 꿈에도 몰랐다.

'대체 어느 정도이기에.'

훈련을 방해하면 안 될 것 같아서 함께하지 못한 게 한스러웠다.

"루!"

벌컥 문이 열리고 나즐이 뛰어 들어왔다.

"오, 라일도 있었어? 루, 뭐해? 노인네도 아니면서 왜 이 시간부터 누워 있어?"

"아, 오늘 검술 훈련을 해서."

"헤에. 그래? 검 잘 못 다뤄?"

"네. 형님은요?"

"으아, 형님이라고 하지 말라니까. 형이라고 해, 형."

나즐이 풀썩 침대 끝에 걸터앉았다.

"난 검 안 써. 키가 작아서 검을 다루기 힘들거든. 활을 쏘지."

"아아."

"조만간 유진에게 사격을 배우려고. 활은 이제 한물갔잖아. 제대로 된 총이 비싸서 구하기 힘들기는 하지만, 앞으로 어떻게 될지 모르니까. 아, 그런데 루. 계속 누워 있을 거야?"

"왜요?"

"서커스 왔대. 구경 가자."

그러고 보니 어제 라일이 서커스 이야기를 했었다. 오늘 아침까지만 해도 기억하고 있었는데, 훈련이 너무 힘들어서 새까맣게 잊었다.

서커스에 대해서는 말만 들어 봤다. 각종 기이한 재주를 가진 사람들이 나와서 그 재주를 뽐낸다나. 기이한 재주라는 게 어떤 건지 궁금하기는 했다.

"라일, 너도 가자."

나즐이 라일에게 말했다.

"나도요?"

"응. 너 돈 많다며? 네가 돈 내."

"나즐, 그러지 마요."

루가 말렸지만 나즐은 뻔뻔했다.

"왜? 서커스에서 몇 푼 쓴다고 라일이 패가망신하는 것도 아니잖아. 안 그래? 설마 서커스에 몇 푼 쓴 걸로 패가망신할 정도의 돈 가지고 자랑한 거였어?"

라일이 웃었다.

"이런, 이런. 그런 오해를 받고 싶진 않은데요. 오늘 돈 자랑 좀 제대로 해야겠네요. 다 같이 서커스를 보러 갑시다. 오늘은 내가 쏘겠습니다."

"하하하하. 그래, 이렇게 나와야지. 라일, 너 좋은 녀석이구나?"

나즐이 기분 좋은 듯 라일의 등을 두드리고는 다른 사람들을 불러 모으겠다며 방에서 나갔다.

"라일, 이렇게까지 안 해 줘도 되는데요."

루가 말했다.

"내가 하고 싶어서 하는 거예요. 루에게 많은 걸 보여 주고 싶어요. 그중 하나가 서커스고요. 하지만 루는 나랑 단둘이 있는 걸 불편해하잖아요."

"……."

"많은 사람이 같이 가면 더 즐거울 거예요, 루."

라일은 밝은 표정으로 말했지만 루는 괜히 가슴이 따끔따끔 아팠다. 아마도 이건 그의 마음을 받아 줄 수 없다는 미안함 때문일 것이다.

"미안해요."

루가 중얼거린 말에, 라일이 싱긋 웃으며 루의 머리를 쓰다듬었다.

"미안하다는 말 하지 말아요. 나는 당신이 행복해하는 모습을 보면, 그걸로 기쁘니까."

휴이의 요리 솜씨가 아무리 좋다지만 200명이 넘는 인원이 먹을 양을 한 번에 준비하는 데는 무리가 있었다. 그래서 원정용 배에서 일하는 요리사들도 와서 휴이를 도와줬다. 그들은 제국에서 고용한 요리사들이라 파벌 싸움에 관심 없이 자기 할 일만 하는 자들이었다.

"난 네놈이 마음에 안 드니까 저기로 꺼져, 히셴."

주방을 기웃거리는 히셴에게, 휴이가 험악하게 말했다.

"나라고 네놈이 마음에 드는 줄 아냐? 준비가 느려 터지니까 배가 고파서 온 거잖아."

히셴이 오징어로 만든 볶음 요리를 집어 먹으며 대꾸했다.

"이 자식아. 그건 다른 팀 음식이라고! 처먹으려면 이거나 먹어!"

휴이가 버럭 성질을 내며 구운 고기 한 덩이를 던졌다. 히셴은 그걸 가볍게 낚아챘다.

"난 입이 고급이라 이렇게 던져 주는 음식은 안 먹어."

"지랄한다. 배고프면 똥이라도 먹게 될걸."

"먹는 거 앞에 두고…… 윽!"

거기까지 말한 히셴이 갑자기 말을 멈췄다. 요리를 담던 휴이가 히셴을 돌아봤다. 히셴은 창백한 얼굴로 허리를 굽히고 있었다.

"어이, 왜 그래?"

휴이가 히셴에게 다가갔다. 히셴이 빠르게 주위를 훑어보고는 다시 허리를 폈다.

"네놈이 만든 음식이 맛없어서 그런다, 왜!"

"뭐라고? 야, 이 자식아! 내가 딴 건 다 참아도 내 요리 욕하는 건 못 참아! 차라리 대장을 욕해!"

"욕 들어 처먹기 싫으면 제대로 된 요리를 만들면 될 거 아냐!"

"이 자식이! 야, 너 따라 나와!"

"오냐, 나오라면 못 나올 것 같냐!"

씩씩거리며 주방 밖으로 나가는 휴이를, 히셴이 뒤따라 나갔다. 휴이는 히셴이 나오자마자 주먹을 내지르려 했지만, 히셴이 휴이의 두툼한 손목을 가볍게 움켜쥐었다.

"독이 들었어."

"뭐?"

"음식에 독이 들어 있다고."

"그게 무슨 헛소리⋯⋯야, 정말이야?"

히셴의 입가에서 피가 흘러나왔다. 히셴은 손등으로 피를 쓱 닦아 냈다.

"날 이 정도로 만드는 걸 보면 극독이야. 많이 먹은 것도 아닌데. 제길."

"극독인데 넌 왜 안 죽냐?"

"독에 면역이 있어서 그렇다, 이 자식아. 안 죽어서 불만이냐? 젠장, 아파 죽겠네. 내장이 상했나 봐."

히센이 배를 움켜쥐고 투덜거렸다.

"어쩌냐? 해독제 같은 거 있나?"

"필요 없어. 놔두면 나아. 문제는 저 독을 누가 탔느냐, 이건데. 야, 넌 들어가서 계속 일해라. 오래 자리를 비우면 독을 탄놈이 이상하게 생각할 거야."

"당장 범인을 색출해야지."

"당장 할 필요는 없을 것 같아. 일단 모르는 척해. 머리를 좀굴려 봐야겠어. 아까 내가 먹은 게 누구한테 줄 음식이었지?"

"코호른 백작."

"알겠어. 난 대장한테 가 볼게. 넌 들어가 봐라."

"그래. 답 나오는 대로 알려 줘."

휴이가 주방으로 들어가는 걸 확인한 후, 히센은 계단을 내려갔다. 휴이의 앞에서는 강한 척하느라 내색하지 않았지만 내상이 심한 것 같다.

'대체 뭔 독을 쓴 거지?'

어릴 때부터 불량배들 사이에 살면서 혹시나 싶은 마음에 독에 대한 내성을 길러 왔다. 어지간한 독은 식후 디저트처럼 먹을수 있을 정도로 내성이 강한데, 이 독은 보통 독이 아닌 것 같다.

누군가 계단 위로 올라오고 있었다. 어지러워서 눈을 가늘게뜨고 상대가 누군지 살폈다. 욜벤 자작이었다.

이번 만찬을 계획한 건 욜벤 자작이라고 들었다. 아마 저자가 극독을 사용한 배후일 것이다. 요리사들 중에 자기 사람을 몰래 배치시킨 거겠지.

욜벤 자작에게는 음독했다는 것을 들키지 말아야 했다. 하지만 상처 입은 내장이 뱉어 내는 피를 계속 삼키기가 힘들었다.

"오, 자네. 토스카 맞지? 만찬 준비는 잘 되어 가나?"

욜벤 자작이 가까이 다가와 물었다. 입 안에 고인 피를 꿀꺽 삼킨 히센은 어떻게든 미소를 지으려 했지만 쉽지 않았다.

"잘되어 가고 있소. 준비는 모자란 곳 없이 할 테니 가던 길이나 가시오."

대답은 히센의 뒤에서 들려왔다.

욜벤 자작이 눈을 크게 뜨고 히센의 어깨 너머를 살펴봤다. 와칸이었다.

와칸이 히센을 번쩍 안아 들었다. 다른 때였다면 거친 욕설을 뱉으며 반항했겠지만, 식도를 타고 울컥울컥 올라오는 핏덩어리 때문에 그럴 수가 없었다.

"호오. 예쁘장한 얼굴 때문에 혹시나 싶었는데 계집인가?"

욜벤 자작이 음탕한 시선으로 히센을 훑어보며 물었다.

"알 거 없소."

와칸은 차갑게 대꾸하고는 욜벤 자작의 옆을 지나쳐 계단을 내려왔다. 욜벤 자작이 킬킬 웃는 소리가 들려와, 히센의 속을 뒤집어 놨다.

'저 새끼 내가 죽인다.'

히센은 속으로 다짐했다.

"꼴이 말이 아니군."

"쿨럭……! 제길!"

토스카가 머무는 지하 3층으로 내려온 후에야, 히센은 입에 머금고 있던 핏덩어리를 토해 냈다.

"내려 줘."

"상태가 안 좋은 것 같은데."

"혼자 걸을 수 있으니까 내려 달라고, 이 망할 변태 새끼야!"

"도와줘도 야단이군."

와칸이 혀를 차며 히센을 내려 줬다. 발을 내딛는 순간 배의 움직임과 함께 어지럼증이 찾아왔다. 비틀거리며 벽을 집고 섰다.

"제기랄. 저 돼지 새끼 때문에 이게 뭔 짓인지."

"휴이가 독에 당했다고 그러던데. 괜찮은가?"

"괜찮아. 한숨 자면 나아. 쿨럭……."

"그럴 것 같지 않은데."

"낫는다고, 낫는다고."

히센은 손을 휘휘 저으며 케이의 방으로 향했다.

케이는 누르스름한 양피지를 빤히 노려보고 있었다. 이 배에 탄 후로, 케이는 매일 이 상태이다. 케이가 마법 스크롤을 만들기 위해 집중하는 중이라는 걸 모르는 히센은, 매일 종이만 들여

다보는 대장이 미친 게 아닌지 걱정되기 시작했다.

"대장, 히센이 독에 당했습니다."

와칸의 보고에, 케이가 들고 있던 깃펜을 내려놓고 히센을 돌아봤다.

"괜찮은가?"

"네, 대장. 난 괜찮아요."

"그래? 그럼 가서 좀 자 둬라."

케이의 담담한 태도에 히센은 어이가 없었다.

"대장, 여유 부릴 때가 아니에요. 욜벤 그 작자가 더러운 짓을 꾸미고 있는 게 분명해요."

"코호론 백작과 그 심복들을 죽이기 위해 독을 썼겠지. 모든 책임은 요리를 만든 토스카가 지도록 하고."

"뭐야, 대장. 알고 계셨어요? 그럼 왜 안 알려 줬어요? 나 진짜 죽을 뻔했어요."

"괜찮다며?"

와칸이 속도 모르고 끼어들었다. 히센은 와칸을 한 번 쏘아보고는 케이에게 말했다.

"미리 말해 줬더라면……."

"남의 음식을 몰래 집어 먹진 않았겠지."

"그건 배가 고파서 그런 거라고요. 그리고 난 당당하게 집어 먹었어요."

"네가 그걸 당당하게 집어 먹은 건 예상 밖의 일이지만, 나머지는 예상대로니까 걱정할 거 없다."

"코호론 백작이 죽으면 여러 가지로 피곤해질 텐데요."

"피곤해질 거 없어. 다 죽여 버리면 되니까."

"……."

"여러 가지로 귀찮아져서 다 죽이면 조용해지겠지 싶었는데, 마침 잘됐지."

히센은 할 말을 잃었다.

물론 자신도 다 죽여 버리겠다고 날뛰기는 했다. 하지만 정말로 그럴 생각은 아니었다. 다 죽이고 나면 스트루티오 섬에서 함께 싸울 사람들이 아무도 없으니까, 적당히 죽이고 어느 정도는 살려 둘 생각이었다.

하지만 케이는 진심으로 말하고 있었다. 다 죽이겠다고.

이래도 되나 싶어 와칸을 돌아봤더니, 와칸이 가볍게 고개를 끄덕였다. 그의 신중한 갈색 눈동자가 말하고 있었다.

―대장은 늘 귀찮게 하는 건 다 죽이면서 살아왔지. 네 상상 이상으로 게으른 분이거든.

히센은 속으로 한숨을 삼켰다. 아무래도 주인을 잘못 선택했다.

솔직히 말하자면 루가 무서웠다. 운명이 뒤바뀐 그날, 히센의 부하들을 죽인 루의 검술은 어디에서도 볼 수 없는 것이었다. 그 어떤 비열한 방법을 써도 루를 이길 수 없을 것 같았다.

그럴 때에 케이가 후광을 뿌리며 나타나 히센을 구해 주었다. 은혜를 입었다고 해서 갚는 성격은 아니지만, 케이는 평범한 자가 아닌 듯 보였다. 새빨간 눈동자에 담긴 강한 힘이, 히센을 사로잡았다.

그래서 주인으로 섬기자고 결심했는데, 아무래도 정신이 좀 이상한 사람인 것 같다.

"기회를 봐서 신호할 테니, 죽이고 싶은 놈들은 죽이고, 살리고 싶은 놈들은 살려 둬라. 모처럼이니 작전명이 필요하겠지?"

작전명 따위는 아무래도 좋다고 생각했지만, 히센은 그 마음을 입 밖으로 내뱉을 수 없었다. 광기로 빛나는 케이의 눈빛 때문이었다. 케이는 핏빛 눈동자로 양피지를 물끄러미 응시하다가 말했다.

"좋아. 작전명 터닝 포인트로 하지."

*　　　*　　　*

케이가 인내하는 것을 관두고 만찬을 터닝 포인트 삼아 편한 승선 생활을 계획하는 그때. 루는 나즐, 알리, 유진, 그리고 라일과 함께 서커스를 구경하러 가는 길이었다.

서커스는 도시 광장에서 일주일 동안 매일 밤마다 열린다고 했다.

"첫날이라 사람이 많은 거예요."

북적거리는 사람들 사이를 걸어가며 라일이 말했다. 루는 상상했던 것보다 훨씬 많은 인파에 놀라는 중이었다. 서커스라는 게 이렇게까지 인기 있는 놀이거리인 줄은 몰랐다.

"오늘은 아마 가까운 곳에 거주하는 귀족들도 많이 왔을 거예요."

그렇다면 행동을 좀 조심할 필요가 있겠다. 루는 허리를 곧게 세우고 주위를 둘러봤다. 아는 얼굴도, 모르는 얼굴도 있었다.

사람들은 서커스에 대한 기대감으로 눈을 빛내면서도 가끔씩 이쪽을 쳐다봤다. 루의 아름다운 외모가 눈에 띄었기 때문이다.

"루."

라일이 루의 어깨에 가볍게 손을 얹었다.

"앞으로는 후드를 쓰고 다니는 게 좋겠어요."

"아, 역시 그런가요?"

"네. 그 미모가 여기저기 알려지면 좋을 게 없을 것 같아요. 그리고…… 나만 보고 싶기도 하고."

"네?"

그는 루의 놀란 모습을 보는 게 즐겁다는 듯 눈을 가늘게 떴다.

"다른 놈들이 루의 얼굴을 보는 게 싫어요."

"뭐, 뭐예요, 그게."

"나만 보고 싶어."

루는 황급히 고개를 돌렸다. 그에게 붉어진 얼굴을 보이고 싶지 않았기 때문이다.

"라일, 우리 자리 어디야? 앞쪽이야?"

언제부터 바로 뒤에 있었던 걸까. 나즐이 라일의 등을 탁 치며 물었다.

루는 당황했다. 설마 방금 전의 대화를 들은 건 아니겠지?

사람들과 만날 일이 많아지면서 여자라는 걸 알게 된 사람들도 많아지고 있다. 더 많은 사람들이 알게 되면 곤란하다.

"네, 앞쪽이에요. 가장 앞자리를 마련해 두었지요."

"역시 넌 센스가 있어. 귀족 관두고 우리 토스카에 들어올래?"

"하하하. 당신들의 대장이 받아 주시기만 한다면 얼마든지."

라일과 나즐이 즐거운 듯 대화를 나누기에, 루는 조금 걸음을 늦췄다. 그와 나란히 서서 걸어가는 것이, 안 그래도 마음에 걸리던 참이었다.

유진과 알리는 심각한 표정으로 대화를 나누는 중이었다.

"그럼 신전 하나가 더 없어진 거야, 알리?"

"응. 소리 소문 없이 소멸했어."

"네 힘은 어때?"

"아직은 괜찮아. 신전은 많이 남아 있으니까. 하지만 조금씩 힘이 사라져 가는 건 느끼고 있어."

"대장도 그럴까?"

"글쎄. 한동안 사용하질 않았으니 잘 모르시지 않을까?"

"그럼 더 문제인데. 갑자기 사용할 일이 생겼는데, 예상보다 작은 힘이 나오면 위험해질 거 아냐."

"그렇겠지. 그렇다고 연습을 해 볼 수도 없는 상황이고."

"사용하는 순간 놈들에게 위치를 발각 당하니까."

루는 서커스 덕분에 들떴던 마음이 싹 가라앉는 걸 느꼈다. 다들 루의 앞에서 티를 안 낼 뿐이지, 토스카의 상황에 대해 걱정을 하고 있었다.

자신의 힘을 제대로 사용하지 못한 채 먼 곳에서 고생을 하고 있을 케이가 걱정이 됐다. 당장이라도 그의 곁으로 달려가고 싶었다. 미약한 힘으로나마 그를 지키고 싶었다. 그의 은빛 머리카락에, 아름다운 육체에, 어느 누구도 손댈 수 없도록, 상처 입힐 수 없도록. 그의 곁을 지키고 싶었다.

아랫입술을 잘끈 깨무는 루를, 저 멀리서 누군가 지켜보고 있었다.

*　　　*　　　*

다키안 백작은 구온 시에서 말을 타고 두 시간 거리에 있는 곳에 영지를 소유한 자로, 여자를 무척이나 좋아했다. 파필리아에서 빌린 여자를 끼고 서커스를 구경하러 왔는데, 눈에 띄는 인물을 발견했다.

칠흑 같은 머리카락, 우윳빛 고운 피부, 새파란 눈동자. 수많은 사람들 사이에 섞여 있어도 빛이 나는 미모에서 눈을 뗄 수가 없었다.

"어이. 너, 저 여자 누군지 알아?"

파필리아의 여자에게 묻자, 여자가 고개를 빼고 다키안이 가리킨 곳을 쳐다봤다. 그 인물을 확인한 여자가 까르르 웃었다.

"어머나, 백작님. 저 애는 여자가 아니에요. 여자같이 예쁘긴 하지만."

"그래? 사내놈이 저런 외모란 말이야?"

"네. 정말 예쁘죠? 루라고 해요."

"뭐하는 녀석인데?"

"쿠빌레라는 여관에서 일을 하고 있어요. 토스카라는 조직의 일원이기도 하고요."

"흐음."

"관심이 생기셨다면 관두시는 게 좋을 거예요. 토스카 조직원들이 저 애를 정말로 아끼거든요. 토스카의 대장도 그렇고. 괜히 건드리셨다가……."

짜악―

다키안 백작이 여자의 뺨을 사정없이 후려쳤다. 날카로운 소리에 주위에 있던 사람들이 다키안을 쳐다봤다. 다키안은 누가 봐도 귀족 같은 차림새였기에, 사람들은 얼른 시선을 피했다.

여자가 겁먹은 눈으로 다키안을 올려다봤다.

"벌레 같은 년이 어디서 충고질이야?"

"죄, 죄송해요, 백작님."

"내가 불량배 따위에게 겁먹을 것 같아?"

"아, 아니요. 그런 의미가 아니었어요. 죄송해요, 죄송해요."

싹싹 비는 여자의 모습에 기분이 좀 나아진 다키안 백작은, 아무 일도 없었다는 듯 그녀의 어깨를 감쌌다. 어깨 너머로 손을 내밀어 여자의 가슴을 주물럭거리며 주위를 둘러봤지만, 루는 더 이상 보이지 않았다.

*   *   *

기분이 가라앉는 이유는 케이에 대한 걱정 때문만이 아니었다. 서커스장의 분위기 때문이었다.

광장에 임시로 설치한 천막은 몇백 명을 수용할 수 있을 정도로 넓었다. 앞쪽의 무대를 제외하고 3면이 구경꾼으로 꽉꽉 채워졌다. 루 일행은 맨 앞좌석이었는데, 앞좌석은 VIP 고객만을 위한 곳인지 의자가 크고 편안했다. 앞좌석에 앉은 사람들은 대부분 귀족으로 보였다.

서커스는 루가 상상했던 것보다 훨씬 다채롭고 신기했다. 입에서 불을 뿜는 사람, 줄을 타는 사람, 재주를 넘는 사람 등등. 위험하면서도 흥미로운 묘기를 선보여 주었다.

구경꾼들은 웃다가, 비명을 지르다가, 숨을 죽였다가, 환호하기를 반복했다. 축제라고 해도 좋을 만큼 열광적인 분위기였으나, 루는 기분이 가라앉았다.

'왜 이러지?'

처음에는 이렇게 사람 많은 곳이 낯설어서 그럴지도 모른다고 생각했다. 하지만 익숙해질 만큼 오래 앉아 있었는데도 기분은 나아지지 않았다. 오히려 더 가라앉기만 했다.

'뭔가 뒤틀려 있는 것 같아.'

루는 주위를 둘러봤다.

라일도, 유진과 알리도 다들 즐겁게 서커스를 보고 있었다. 의외로 나즐만이 조금 굳은 표정이었다.

'어디 아픈가?'라고 생각하며 다시 무대를 향해 시선을 돌렸다. 유머러스한 사회자가 재미있는 농담을 해서, 사람들이 와하하 웃음을 터뜨렸다.

하지만 루는 웃을 기분이 아니었다. 목덜미가 서늘했다. 보이지 않는 손이 목을 움켜쥐고 있는 느낌이다.

"루, 괜찮아요?"

문득 라일이 루의 허벅지를 가볍게 두드리며 물었다.

"라일이야말로 괜찮아요?"

"네?"

"기분 나쁘지 않아요?"

"기분이요? 괜찮은데. 루, 사람 많은 곳을 싫어하나요?"

'아, 그래서인가?'

어쩌면 사람들이 **빽빽하게** 들어찬 공간을 견디는 게 버거운 것일지도 모르겠다. 하지만 루는 곧 그 생각을 지웠다. 불편하거나 싫다는 감정이 아니었다. 소름이 끼친다.

"난 괜찮아요, 라일."

라일이 일부러 큰돈을 써서 서커스를 보여 주려고 하는데, 그에게 걱정을 끼치고 싶지 않았다. 루는 애써 표정을 갈무리하고 무대를 응시했다.

그러다가 깨달았다.

'눈이 안 웃고 있어.'

서커스를 하는 사람들은 대부분 환한 미소를 짓고 있었다. 묘기를 부릴 때는 진지한 표정을 짓다가도, 마지막에 인사를 할 때는 환하게 웃었다. 입술만.

그래서였다. 이 섬뜩함은. 눈은 웃지 않는 단원들의 기묘한 미소 때문에 느끼는 오싹함이었다.

한두 사람이라면 모를까, 모든 단원이 입술만 웃는다는 건 문제가 있었다. 심지어 유쾌한 목소리의 사회자조차도 입술만 웃고 있었다. 마치 억지로 쥐어짜는 듯이. 아니, 보이지 않는 손이 그들의 입꼬리를 억지로 잡아 올린 듯이.

꿀꺽.

루는 저도 모르게 마른침을 삼켰다.

이걸 아무도 눈치채지 못한 걸까?

다시 동료들을 돌아봤다.

'나즐은 알아봤구나.'

팔짱을 끼고 의자에 푹 눌러 앉은 나즐은 웃음기 없이 무대를 노려보고 있었다. 루의 시선을 눈치챈 듯 나즐이 이쪽을 돌아봤다. 나즐도 루가 무슨 생각을 하는지 깨달은 것 같았다. 그는 살짝 고개를 저었다. 모르는 척하라는 뜻이리라.

그래서 루는 가볍게 고개를 끄덕이고는 서커스를 관람했다. 등줄기를 타고 흐르는 서늘한 공포를 무시하려고 애쓰면서.

* * *

작전명 터닝 포인트.

죽일 놈들은 다 죽여라.

작전명이라는 거창한 이름을 붙일 것도 없는 계획이었다.

명령을 받은 쿠반은 좋아서 숨이 넘어갈 듯 보였다.

"정말이유, 대장? 정말 다 죽여도 되우?"

"죽일 놈들만 죽이라고 했다."

"으히히히. 그럼 다 죽여도 되겠네."

쿠반은 뭔가 오해하고 있는 것 같았지만, 케이는 구태여 수정해 주지 않았다. 적당히 날뛰고 나면 와칸이 말려 줄 것이다.

바람이 꽤 거세기는 했지만 걱정스러울 정도는 아니었다.

갑판 위는 식당에서 가지고 올라온 식탁들이 여기저기 앉기 좋게 배치되어 있었다. 이만큼은 로만 용병단 구역, 이만큼은 코호론 백작 구역. 그렇게 구역을 나누었고, 토스카의 구역은 가장

좁았다.

몇백 명이나 되는 사람들이 전부 앉을 수는 없어서, 가장 말단 병사들은 지하 식당에서 식사를 하기로 했다.

식탁에 차려진 음식들은 맛있는 냄새를 풍겼고, 술이 가득 담긴 커다란 나무통들이 간판 구석에 쌓여 있었다. 긴 승선 생활에 질린 사람들은 그간 쌓인 감정을 잊고, 앞으로 벌어질 술판 생각에 들떠 있었다.

쥬엔은 몸에 착 붙는 연보라색 드레스를 입고 앉아 있었다. 모두 남성만 있는 자리에서 그녀의 모습은 단연 돋보였다.

쥬엔이 케이를 향해 상체를 기울였다.

"케이, 정말 다 죽여도 되는 거예요?"

"몇 번이나 말했지만 살릴 놈은 살려 둬."

"쿠반은 다 죽여도 된다던데."

"하아. 멋대로 해."

"그나저나 곧 폭풍이 몰아칠 거예요."

"폭풍이? 날씨는 괜찮은 것 같은데."

"바다의 날씨는 빠르게 변하죠. 난 알 수 있어요."

"시카족은 날씨 변화에 민감하다고 들었는데, 그게 사실이었나 보군. 폭풍의 강도는?"

"배가 뒤집힐지도 모르겠어요. 차라리 구명선에 짐을 옮겨 두었다가 빨리 빠져나가는 게 어때요?"

"글쎄."

케이는 팔짱을 끼고 생각에 잠겼다.

20명이 탈 수 있는 구명선이 몇 대 구비되어 있기는 하지만, 구명선은 노를 저어야 하는 구조였다. 스트루티오 섬까지 가려면 열흘이나 남았는데, 노를 저어서 가면 한 달 넘게 걸릴지도 모른다.

"계획을 변경해야겠군."

케이는 단원들에게 나지막하게 변경된 계획을 알렸다. 쿠반의 표정이 어두워졌다. 아무도 죽이지 말라는 명령이 떨어졌기 때문이었다.

"야, 계집. 넌 왜 쓸데없는 소리를 해서 사람을 복잡하게 만들어?"

쿠반이 쥬엔에게 투덜거렸다.

"어머. 쓸데없는 소리라니요. 나는 당신의 대장에게 조언을 해 준 것뿐이에요."

"조언은 개뿔. 산통 다 깨는 소리나 해 놓고."

"산통을 깨다니요. 예상치 못한 일이 벌어져서 당신이 다치기라도 할까 봐 미리 알려 준 거예요."

"내가 예상치 못한 일 좀 생긴다고 다칠 것 같냐?"

티격태격 다투는 둘을 지그시 응시하던 케이가 와칸에게 물었다.

"저 둘, 사귀는 사이인가?"

휴이는 주방에서 그의 무기인 도끼를 점검하고 있었다. 주방 문이 열리는 소리에 얼른 도끼를 숨겼는데, 들어온 사람은 히센이었다.

"대장이 먹을 거 젖지 않게 챙겨 두래."

"엥? 갑자기 왜? 바다로 투신이라도 하시겠대?"

"니들은 묘하게 대장한테 버르장머리가 없더라. 몰라. 계획 변경이래. 폭풍이 온다나 봐."

"구명선을 확보할 생각인가?"

"그런 건 아닌 것 같던데. 놈들이 우왕좌왕하면서 구명선 타고 도망칠 때까지 잠자코 있으라던데. 감옥에 잡아넣으면 순순히 들어가고."

"흐음."

"뭔 계획인지 모르겠어. 감옥에 들어갔다가 배 뒤집히면 다들 수장되는 거 아냐? 물에 빠져 죽는 건 질색인데."

"다르게 죽는 건 괜찮냐?"

"아니. 난 오래 살고 싶다고!"

"성질머리도 드러운 게 욕심은 많네. 하여간 알겠다."

"야, 넌 대장이 무슨 생각하는지 알겠냐?"

"뭐, 대충은. 아무튼 너도 쓸데없는 짓 하지 말고 대장 명령에 따라. 다 잘될 테니까."

그로부터 한 시간 후.

히센은 하얗게 질린 얼굴로 생각했다.

이게 정말 다 잘되고 있는 거 맞나?

*　　*　　*

"서커스 재미있었어, 라일. 덕분에 즐거웠다."

나즐이 말했다.

루는 의미심장한 표정으로 나즐을 응시했다. 다른 사람들은 모르겠지만 나즐은 서커스를 보는 내내 표정이 좋지 않았기 때문이다.

의문은 쿠빌레로 돌아온 후에 풀렸다.

각자 자신의 방으로 돌아간 지 얼마 되지 않아, 나즐이 루에게 찾아왔다. 그는 말없이 루의 손목을 잡고 지하 주점으로 향했다.

손님이 별로 없는 주점의 룸에는 유진과 알리가 앉아서 둘을 기다리고 있었다. 둘 다 어리둥절한 표정이었다.

"무슨 일이야, 나즐?"

유진이 물었다.

"오늘 서커스에 갔다가 두 가지 놀라운 사실을 알게 되었어."

나즐이 말했다.

"첫 번째."

나즐이 루를 돌아봤다.

"루가 여자라는 거, 왜 진작 안 알려 준 거야?"

심장이 뚝 떨어졌다.

루는 나즐을 보던 자세 그대로 굳어 버렸다.

"뭐, 처음 봤을 때부터 여자 같다고는 생각했지만, 대장이 여자를 단원으로 받아들인 적이 없으니까 당연히 남자일 거라고 여겼지. 여자라면 진작 알려 주지 그랬어? 그러면 레이디로 대해 줬을 텐데."

나즐이 말하는 동안, 유진과 알리, 루는 아무 대꾸도 하지 못했다. 뒤늦게 이상한 분위기를 눈치챈 나즐이 고개를 갸우뚱하더니, 주먹으로 다른 쪽 손바닥을 탁 쳤다.

"뭐야, 비밀이었던 거야?"

"자, 잠깐만. 나즐. 그게 무슨 소리야? 루는 근사한 남자야."

유진이 말했다.

"물론 얼굴이 예쁘지. 몸매도 호리호리하고, 수염 자국도 없고, 팔다리도 가늘고, 아무리 봐도 여자……였어, 루?"

열심히 설명하려던 유진이 그제야 깨달은 듯 휘둥그레진 눈으로 루를 쳐다봤다. 루는 여전히 뻣뻣하게 굳어 있었다.

"아, 뭐야. 잠깐만, 잠깐만. 나 생각 좀 정리하자. 잠깐만."

"흐응. 비밀이었던 거구만. 난 전혀 생각도 못 했네. 여자가 남자인 척할 이유가 없으니까, 내가 착각하고 있었다고만 생각했거든."

나즐이 미안한 듯 말했다. 알리는 도와줄 수 없어 미안하다는 시선을 보냈다.

온몸이 차갑게 식었다.

나즐뿐 아니라 유진에게까지 들키고 말았다. 나즐이 너무나 확신에 찬 목소리로 말하는 바람에, 반박할 기회를 놓치고 말았다. 뻣뻣하게 굳었던 주제에 이제 와서 아니라고 해 봐야, 눈치 빠른 유진은 믿어 주지 않을 것이다.

심장이 꽉 옥죄어 왔다.

유진에게 미움을 받고 싶지 않았다. 루의 일을 자신의 일처럼 걱정해 주고, 루의 마법을 풀기 위해 고생한 유진이었다.(물론 실제로 고생한 건 와칸이었지만.)

그런 유진을 기만하고 있었다. 아무리 어쩔 수 없는 상황이었다고는 해도, 그런 변명이 통할 리 없었다.

고개를 숙이고 한참을 고민하던 유진이, 천천히 고개를 들어 루와 눈을 맞췄다. 그를 똑바로 보기 힘들었지만, 시선을 피해서는 안 될 것 같았다.

"루."

그의 음성이 낮게 가라앉았다.

"너, 그래서였냐? 알몸을 보여 주지 말라는 부모님의 유언 어쩌고 했던 거."

"……형님."

"아니, 아니. 변명은 하지 말고, 형님이라고도 부르지 마. 난 이제 딱 하나만 질문을 할 건데, 너도 딱 그 질문에만 대답해. 알겠지?"

"……."

"루. 너, 여자냐?"

유진의 차가운 눈빛에, 루는 하늘이 무너지는 것만 같았다. 이 자리에서 도망치고 싶었다.

언젠가 이런 일이 생길지도 모른다는 생각은 해 왔지만, 이렇게 빠를 줄은 몰랐다. 루는 주먹을 꽉 거머쥐고 어렵게 입을 벌렸다.

"네."

벌떡.

유진이 일어났다.

그는 뒤도 돌아보지 않고 룸에서 나갔다.

탁—

문 닫히는 소리에, 루가 움찔 몸을 떨었다.

눈가가 시큰거렸다. 하지만 울어서는 안 된다. 속인 건 이쪽이었다. 복수네, 어쩌네 하며, 친절하게 대해 준 사람들을 속였다. 그러니까 미움을 받고 버림을 받아도 싸다.

"미안해, 루."

나즐이 루의 손목을 잡고 말했다.

"아니요, 속인 내가 잘못한 거니까요."

"으아. 진작 말해 주지. 난 정말 내가 착각하고 있었다고 생각을 해서. 네가 일부러 남장을 한다고는 생각을 못 했어. 좀 더 제대로 읽어 보고 말할걸."

"제대로 읽다니요?"

"아, 내가…… 음…… 읽거든."

나즐이 자신의 눈가를 톡톡 두드리고는, 그다음에 루의 머리를 톡톡 두드렸다.

"남의 생각을."

"아……."

"오해하진 마. 읽으려고 한다고 다 읽을 수 있는 건 아니고, 가끔 나도 모르게 읽힐 때가 있는 거야. 깊은 비밀 같은 건 읽기 힘들고. 아무튼 아까 잠깐 네가 여자라는 생각을 하고 있는 게 읽혔는데…… 미안하다. 네가 여자라는 걸 다들 알고 있고, 나만 널 남자라고 착각하고 있는 줄 알았어."

"……."

"으아, 이거 어쩌지. 이것보다 더 중요한 얘기를 할 생각이었는데, 알고 보니 이게 제일 중요한 문제였던 거잖아!"

나즐이 머리를 쥐어뜯고 절규했다.

"나즐, 또 다른 문제가 뭔데?"

"아, 몰라. 루한테 미안해서 지금은 딴생각을 못 하겠어. 알리, 넌 루가 여자라는 거 알고 있었냐?"

"응. 나는 뭐."

"그래, 넌 신체 구조상 여자라는 걸 알았겠지. 알면 진작 좀 말해 주지. 내가 남의 생각 읽는다는 거 뻔히 알면서!"

"네가 루한테 먼저 물어보지도 않고 경솔하게 떠들어 댈 줄은 몰랐지."

"야, 내가 무슨! 그래, 맞아. 난 경솔했어. 내 주둥이가 문제야."

나즐이 자책했다.

하지만 루는 그의 탓이라고는 생각하지 않았다. 나즐에게는 잘못이 없다. 잘못은 속인 쪽에 있다.

'이곳에 있을 수 없겠구나.'

안 그래도 고민하고 있었다. 대지의 축복을 받은 아이가 티그리스를 멸한다는 이야기를 들었을 때부터, 케이의 곁에 있어도 되는 것인지 고민했다.

그런 와중에 이런 일이 생겼다는 것은, 더 이상 토스카에 머물지 말라는 계시일지도 몰랐다.

'떠날 준비를 해야 할지도 모르겠어.'

*   *   *

히셴은 일이 왜 이렇게 된 건지 되짚어 보았다.

두 시간 전. 만찬이 시작되고 욜벤 백작이 이 자리를 마련해 준 토스카에게 어쩌고 하며 떠들어 대는 것을 신호로 모두가 술잔을 들었다. 그때, 코호론 백작의 기사인 플룬이 음식에 독을 탔을지도 모르니 시음을 해 보아야 한다고 했고, 기계실에서 일하는 노예 중 한 명을 데리고 와 음식을 먹게 했다.

당연하게도 노예는 음식을 넘기자마자 피를 토하며 죽었다.

그때부터 시작이었다.

코호론 쪽 사람들이 고함을 지르며 검을 빼 들고, 욜벤 백작은 모두 토스카의 짓이라고 소리를 질렀다. 용병단들도 토스카를 적으로 생각해 검을 겨누었고, 토스카는 계획대로 아무 짓도 하지 않고 그들이 덤비기를 기다렸다.

"죽여!"

누군가의 외침(아마도 욜벤 백작의 것이리라.)을 신호로 모두가 토스카를 향해 덤벼들 때였다. 배가 기우뚱하더니 쓰러질 뻔했다. 사람들이 비명을 지르며 미끄러졌다.

폭풍 때문은 아니었다.

배 아래에서 무언가가 배를 밀어 올리고 있었다.

또다시 반대쪽으로 기우뚱.

왼편으로 밀려갔던 사람들이 오른편으로 쏟아지듯 미끄러졌다. 그러는 동안, 히센은 놀라움을 느꼈는데 가만히 서 있는 케이 때문이었다. 특별히 힘을 주고 버티는 것 같지도 않은데, 케이는 꼼짝도 하지 않고 서 있었다.

그렇게 여러 번 움직이는 동안 몇몇 사람들이 배 밖으로 떨어졌다. 그 사람들이 바닷물에 풍덩 빠진 것은 아니었다. 바다 속에서 뻗어 나온 검고 거대한 촉수가, 사람들을 낚아채 가지고 들어갔다.

"으아아악!"

"저게 뭐야?"

"뭔데, 뭔데? 난 못 봤어. 뭐가 있어?"

"으아! 바다 괴물이다!"

사람들이 비명을 질렀고, 배가 요동을 멈췄다. 그리고 촤아아악, 거대한 그것이 모습을 드러냈다.

검고 맨들맨들한 몸뚱이에 여러 개의 촉수를 가진 괴물. 인간의 힘으로는 도저히 처리할 수 없을 듯 보이는 괴물이 촉수를 이리저리 뻗어 대고 있었다.

그리하여, 히셴은 생각했다.

'이게 정말 다 잘되고 있는 거 맞나?'

탕—

탕— 탕—

총을 가진 자들이 총을 쏘아 댔다. 하지만 괴물은 꿈쩍도 하지 않았다.

"도망쳐!"

"구명선으로!"

"다들 흩어져라!"

"선실 사람들을 데리고 올라와!"

"무거운 건 버려라!"

사람들은 맞서 싸우기를 포기했다. 그러는 동안에도 괴물은 촉수를 뻗어 배를 망가뜨리고, 사람들의 허리와 발목을 잡아채고 있었다.

괴물의 맨들맨들한 머리통에는 거대한 눈이 하나, 그리고 입이 하나 붙어 있었다. 촉수에 붙잡힌 사람들은 커다란 입 속으로 들어갔다.

우지끈우지끈.

뼈 씹히는 소리가 기묘하게 들려왔다.

히셴은 흘끗 케이를 돌아봤다.

케이는 여전히 침착했다.

'아냐, 무서워서 굳어 버린 걸지도 몰라. 우리도 도망쳐야 하지 않나?'

하지만 토스카 단원 중 누구도 도망치는 사람이 없었다.

"뭐야, 뭔 일인데?"

오히려 아래에서 식량을 보존하고 있던 휴이가 무슨 일인가 싶어 갑판으로 올라왔다.

"으아, 저 커다란 문어는 뭐야? 포획하는 중이야?"

휴이가 고함을 질렀다.

문어라니. 저걸 문어라고 생각하다니.

히셴은 이 사람들의 정신 상태가 어떻게 된 건지 알 수 없었다.

대부분의 사람들이 구명선을 타고 도망쳤고, 구명선을 못 탄 자들은 바다로 뛰어내렸다. 괴물의 뱃속으로 들어가느니 빠져 죽는 게 낫다고 생각한 것이리라.

간판 위에는 토스카 단원만 남아 있었다.

괴물의 커다란 눈동자가 이쪽으로 향했을 때, 케이가 말했다.

"계획 변경이다. 작전명은 문어구이."

히센은 속으로 비명을 질렀다.

'작전명 따위는 아무래도 좋다고, 이 사람아!'

                    *   *   *

조용히 룸에서 나와 계단을 올라왔다. 유진은 카운터에 심각
한 표정으로 앉아 있었다. 루는 머뭇거리다가 그를 향해 다가갔
다.

"형님."

"……유진."

"네?"

"유진이라고 불러."

"아, 네에."

어쨌든 대답을 해 줘서 다행이다. 공기처럼 없는 취급을 당해
도 할 말이 없는 상황인데.

"나가서 얘기하자."

유진이 먼저 쿠빌레를 나가고 루가 그 뒤를 따랐다. 어두운
골목을 걷는 동안 유진은 말이 없었다. 침묵이 숨통을 조였다.

골목을 빠져나와 큰길에 들어섰다. 서커스의 여운이 가시지

않은 사람들이 흥분된 표정으로 대화를 하는 모습이 여기저기 눈에 띄었다. 서커스를 본 게 먼 옛날의 일처럼 느껴진다.

서쪽 관문을 나가 민가가 있는 지역을 지나갔다. 유진이 향하는 곳은 숲이었다.

어둠에 잠긴 숲은 비밀 이야기를 하기에 딱 좋은 장소였다. 이런 순간에도 배려해 주는 유진에게 고마움을 느꼈다.

"자, 얘기해 봐."

유진이 계속 걸어가며 말했다.

"죄송합니다, 유진."

"나는 사과를 하라고 하지 않았어, 루. 왜 남장을 한 건지, 왜 끝까지 속이려고 한 건지, 네가 한 이야기 중 어디까지가 진실이고, 어디까지가 거짓인지 말해 봐."

"부모님의 유언만 거짓말입니다."

"그래? 하긴. 그 유언 어쩌고도 와칸이 거들어 준 거였지. 와칸도 네가 여자라는 걸 알고 있어?"

"네."

"하, 참. 대체 왜 몰랐지? 아무리 봐도 여자인데."

"……"

"네가 거짓말을 하고 있을 거라고는 생각도 못 했다, 루. 대체 왜 남장을 하는 건데?"

"알아볼까 봐서요."

"누가?"

"내 부모님을 죽인 자가 부모님께 딸이 하나 있다는 걸 알고 있습니다. 전 어머니를 닮아서…… 혹시라도 알아볼까 두려웠습니다."

"그럼 우리한테는 여자라고 말해 줄 수 있었잖아. 우리가 네 성별을 여기저기 떠벌리고 다닐 거라고 생각했어? 그렇게까지 입이 가벼워 보였어?"

"무서워서요."

"대체 뭐가?"

"형님들에게 버림을 받을 것이."

"……."

"무서웠어요, 유진. 처음이라서요. 부모님이 돌아가시고 이렇게 따뜻해 본 게 처음이에요, 유진. 그래서, 그래서 너무 무서웠어요. 잃게 될까 봐."

차분하게 이야기하고 싶었다. 이 마음을 조심스럽게 전달하고 싶었다. 하지만 그럴 수가 없었다.

불안한 공포와 자신을 향한 환멸이 들쑥날쑥 움직여 목소리가 떨렸다.

"따뜻한 침대에서 일어나 밖에 나오면 형님들이 환하게 웃으면서 인사를 해 주고, 너무 말랐다면서 먹을 걸 더 챙겨 주고, 안색이 조금만 나빠도 걱정을 해 주고…… 그게 너무 행복했어요. 두 번 다시는 가족들과 함께하는 그런 기분을 느끼지 못할 거라고 생각했거든요. 내 삶의 행복은 십수 년 전, 부모님이 돌아가실 때에 함께 끝났다고 생각했거든요."

"……."

"포기했어요. 선대 검은 호랑이께서 케이를 찾으라고 하셨는데, 찾을 수가 없었어요. 그래서 포기하고 숨만 쉬고 잠만 자며 그렇게 살았어요. 그러다가 대장을 만나고, 형님들을 만났죠. 부서졌던 세상이 다시 제자리를 찾았어요. 그래서…… 무서웠어요."

눈물이 흘러내리는 것을, 루는 자각하지 못했다.

"또다시 세상이 부서질까 봐. 내가 여자라는 걸 알리는 순간, 다시 암흑으로 돌아갈까 봐. 누구도 돌아봐 주지 않는 거리에서 몸을 웅크리고 살게 될까 봐. 저는, 유진……."

루는 유진을 똑바로 응시했다.

"또다시 가족을 잃는 게 두려워서, 말할 수가 없었어요."

"왜 널 쫓아낼 거라고 생각한 거야, 대체?"

"여자니까요."

"아니, 여자라는 게 대체 왜?"

"토스카에는 남자만 있잖아요."

"아……."

"내가 남자니까 대장이 날 받아 준 거잖아요. 여자라는 걸 알면, 비비안처럼, 그 전에 대장이 만났던 여자들처럼, 저도 버려질지도 모르잖아요. 저는 그 여자들처럼 사랑을 못 받아도 되니까, 그저 대장의 개로라도 토스카에 머물고 싶어서…… 그래서……."

더는 말할 수가 없었다.

유진이 루를 품에 끌어안았기 때문이다. 그는 숨이 막힐 정도로 세게 루를 안고, 루의 마른 등을 쓰다듬었다. 그의 손길은 다정했다.

다정한 손길이 오히려 눈물샘을 자극했다. 소리 없이 흐르던 눈물에 흐느낌이 섞이고, 어깨가 떨리고, 결국 엉엉 소리 내어 울고 말았다.

루가 울음을 그치기까지는 오랜 시간이 걸렸지만, 유진은 지치지 않고 루의 등을 쓰다듬어 주었다.

이윽고 울음소리가 잦아들었을 때, 유진이 루를 떼어 내고 눈높이를 맞췄다. 그리고 루의 볼에 묻는 눈물을 닦아 주며 말했다.

"멍충아, 대장이 버린다고 해도 우리가 못 버리게 하지. 대장은 몰라도, 우리가 그렇게 쉽게 가족을 버릴 줄 알았어?"

"저도 가족입니까?"

"가족이라며?"

"저만 그렇게 생각하는 줄 알았어요."

"보통, 가족이 아닌 녀석을 위해 아침을 챙겨 주고, 모기랑 거미를 잡으러 정글로 가진 않지."

"모기요?"

"뭐, 그런 게 있어. 아무튼 루. 넌 잘못 생각한 거야. 그래, 대장은…… 그래, 뭐 그럴지도 몰라. 속을 모를 양반이니까. 하지만 우린 아냐. 네가 여자라고 해서, 알지도 못한 사이였다는 듯이 널 버리지 않아."

"대장이 명령하면……."

"대장 명령을 누가 들어?"

"그건 그렇지만."

훌쩍거리는 루의 머리를, 유진이 헝클어뜨리듯 쓰다듬었다.

"마음고생이 얼마나 심했어? 비비안이랑 같은 나이잖아. 너도 비비안처럼 예쁜 드레스 입고 싶었을 텐데."

"안 그래요."

"안 그렇긴."

역시 유진은 배려가 깊었다. 루조차 생각지 못했던 부분을 걱정해 주는 그의 모습에, 또다시 왈칵 눈물이 나올 뻔했다.

"루, 네가 무엇이든 우린 널 안 버려. 그러니까 걱정하지 마."

"대장은요?"

"대장은 뭐…… 몰라. 여기 있지도 않은데 나중에 생각하지, 뭐."

케이가 참으로 불쌍하다고 생각하며, 루는 웃었다. 루의 웃는 모습을 본 유진도 미소를 지었다.

루는 생각했다.

다행이야, 이 사람들을 만나서.

      *   *   *

히셴은 넝마가 된 배에 털썩 주저앉았다.

히셴의 나이 27살.

불량배인 아버지와 창녀인 어머니 사이에서 태어나 못 볼 꼴 많이 보고 살았다. 잔혹하게 너부러진 시체를 보는 건 일상다반사였기에, 무엇을 봐도 두려워한 적이 없었다.

루의 검을 마주하기 전까지는.

처음으로 공포에 떤 그 밤 이후, 또다시 공포에 질릴 일이 생길 거라고는 생각하지 않았다.

하지만 지금 이 순간, 히셴은 전율을 느꼈다.

딱 잘라 공포라고는 말할 수 없는 감정이었다. 공포에 덧대어진 감탄, 놀람, 혹은 경외심.

상상만 해 왔던 것을 실제로 목격했을 때의 감정이 히셴을 가득 채웠다.

울컥.

눈물이 날 것만 같았다.

"설마…… 당신……."

옆에서 떨리는 목소리가 들려왔다. 쥬엔이었다.

쥬엔은 두 손으로 입을 가리고, 눈물이 가득 차오른 눈으로 케이를 바라보고 있었다.

"당신, 당신은 설마……."

바들바들 떠는 쥬엔을 돌아보며 케이가 씩 웃었다.

"작전명 문어구이, 완료."

20분 전.

괴물이 촉수를 뻗어 공격을 하는데도 작전명 타령을 하는 케이 때문에 마음이 어수선했었다. 하지만 다른 단원들은 그런 케이를 원망하지 않고 촉수를 피하고, 베고, 때리고 있었다. 그래서 히셴도 죽기 살기로 거대한 촉수에 맞섰다.

인간의 몸통보다 더 두껍고 단단한 촉수는 베기 힘들었다. 간신히 베어 내도 그 자리에서 다시 촉수가 자라났다. 베어도, 베어도 끝나지 않을 싸움. 어느 한쪽이 죽어야 끝날 싸움이었고, 죽는 쪽은 이쪽일 거라고 히셴은 생각했다.

그러는 동안에도 케이는 가만히 서 있었다. 아니, 품에서 무언가를 꺼내더니 들고 있던 검을 둘러쌌다.

화르륵—

케이가 들고 있는 검에 불이 붙는가 싶더니 금방 꺼졌다.

약간이나마 남아 있던 기대감이 무너지려고 하는 그때에, 케이의 낮은 음성이 들려왔다.

"다들 비켜."

결코 크지 않지만 귀에 울리는 음성이었다. 거부할 수 없는 단호함이 서려 있어서, 히셴은 저도 모르게 몸을 낮췄다. 그러면서 둘러보니 다른 단원들도 마찬가지였다. 모두가 무기를 내리고 몸을 피했다.

그 후, 케이가 괴물을 향해 검을 날렸다.

검은 정확히 괴물의 이마에 꽂혔다. 꽂힌 부위에서부터 불꽃이 번져 나가기 시작했다. 불꽃은 기이한 문양을 만들어 내더니, 하늘까지 태울 정도로 거대하게 번졌다.

크아아아아악—

화마에 삼켜진 괴물이 내지른 괴성에 바다가 몸부림쳤다.

괴물은 불을 끄려는 듯 바닷물 속으로 들어갔지만, 불은 꺼지지 않았다. 검은 물속에서도 일렁이던 화염은 괴물의 비명과 몸부림이 멎은 후에야, 존재하지도 않았다는 듯 깨끗이 사라졌다.

상대의 숨이 끊어져야 꺼지는 불.

그것은 평범한 불이 아니었다.

마법이었다.

"배가 엉망이 됐군."

마법으로 모두를 숨 막히게 만든 케이는, 별일 아니라는 듯 배를 둘러보며 중얼거렸다.

"이게 스트루티오 섬까지 갈 수 있을까?"

"그러게요. 기계가 고장이 났으면 큰일인데."

휴이가 도끼에 묻은 피를 닦으며 말했다.

"히센이 기계를 다룰 줄 아니 고칠 수 있을 겁니다. 그렇지, 히센?"

와칸의 질문에 히센은 퍼뜩 정신을 차렸다.

"자, 자, 잠깐만요. 잠깐만. 다들 왜 이렇게 아무렇지도 않게 넘어가는 거야?"

"뭐가?"

"방금 그거. 그거, 그거, 그거 말이야. 그, 그, 그 굉장한 거. 그거."

"어이구. 많이 무서웠냐?"

쿠반이 놀리듯 말했지만 화낼 기분도 들지 않았다.

"그거, 그거 말이야. 그건, 그 불은……."

"케이, 당신이군요. 티그리스, 선대 검은 호랑이의 아들."

쥬엔의 음성에 히센은 소름이 돋았다.

티그리스라니.

마법이 사라져 가는 시대에 남은 유일한 마법사 무리. 원한다면 제국 하나를 통째로 멸망케 할 힘을 가졌다는 티그리스.

그 이름을 이런 식으로 듣게 될 줄은 몰랐다.

"스크롤을 사용했을 뿐이야."

케이가 품에서 양피지 두루마리 몇 개를 꺼냈다.

"이런 걸 구했지."

"거짓말. 대장이 매일 그걸 노려보고 있는 걸 봤어요."

히센이 반박했다.

케이가 크게 한숨을 내쉬었다.

"혹시나 나도 만들 수 있을까 싶어서……."

"마법 스크롤은 만든 사람의 힘에 따라 그 힘이 달라진다고 들었어요. 방금 그 마법은 보통의 마법이 아니었어요."

쥬엔의 말에 케이가 어깨를 으쓱했다.

"그렇다면 강한 마법사가 만든 스크롤인 모양이군."

"선대의 아들인 거 맞죠? 그렇죠? 티그리스가 당신을 쫓고 있어서 비밀로 하는 건가요? 그렇다면 안심해요. 나는 당신의 존재를 여기저기 떠벌릴 생각이 없어요."

"이봐, 계집. 그만해."

쿠반이 쥬엔의 손목을 잡았다.

"이거 놔요, 쿠반. 나는……."

"그만해, 계집. 지금은 배를 고치는 게 우선이야."

쥬엔이 아랫입술을 잘근 깨물었다. 그녀는 눈물이 고인 눈으로 쿠반을 올려다봤다.

"쿠반, 난, 나는 당신의 대장이 필요해요. 당신의 대장을 만나기 위해 시카족을 떠나 이곳에서 살아온 거라고요."

"그래, 알겠어. 알겠으니까 배부터 고치고, 나중에 얘기하자. 응?"

쿠반이 쥬엔의 등을 톡톡 두드려 달래며 다른 곳으로 데리고 갔다. 두 사람이 사라진 후, 케이가 히센을 돌아봤다.

"기계, 고칠 수 있나?"

"마법으로 못 고쳐요?"

히센의 질문에 케이가 쓰게 웃었다.

"난 마법을 사용할 수 없는 몸이거든."

"거짓말! 나도 대장의 부하잖아요. 왜 나한테는 얘기 안 해 줘요? 내가 배신이라도 할까 봐 그래요? 나한테 진실을……."

"와칸, 히센을 기계실에 처넣어."

"네, 대장."

와칸이 히센의 팔뚝을 세게 잡았다.

"대장! 나한테도 말해 달라고요!"

히센은 자리를 뜨는 케이의 등을 향해 외쳤지만, 그는 돌아보지 않았다.

"나도 말해 달라고, 와칸!"

기계실로 끌려 내려가며 히센이 비명처럼 외쳤다.

"알겠으니까 입 좀 다물어라, 히센."

"알겠다고? 그럼 말해 줄 거야?"

"그래. 기계를 고치는 동안 말해 줄게."

그래서 히센은 순순히 기계실로 내려갔다. 도망치지 못한 고용인들 몇 명이 겁에 질린 눈으로 그들을 보고 있었다. 상황이 끝났다고 그들을 진정시킨 후 내보낸 다음, 히센은 기계를 점검하기 시작했다.

케이가 히센을 토스카에 끌어들인 이유는 기계를 다루는 그의 능력 때문이었다.

히센은 능숙하고 빠르게 기계를 고쳤다. 그러는 동안 와칸은 케이와 티그리스에 대해 작은 목소리로 알려 주었다. 그리고 토스카의 목적에 대해서도.

이야기를 다 들은 히셴은 몸을 부들부들 떨었다.

'앞으로 진짜 재미있겠는데?'

9장

"케이와 대화하게 해 줘요, 쿠반."

쥬엔이 말했다.

긴장이 풀려서인지 그녀는 와들와들 떨고 있었다. 어깨가 드러난 드레스를 입고 물에 흠뻑 젖어 떠는 모습이 안쓰러웠다. 쿠반은 수건을 가져와 쥬엔의 목덜미와 가슴을 닦아 주었다.

"진정해, 계집."

"진정할 수가 없어요. 알아요, 지금 내 모습이 형편없이 보인다는 거. 하지만…… 하지만 우리 부족이 걸린 일이에요. 내 가족과 내 친구들의 목숨이 걸린 일이라고요."

쥬엔은 절박했다. 쿠반은 쥬엔의 젖은 머리카락을 수건으로 닦아 주며 물었다.

"무슨 일인데 그래?"

"케이에게 말하고 싶어요."

"나한테 말해."

"케이에게……."

"계집."

쿠반이 쥬엔의 어깨를 꽉 잡고 시선을 맞췄다. 그의 잿빛 눈동자가 어둡게 빛나고 있었다.

"모르겠냐? 내가 네 남편이다, 계집."

"쿠반……."

"내 계집에게 문제가 있다면 내가 먼저 알아야 하는 게 당연한 거 아냐? 나불거리고 싶으면 내 앞에서 나불거려, 계집."

거친 말투지만 쿠반의 잿빛 눈동자 깊숙한 곳에 담긴 걱정을, 쥬엔은 알아챌 수 있었다. 떨리는 눈으로 그를 응시하며, 쥬엔은 시카족의 예언가가 남긴 예언을 이야기했다. 티그리스에게 시카족이 멸망할 것이란 예언.

"당신의 대장과 시카족이 힘을 합치면 티그리스에 대항할 수 있을 거예요."

"……."

"아까 그 마법 스크롤은 케이가 만든 거겠죠? 마법 스크롤이 사용되는 걸 본 적이 있어요. 그때도 비슷한 화염 마법이었는데, 이렇게까지 강하진 않았죠. 급조한 마법 스크롤로 그 정도 힘을 낸다는 건, 그걸 만든 케이가 가진 마력이 어마어마하다는 걸 뜻하고요. 수십 명의 마법사들을 상대하는 건 힘들겠지만, 우리 시카족이 뒤를 받쳐 주면…….”

“계집, 뭔가 오해를 하는 것 같은데.”

쿠반이 쥬엔의 말을 끊었다. 심상찮은 어조에 쥬엔은 입을 다물고 그를 올려다봤다.

쿠반의 잿빛 눈동자에는 더 이상 온기가 존재하지 않았다. 그는 차가운 눈으로 쥬엔을 노려보며 말했다.

“티그리스는 우리 대장이야. 거기에 남아 있는 버러지 같은 무리가 아니라. 시카족을 멸망시키는 티그리스가 우리 대장을 말하는 것일지도 모르지.”

꿀꺽.

쥬엔은 마른침을 삼켰다. 서늘한 음성으로 말하는 쿠반이 무척이나 낯설었다.

“지금 남아 있는 마법사 잔당이 시카족의 적이라면, 내 목숨을 걸고 널 지켜 주지. 내 계집이 딴 놈들 손에 죽는 걸 두고 볼 수는 없으니까. 하지만 계집, 시카족의 끝을 알리는 이가 우리 대장이라면 넌 어떻게 할 거지?”

“나, 나는…….”

쥬엔의 눈동자가 흔들렸다.

차가운 검날 같은 남자를 사랑하게 되어 버렸다. 여느 여자라면 그를 따르겠다 말할 것이다. 당신의 대장은 나의 대장이기도 하다고, 당신의 곁에 있고 싶다고 말할지도 모르겠다. 그러나 쥬엔은 시카족 대족장의 딸이었다.

흔들리던 보랏빛 눈동자가 곧게 자리를 잡았다. 쥬엔은 쿠반을 똑바로 응시하며 말했다.

"나는 내 부족을 지킬 거예요."

쿠반이 씩 웃었다.

"그래? 좋아. 기뻐해라, 계집. 그날이 올 때까지는 내가 널 마음껏 예뻐해 줄 테니까."

＊　　　＊　　　＊

루와 유진이 함께 룸으로 돌아가자, 나즐이 환하게 웃었다.

"화해했구나! 잘됐다, 잘됐어!"

"나즐, 넌 그 주둥이를 조심해야 할 필요가 있어."

유진이 차갑게 말했다.

"에이, 어쨌든 잘 풀렸잖아. 나도 루를 난처하게 할 생각은 없었어. 이런 실수 정도는 적당히 넘어가."

"그런 말은 루가 해야 하는 거야, 나즐."

알리가 차분한 목소리로 나즐을 나무랐다.

"하하하. 루는 너그럽다고. 그치?"

아니라고 하면 큰일 날 분위기였기에, 루는 고개를 끄덕였다.

"그런 건 됐고. 두 번째는 뭐야?"

유진이 물었다.

"두 번째? 아, 그건, 음…… 그 서커스단 말이야. 아무래도 코흐만이 만든 것 같아."

'코흐만'이라는 이름이 나오는 순간 무겁게 내려앉은 분위기의 이유를, 루는 알 수 없었다. 유진도, 알리도 차갑게 얼어붙은 표정으로 나즐의 입술을 바라보고 있었다.

왜들 저렇게 경악에 찬 눈빛인 걸까? 코흐만이 대체 누구기에.

"말도 안 돼."

이윽고 유진이 쉰 목소리로 중얼거렸다.

"코흐만이라고? 대체 왜? 농담하는 거지?"

"농담 아닌데. 내가 그런 걸로 농담할 리가 없잖아."

"아니, 그럴 리가 없어. 코흐만이 서커스단 같은 걸 만들 이유가 없잖아. 그래 봬도 티그리스의 간부인데."

그제야 루도 심장이 철렁 내려앉았다.

티그리스의 간부라니.

티그리스 단원을 만나는 건 아주 오랜 후의 일일 거라고 생각했다. 그래서 갑작스레 등장한 티그리스 단원을 어떻게 받아들여야 할지 알 수 없었다. 심지어 지금은 케이도 자리를 비운 상태다.

"확실한 거야, 나즐?"

알리의 질문에 나즐이 고개를 옆으로 기울였다.

"확실한 거 같아. 니들, 서커스 보면서 이상한 거 못 느꼈어?"

"이상한 거?"

"어떤 거?"

알리와 유진은 전혀 눈치를 채지 못한 것 같다.

"루는 느낀 것 같은데. 맞지?"

나즐이 루에게 물었다.

"네, 느꼈어요."

"뭘? 마법의 기운을?"

"아뇨, 그런 건 아니고…… 거기 사람들이 웃는 게 꼭…… 보이지 않는 손이 억지로 입술 끝을 잡아당겨서 웃는 것처럼 보였거든요. 한두 명이 아니라 서커스 단원 전부가. 심지어 사회자까지요. 그래서 섬뜩했어요."

"그랬단 말이야? 난 전혀 몰랐어."

유진이 손등으로 안경을 치켜올리며 말했다.

"나는 서커스 단원들의 생각을 읽었는데, 비명을 지르고 있더라고. 그게 얼마나 시끄러운지, 안 들으려고 노력을 하는데도 들리더라."

"이런. 제어 마법인가?"

"응. 그렇게 여러 명을 제어할 수 있는 사람은 코흐만뿐이야. 코흐만이 사람들을 억지로 서커스에 붙들어 두고 있는 것 같아."

침묵이 내려앉았다.

유진이 이토록 여유 없는 모습을 보이는 건 처음이었기에, 루는 이것이 보통 사안이 아니라는 걸 알 수 있었다. 이들을 위해

해 줄 수 있는 것이 없어서 안타까웠다. 마법사와 맞서 싸워 본 적이 없어서, 어느 정도의 힘일지 짐작할 수가 없었다.

"아까 우리를 봤을까?"

알리가 침묵을 깼다.

"글쎄. 코흐만이 있다면 생각을 읽어 보려고 했는데, 알잖아. 마법사의 생각을 읽는 건 어려운 거. 게다가 코흐만은 내 능력을 아니까 정신 무장을 하고 있을 거고."

"코흐만이 서커스단을 만든 이유를 모르겠어. 티그리스에 무슨 일이 생긴 걸까?"

"그런 건 아닐 거야."

정신을 차린 유진이 말했다.

"아마 우리를 찾기 위해 서커스단을 만든 거겠지."

"우리를?"

"우린 노는 걸 좋아하니까 서커스단이 온다고 하면 구경하러 올 거라고 생각했을 거야. 그래서 서커스단을 이끌고 대륙을 돌아다니고 있는 거겠지. 우리가 방심하고 접근하게 하기 위해서. 실제로 오늘 우리는 서커스를 보러 갔고."

"아……!"

"만약 대장이 여기 있었더라면 대장도 그렇고, 다른 녀석들도 그렇고, 신나서 서커스를 보러 갔을 거야."

"그럼 우릴 알아챘겠네? 그런 의도라면 관객들을 유심히 살피고 있었을 테니."

"그럴 가능성이 농후하지."

"우와, 우리 그럼 진짜 큰일 났잖아. 대장도 없는데."

나즐의 목소리는, 말의 내용과 달리 유쾌했다.

"코흐만이 본부에 우리를 봤다고 알렸을까?"

알리가 물었다.

"글쎄. 대장을 못 봤으니 아직 보류해 두고 있을 거야. 게다가 코흐만은 욕심이 많은 자니까 자기가 혼자서 우리를 처리할 계획일지도 모르고."

"그렇게까지 무모할까? 코흐만이랑 대장이 일대일로 붙으면 결과는 뻔한데."

"대장은 그동안 힘을 사용하지 않았어. 코흐만은 계속 훈련을 해 왔을 거고. 이제는 상대할 만하다고 생각할지도 몰라."

"여기로 돌아오는 중에 누군가 따라오는 기척은 없었어. 오늘 대장이랑 와칸, 쿠반이 없었으니 나중에 서커스를 보러 올 거라고 생각하겠지?"

"며칠 간 대장이 나타나지 않으면 움직이겠군."

"어쩌지? 우리 힘으로는 코흐만을 상대하지 못해."

"그렇게 강한가요?"

루의 질문에 유진이 미간을 좁혔다.

"강해. 흑마법에 능해서 여러 가지로 상대하기 힘들어."

"흑마법이라는 게 어떤 건데요?"

"저주라고들 하지. 예를 들자면, 그림자가 주인을 공격하게 하거나, 암시를 걸어서 아무것도 아닌 무생물이 자기를 공격한다고 생각해 미치게 만들거나. 눈에 보이지 않는 공격이 대부분이야. 가장 최악인 건, 악몽을 꾸게 하는 마법인데…… 자칫 잘못하면 영원히 깨어나지 못하는 악몽을 꾸게 될 수도 있어."

등줄기에 식은땀이 흘렀다. 영원히 깨지 않는 악몽이라니. 굳이 악몽이 아니라도, 영원한 꿈은 사람의 심신을 지치게 하는 법이다.

"제가 도울 수 있는 건 없을까요?"

루의 질문에 나즐이 웃음을 터뜨렸다. 알리와 유진도 빙그레 웃었다. 비웃는다기보다는 철없는 어린 동생에게 짓는 미소였다.

"루. 검은 마법을 이길 수 없어. 수련 중인 마법사가 아닌 제대로 된 마법사가 사용하는 마법은, 소드 마스터도 막지 못해."

"하지만……."

"루, 잘 들어. 우리에게 도움이 되고 싶어 하는 네 마음은 알지만, 그러지 않아도 돼. 네가 도움을 주든, 주지 않든 우린 가족이야. 그래서 난 네가 무사했으면 좋겠어."

"유진. 난 도망치지 않을 거예요."

유진이 하려는 말을 깨달은 루가 선수를 쳤다. 유진이 쓰게 웃었다.

"지금 당장 도망치라는 말이 아니야. 티그리스는 널 몰라. 그러니까 코흐만이 우리를 치려고 하면, 넌 몸을 숨겨. 저들에게 우리와의 관계를 들키지 마."

"유진!"

"살아서, 대장에게 이 사실을 알리도록 해. 이건 너만이 할 수 있는 일이야."

*　　　*　　　*

일단은 조용히 코흐만을 지켜보기로 했다. 저쪽에서 움직이지 않는 한, 이쪽에서도 굳이 움직일 필요 없다고 판단했다.

방으로 돌아와서 누웠지만 잠을 잘 수 없었다. 마음이 뒤숭숭했다.

'어리석었어. 가장 먼저 마법에 대해 공부를 했어야 했던 건데.'

적을 알아야 이길 가능성이 높아진다. 마법사를 상대해야 하니, 마법에 대해 알아 두는 게 당연했다. 최종적으로 상대할 사람들이 마법사라는 걸 간과하고 있었다. 마법사를 상대하는 건 당연히 케이일 거라고만 여겼던 탓이다.

'이런 식으로 대장과 떨어져 있을 수도 있는데, 너무 여유를 부렸어.'

루는 망설이다가 케이의 방으로 향했다. 케이의 방에는 아직 비비안에게 빌려 온 마법 관련 서적이 놓여 있었다. 그가 없는 방을 관찰할 새도 없이, 루는 책을 펼쳐 들었다.

여러 가지 도식과 설명이 있었는데, 그런 부분은 휙휙 넘겼다. 중요한 건 마법의 위력과 종류였다.

루는 그것들을 쭉 훑어봤다.

마법을 사용하기 위해서는 시동 시간이 필요하다. 시동 시간은 마법사에 따라 천차만별이다. 강한 마법사들은 시동 시간이 거의 없기도 하다.

주문은 시동을 걸 때 집중하기 위한 것으로, 마법마다 고유한 주문이 있기는 하지만 꼭 그 주문이 아니어도 상관은 없다. 센스가 있는 마법사들은 자기 취향에 맞는 주문으로 바꿔서 사용하기도 한다.

중요한 것은 시동을 거는 동안 내부에서 마력을 얼마나 끌어올리고 도식을 확실히 완성시키느냐이다.

마력을 육체 안에 잡아 두기 위해서는 상당한 정신적 수련이 필요하기에, 마법사들은 보통 체력이 약하다. 때문에 무한하게 마법을 사용할 수는 없어서, 마법 스크롤이나 마법 장비 등으로 모자란 체력을 대신하기도 한다.

'시동 시간과 체력.'

루는 마법사를 상대하려면 여기에 걸어야 한다고 판단했다.

'티그리스의 간부라면 상당히 강하겠지. 시동 시간이 짧을 거야. 하지만 그 틈을 노리면 상대할 만할지도 모르겠어.'

문제는 티그리스 본부가 코흐만의 행적을 아는지 모르는지였다. 구온 시에서 코흐만이 죽었다는 걸 알게 되면, 티그리스 본부에서 사람을 보내올지도 모른다.

'이 부분을 어떻게 처리할까?'

*　　*　　*

동이 틀 무렵 케이의 방에서 나오는데, 방문 앞에 유진이 서 있었다. 유진은 루가 이 방에 있을 줄 알았다는 표정이었다. 그가 안경을 쓱 밀어 올리며 루에게 다가왔다.

"루, 무슨 생각을 하는 거야?"

"유진, 그자가 이곳에 있다는 걸, 본부 쪽에서 알고 있을까요?"

"루, 안 돼."

유진이 루의 생각을 짐작한 듯 말했다. 루는 계단 쪽으로 걸음을 옮겼다.

"유진. 이대로 기다리고만 있을 수는 없어요. 제거할 자는 빠르게 제거하는 편이 좋아요."

"너, 의외로 행동파구나? 안 그러게 생겼는데."

"머뭇거려서 좋을 게 없다는 걸 알고 있으니까요. 지금 봤는데, 마법을 걸기 위해서는 시동 시간이 필요하대요. 그 틈을 노리면 되지 않을까요?"

"그건 두 번째로 사용할 때나 그런 거야. 마법사들은 보통 여차하는 순간, 마법을 사용하기 위해 첫 번째 마법의 시동을 걸어 두는 편이야. 물론 그게 상당히 지치는 일이라서 간혹 풀어 두는 경우도 있지만, 그건 잠을 잘 때나 그런 거지. 코흐만 같은 자는 잠을 잘 때도 반쯤은 시동을 걸어 둘걸."

"잠을 잘 때."

"그래. 코흐만이 시동을 거는 데 걸리는 시간은 대략 5초에서 10초. 아마 지금은 더 짧아졌겠지."

"그거면 충분해요."

"루. 말도 안 되는 소리하지 마. 네 실력을 무시해서 하는 소리가 아니야. 넌 마법사들의 싸움을 실제로 본 적 없잖아. 과소평가하고 있는 거야."

"그럼 유진. 이대로 가만히 유진이 죽는 걸 보고 있으라는 거예요?"

"그래. 못 볼 것 같으면 이 도시를 멀리 떠나 있든가."

유진이 냉정하게 말했다. 루는 크게 한숨을 내쉬었다.

"안 돼요, 유진. 나는 두 번 다시 내 가족이 죽는 꼴을 가만히 보고 있지만은 않을 거예요."

"루!"

"토스카 중 단 한 명도 잃을 생각 없어요. 대장의 세계를 지킬 거예요. 그러니까 유진, 말해 줘요. 코흐만에 대해서. 전부 다. 그의 머리카락 개수까지."

*　　　*　　　*

코흐만은 하품을 하며 인형처럼 앉아 있는 단원들을 둘러봤다.

여러 명에게 정신 지배 마법을 사용하는 건 상당히 지치는 일이다. 한 번에 강하게 걸어 두면 지속적으로 사용하지 않아도 돼서 편하긴 하지만, 그만큼 빨리 쓸모가 없어진다. 미쳐 버린 정신이 육체까지 엉망으로 만들어 버리는 것이다.

십수 명의 단원 중, 반 이상이 곧 죽을 것 같다.

'이 도시에서 여행객들 몇 명을 데려가야겠군.'

구온 시 같은 커다란 도시에 머물 정도로, 놈은 바보가 아니었다. 위치가 알려지지 않은 작은 마을에 몸을 숨기고 있을 것이다.

'콱 뒈졌으면 더 좋고.'라고 생각하지만, 한편으로는 살아 있는 꼴을 보고 싶기도 하다. 한때는 오랜만에 태어난 강한 마법사라고 추앙을 받으며 콧대를 세웠던 놈이지만, 이제는 도망자 신세. 그 비루해진 몰골을 눈으로 확인하고 싶었다.

티그리스 본부는 대륙에서 마력이 가장 강한 곳에 세워져 있었다. 그곳에 있는 것만으로도 노력 없이 몸에 마력이 채워진다.

'난 더 강해졌어. 그놈은 더 약해졌을 거고.'

만나면 살살 가지고 놀다가 죽일 생각이었다. 아니면 정신 지배 마법을 걸어 노예처럼 부려먹는 것도 괜찮겠다.

놈이 은빛 머리카락을 찰랑거리며 제 발등을 핥을 걸 생각하니, 그는 기분이 좋아졌다.

코흐만은 인형처럼 앉아 있는 여자 단원 중 하나의 옷을 벗겼다. 이곳에 오기 직전 들른 마을에서 잡아 온 신혼부부 중 여자 쪽으로, 남자도 역시 마법에 걸려 구석에 인형처럼 앉아 있었다. 남자는 제 부인이 눈앞에서 다른 남자에게 당하는데도, 아무 표정도 짓지 않고 있었다.

일을 마친 코흐만은 여자의 옷이 벗겨진 채로 내버려 두고 천막에서 나왔다.

'인형처럼 누워 있는 계집을 안는 것도 질려. 여기에 파필리아가 대단하다고 하던데, 밤에 거기나 가 봐야겠어.'

*   *   *

"변태 성욕자라고요?"

딱딱한 빵을 입에 밀어 넣으며, 루가 중얼거렸다. 아침을 만들 시간이 없어서 며칠 전 만들어 놓은 빵으로 대충 끼니를 때우는 중이었다.

"응, 여성과의 잠자리에서 좀⋯⋯."

루가 여자라는 걸 알게 된 유진은 그 부분에 대해 말하는 게 껄끄러운 듯했다. 하지만 정작 루는 담담하게 중얼거렸다.

"변태 성욕자라. 그거 잘됐네요."

"잘됐다고?"

"네, 그 부분을 공략할 수도 있겠어요. 사내들은 여자의 엉덩이에 빠지면 정신을 못 차리니까."

"루. 너 굉장히 시니컬하다?"

"아, 파필리아에서 오래 일을 하다 보니…… 아무튼 취약점이 있다면 좋은 겁니다. 여자와의 잠자리에서까지 마법 시동을 걸고 있지는 않겠죠. 열중하고 있을 때 그 목을 베면……."

그때 룸의 문이 열리고 나즐이 뛰어 들어왔다. 무슨 일이 있었던 건지 나즐의 눈가가 시뻘겋게 달아올라 있었다.

"코흐만을 죽일 거야."

나즐이 중얼거렸다.

"코흐만을 죽일 거라고!"

"무슨 일이야, 나즐?"

알리가 나즐의 어깨를 감싸며 물었다. 나즐은 코를 훌쩍이며 말했다.

"방금 서커스단 천막 근처에 다녀왔어. 혹시라도 알 수 있는 게 있을까 싶어서. 그런데…… 그 자식, 그 미친놈이……."

신혼부부를 잡아서 정신 지배 마법을 걸어 둔 후, 남편 앞에서 부인을 범했단다. 남편의 생각이, 그 절규와 절망이, 죽고 싶은데도 죽지 못하는 부인의 신음이, 나즐의 머릿속으로 고스란히 흘러들어 왔다고 했다.

"부부뿐이 아니야. 아빠와 자식, 엄마와 자식…… 이런 식으로만 잡아 왔어. 그 빌어먹을 미친놈은 이 상황을 즐기고 있는 거라고!"

"나즐."

"본부에서 알든 말든 상관없어. 그놈은 죽어야 돼. 그런 놈을 살려 둘 순 없어. 대장이 여기 있었어도 그렇게 생각할 거야."

"그럼 얘기가 더 쉬워지겠네요."

루가 말했다.

"그놈을 죽여요. 오늘 밤에."

루의 서늘한 음성에 오히려 나즐이 찬물을 뒤집어쓴 듯 차분해졌다.

"저기, 루. 그게 말이야. 그렇게 쉽지가 않아."

"꼭 죽여야 한다면서요?"

"응, 물론 꼭 죽여야지. 죽이고 싶은데, 내가 너무 감정이 격해졌어. 우리 힘만으로는 상대하기 힘들거든. 게다가 그놈, 어제 우리를 못 본 것 같기도 해. 몸 사리고 있으면 무사히 넘어갈 수 있을 거야."

"가능성일 뿐이잖아요. 우리를 봤을 가능성도, 분명히 존재하는 거죠?"

"그거야 그렇지만."

"그렇다면 죽여야죠. 죽일 수 있어요."

"루, 진정해."

"저는 지금 최고로 차분한 상태예요, 나즐. 마법사는 시동 시간이 필요하다면서요. 나는 그 짧은 시간 동안, 놈의 목을 벨 자신이 있습니다."

"루, 너 진짜 고집 세구나?"

유진이 말했다.

"네, 고집 셉니다. 나는 형님들을 지킬 거예요."

"이봐, 루. 지키는 건 우리가 지켜야지. 넌 여자잖아."

"여자 취급하지 마세요."

"여잔데 어떻게 여자 취급을 안 해?"

"오랫동안 남자로 살아왔어요. 여자 취급을 받고 싶었다면, 제 모습을 되찾았을 때 여자라고 밝혔을 거예요."

"하지만 루, 네가 마법을 몰라서 그러는데."

"유진도 내 실력을 모르잖아요."

"그래, 너 강하다고는 들었어. 하지만 마법이라는 게, 그렇게 쉽지가 않아. 장기전으로 끈다면 가능성이 있지만, 보통은 마법 한 방에 검사들은 나가떨어지게 되어 있어."

"그 마법 한 방을 사용하기 전에, 죽일 생각입니다."

"으아, 진짜 이 녀석 완전 고집불통이네. 벽에 대고 말하는 것 같다!"

유진이 두 손을 들었다.

"그러지 말고 루의 계획이 뭔지 들어 보자."

알리의 말에 루가 곧바로 대답했다.

"내가 여장을 하고 접근할게요."

짧은 침묵이 흘렀고.

"하하하하하하하."

나즐이 웃음을 터뜨렸다.

"여장이라니. 넌 원래 여자잖아."

"저는 부모님이 돌아가셨을 때 여성을 버렸어요."

"여성을 버렸더라도 여자인 건 변하지 않아, 루."

"아무튼요. 내가 여장을 하고 놈에게 접근할게요. 그리고 목을 베면 되는 거죠."

"루, 마법사의 목을 베는 게 빵 써는 것처럼 간단한 일이 아냐."

유진이 달래듯 말했다. 루가 당장이라도 뛰어나갈 분위기였기 때문이었다. 루의 몸에서는 그동안 볼 수 없었던 은은한 살기가 흘러나오고 있었다.

"간단한 일이라고 생각하지 않아요."

"우리를 위해 네 목숨을 걸 필요는 없어. 그냥 내가 말한 대로 코흐만이 이 도시를 떠날 때까지 기다려. 혹시라도 놈이 우리를 눈치채서 다가오면, 넌 몸을 피하고. 말 나온 김에 한동안 쿠빌레를 떠나 있는 게 좋겠다. 르막에 말해 둘 테니, 거기에 가서 머물다가 대장이 돌아오면 이 사실을 전해 줘."

"질 것 같지 않아요."

루가 말했다.

"유진, 난 질 것 같지 않아요."

어째서일까.

루의 말이 객기처럼 들리지만은 않았다. 루라면 이길지도 모른다는, 바보 같은 생각이 들었다.

유진은 곧 그 생각을 털어 냈다. 절대 안 될 말씀이다. 루에게 무슨 일이라도 생겼다가는, 케이를 볼 낯이 없다.

"안 돼, 루. 너는 우리 중에 유일하게 안전한 사람이야. 널 굳이 위험 속에 밀어 넣을 생각 없어."

유진이 딱 잘라 말했다.

"알겠어요, 유진. 그럼 나 혼자 걸어 들어갈게요."

"아, 루!"

유진이 머리를 쥐어뜯었다.

"너 왜 이렇게 말을 안 들어? 넌 위아래가 없냐? 응? 난 네 형님이야! 형님의 말씀은 하늘과도 같고!"

유진이 그답지 않게 흥분해서 말하는 것을, 루는 가만히 지켜보다가 중얼거렸다.

"이제 형님이라고 부르지 말라면서요."

"아아악!"

"게다가 유진도 대장한테 위아래 없이 굴잖아요."

그동안 유진이 케이에게 해 왔던 행동이 부메랑처럼 돌아왔다. 나즐와 알리는 그 모습을 흥미롭다는 듯 지켜보고 있었다. 유진이 도움을 구하듯 그들을 돌아봤지만, 둘은 이 다툼에 끼어들 생각이 없는 것 같았다.

유진은 크게 한숨을 내쉬었다.

어떤 말을 해도 루가 들어 주지 않을 것 같았다. 루를 말릴 수 있는 사람은 케이밖에 없는데, 케이는 이곳에 없다. 루는 자기 계획대로 밀어붙이고 말 것이다.

그렇다면 돕는 수밖에.

"루, 너. 죽으면 죽일 거야."

유진의 말에 루가 씩 웃었다.

"두 번씩 죽는 건 싫으니까 살아서 돌아올게요."

*　　　*　　　*

쿠빌레에서 묵는 귀족 여인들은 간혹 드레스를 버리고 가기도 했다. 최근 돈 많은 여인들이 돈 자랑을 하는 방식 중 하나였다.

그런 드레스를, 유진은 감사한 마음으로 모아 뒀었다. 상당히 비싼 값으로 옷가게에 되팔 수 있기 때문이다. 창고에 쌓아 둔 드레스가 상당히 많긴 하지만, 루는 여자치고 키가 큰 편이라 맞는 길이의 옷을 찾기 힘들었다.

하나하나 꺼내서 루의 몸에 대보았지만 발목 위로 올라오는 길이였다.

"요샌 바닥에 살짝 끌리는 드레스가 유행이야. 이런 드레스를 입으면 웃음거리가 될 거야. 난 네가 웃음거리가 되는 꼴 못 봐."

유진은 루의 계획에 끝까지 반대하긴 했지만, 이왕 해야 한다면 제대로 도와주기로 결심한 모양이었다. 옷 장인을 방불케 할 만큼 매의 눈으로 옷을 찾는 유진에게, 루가 드레스 한 벌을 내밀었다.

어깨에서 가슴까지 깊이 파이고, 몸에 착 달라붙어 내려가다가 종아리에서부터 넓게 퍼지는 모양의 붉은 드레스였다.

"이걸 입을게요."

"안 돼. 그건 발등까지 덮어야 예쁜 드레스야. 네가 입기엔 너무 짧아."

실제로 그 드레스는 루의 발목까지만 내려왔다. 상당히 키가 작은 여자가 입었던 드레스 같다.

"괜찮아요. 이거면 돼요."

루가 고집을 부렸다.

유진은 울고 싶어졌다. 루가 이렇게 보고 배울 줄 알았더라면, 대장에게 깍듯이 잘하는 모습을 보여 줄걸. 그동안 해 온 일이 있기에 루에게 화를 낼 수도 없었다.

"가발 쓰고, 옷 갈아입고 나올게요. 그동안 코흐만의 동향을 알아봐 주세요."

나즐이 구해 온 가발과 화장품, 그리고 드레스를 앞에 두고 루는 크게 한숨을 내쉬었다.

유진의 앞에서는 아무렇지도 않은 척했지만 사실은 이상한 기분이 들었다. 이런 식으로 여장을 하는 날이 올 줄은 몰랐기 때문이다.

드레스를 입는 일은 평생 없을 거라고 생각했다.

'너무 이상하면 어떡하지?'

화장을 하는 방법은 파필리아에서 자주 봐 왔기에 알고 있었다. 드레스를 입는 방법도.

'에이, 뭐 어떻게든 되겠지.'

화장대는 따로 없었다. 루는 전신 거울 앞에 책상다리를 하고 앉아, 파필리아의 여인들이 화장을 하던 모습을 떠올려 보았다.

* * *

루가 나오기를 기다리는 동안, 유진과 알리, 나즐은 지하 주점의 룸에 앉아 있었다.

"루가 저렇게 고집쟁이인 줄은 몰랐어."

"형을 보고 배운 거겠지. 그러게 평소에 대장에게 고분고분 잘했어야지."

"나즐, 너한테만은 그런 소리 듣고 싶지 않다. 대장 말을 귓등으로도 안 듣는 주제에."

"듣거든. 형보단 잘 듣거든."

"아무튼 걱정이야. 니들도 좀 말려 봐. 상대는 코흐만이라고."

"루, 강하잖아."

알리의 말에 유진이 인상을 찌푸렸다.

"아무리 강해도 검을 좀 쓸 줄 아는 정도야."

"하지만 대장이 루를 무척 예뻐한다면서? 루의 실력이 뛰어나니까 그런 거 아냐?"

"글쎄다. 그래, 쿠반이 그러더라. 루는 꼭 춤추는 것처럼 싸운다고."

"춤?"

"응, 날아다닌대. 검술 같은 게 아니래. 뭔가 다른 게 있다더라."

"흐음."

"그래도 말이야. 상대는 마법사라고. 그것도 흑마법에 능한 마법사. 단숨에 죽으면 차라리 다행이지. 지독한 마법에 걸려서 평생 놈의 인형으로 살거나, 영원한 악몽을 헤매게 될 수도 있어."

"하긴, 흑마법에 당하느니 차라리 죽는 게 낫지. 하지만 루의 고집을 꺾을 순 없잖아."

"안 되겠어. 루를 어디에도 못 가게 묶어 둬야겠어."

유진이 결심한 듯 일어섰을 때였다.

룸의 문이 열렸다.

들어오는 여인을 보는 순간, 세 남자는 숨을 멈췄다.

살랑살랑 흘러내리는 연갈색 곱슬머리, 희고 자그마한 얼굴 아래로 쭉 뻗은 가느다란 목과 둥그스름한 어깨, 푹 파인 드레스 너머로 보이는 풍만한 가슴골. 가슴에서부터 엉덩이까지 부드럽게 이어지는 곡선, 짧게 찢은 드레스 아래로 쭉 뻗은 길고 늘씬한 다리. 붉은색 드레스에 대비되어 희게 빛나는 고운 살결.

세 남자는 눈을 깜빡거리는 것조차 잊었다.

펑퍼짐하고 편한 옷 안에 이런 몸매가 감추어져 있었을 줄은 몰랐다. 어느 남자라도 홀릴 수 있을 것 같은 그 육체에서, 그들은 눈을 뗄 수가 없었다.

"형님들."

루가 입을 열었을 때에야, 풍만한 육체의 주인공이 자신들의 '아우'라는 걸 깨달은 세 남자는 황급히 시선을 옆으로 돌렸다.

"괜찮은가요?"

"어? 어, 어. 어, 괜찮아."

"뭐, 봐 줄 만하네."

"그래, 잘했어."

세 남자는 자기들이 무슨 말을 내뱉는지도 모르고 중얼거렸다. 그들의 반응을 오해한 루가 살짝 미간을 좁혔다.

"화장이 좀 이상하게 됐나요?"

화장 같은 건 아무래도 좋았다. 어느 남자라도 루의 얼굴보다는 저 몸에서 눈을 떼지 못할 것이다. 하지만 세 남자는 그 말을 해 줄 수가 없었다. 어찌 되었든 루는 자신들의 '아우'니까.

"아니, 뭐, 괜찮아. 그 정도면 근사하지. 하하하하하."

나즐이 어색하게 말했다.

"정말요?"

루가 한 걸음 들어왔다. 루에게서 퍼져 나오는 은은한 향기에, 세 남자는 아찔해졌다. 이성을 붙들기 힘들 정도로, 루는 유혹적이었다.

"정말 괜찮아요?"

루가 자기 얼굴을 제대로 보라는 듯 테이블 쪽으로 허리를 굽혔다. 풍만한 가슴이 출렁, 움직였다.

이거 위험하다.

"어, 완전! 어마어마하게 괜찮아! 예뻐! 충분해!"

유진이 눈을 질끈 감으며 외쳤다. 하지만 그 어색한 반응이 오히려 루를 자극했다.

"유진, 눈 좀 떠 봐요. 그렇게 못 봐 주겠습니까?"

"아니, 아니."

"그럼 얼른 눈 좀 떠 봐요. 이상한 꼴로 나갔다가 코흐만을 꼬시기는커녕 일을 망칠지도 몰라요."

그래서 유진은 살며시 눈꺼풀을 들어 올렸다. 그러자마자 보이는 두 개의 우윳빛 언덕.

꿀꺽—

유진은 저도 모르게 마른침을 삼켰고, 다른 사람들이 들었을까 봐 소스라치게 놀라 주위를 둘러봤다. 나즐과 알리는 그 소리를 들은 듯하지만, 다 이해한다는 표정으로 고개를 끄덕였다.

"예뻐, 루. 그러니까 제발 똑바로 서 있어 줄래?"

유진이 간절하게 말했다. 루는 고개를 갸우뚱거리며 허리를 폈다.

"이상하네요. 파필리아의 여인들이 이렇게 해 주면, 사내들이 좋아하던데."

"하하하하. 난 보통 사내가 아니니까. 하하하하."

"정말 괜찮아요?"

"그럼, 그럼. 괜찮지, 괜찮고말고."

"저 그럼 이 모습으로 코흐만 만나러 갑니다?"

"어, 그래. 그래. 당장 다녀와."라고 말하다가 깨달았다.

"안 돼, 루! 아무리 생각해도 코흐만은 위험해!"

벌떡 일어난 유진에게 루가 다가오더니 가슴에 손을 얹었다. 유진은 꿀꺽, 침을 삼키며 루를 내려다봤다.

"단검을 빌려주세요."

루가 유진의 품에서 단검을 찾아냈다.

"내 검을 가지고 갈 수는 없으니까요."

부드럽게 말하는 루를, 유진은 말릴 수가 없었다. 루에게는 명령을 거부할 수 없게 만드는 무언가가 있었다.

검집에서 검을 뺀 루가 검지로 검날을 쓸었다. 그 모습 하나하나가 그림처럼 아름다워, 그들은 루에게서 눈을 뗄 수가 없었다.

"이 정도면 충분합니다."

루는 검을 도로 검집에 집어넣고 짧은 드레스 자락 속, 허벅지 안쪽에 고정시켰다. 의자에 다리를 올리고 허벅지에 검집을 고

정시키는 그 모습이, 어찌나 유혹적이고 색기가 흘러넘치는지,
세 남자는 '루는 내 아우야. 아우!'라는 생각을 주문처럼 되뇌어
야 했다.

"코흐만은 어디 있죠?"

나갈 채비를 마친 루가 물었다.

"어, 아. 어, 파필리아에."

유진은 마법에 걸린 사람처럼 멍청히 대답했다.

"그래요."

루의 입가에 옅은 미소가 떠올랐다.

"죽이고 돌아오겠습니다."

              *   *   *

여장한 모습을 여기저기 내보일 생각은 없었기에, 잿빛 코트
를 걸치고 후드를 눌러썼다. 코흐만이 파필리아에 있다는 건 잘
된 일이었다. 파필리아의 구조는 루의 손바닥과 마찬가지였다.

'코흐만은 아마도 안쪽 방이나 지하 방에 있겠지.'

안쪽과 지하의 방은 비밀리에 찾아오는 이들에게 빌려주는
비싼 방이었다. 입구에서부터 가장 멀리 떨어진 곳, 가장 끝에서
옆으로 꺾으면 지하로 가는 입구가 있다.

루는 파필리아 근처에 서서 귀를 기울였다. 청각에 모든 감각
을 집중하자 파필리아 안의 갖가지 소리가 들려왔다. 일꾼들의

소리, 여자들의 소리. 그것들을 무시하고 좀 더 안으로 들어갔다.

남자와 여자의 신음 소리.

'그러고 보니 나는 코흐만의 목소리를 모르는구나.'라고 생각하며 청각을 거두려 할 때였다.

"으으으윽……."

고통스러운 듯한 여자의 신음 소리가 들려왔다. 지하에서 들려오는 소리였다.

코흐만은 변태 성욕자라고 했다. 코흐만이 여자를 괴롭히고 있을 가능성이 높다.

루는 망설이지 않고 파필리아의 높은 담을 올라가, 지붕을 타고 안쪽으로 향했다. 지하 입구가 있는 위치에서 아래로 내려와 계단을 내려가는데, 마침 올라오던 사내와 마주쳤다.

지트였다.

장작을 잔뜩 들고 올라오던 지트가 루를 보고 인상을 찌푸렸다. 종업원의 동행 없이 파필리아 안을 돌아다니는 사람은, 고용인을 제외하고는 없기 때문이다.

"당신, 뭐야?"

지트가 날카롭게 물었다.

루는 아차 싶었다. 지트는 이 얼굴을 알아볼지도 모른다. 그렇다고 이런 곳에서 소란을 일으킬 수는 없었다.

루는 망설이다가 천천히 후드를 뒤로 넘겼다. 후드 안에 감춰져 있던 얼굴을 본 지트의 눈이 커졌다.

'아, 지트는 내 얼굴을 제대로 본 적이 없지.'

지난번 방문했을 때, 지트는 루를 피했다. 루가 제 모습을 되찾은 후 똑바로 이 얼굴을 본 적이 없는 것이다.

다행이다.

"아래에 계신 분께 볼일이 있어서요."

루는 한껏 꾸민 목소리로 속삭였다. 지트의 얼굴이 붉어졌다.

"아, 아아. 그러세요."

"내려가 보아도 될까요?"

"네, 네. 물론이죠."

루는 속으로 혀를 찼다.

외부인을 이렇게 쉽게 들여보내다니.

남편의 외도 현장을 붙잡기 위해 불시에 방문하는 여인들이 있었다. 그런 여인들은 발견 즉시 다른 방으로 안내를 해야만 했다.

루로서는 잘된 일이지만, 쥬엔을 생각하면 안타까웠다. 이런 식이면 언젠가 문제가 생길 텐데.

루는 지트가 그녀의 얼굴에 홀려서 제 임무를 다하지 못했다는 데까지는 생각이 미치지 않았다.

계단을 내려온 루는 뒤를 한 번 확인한 후, 다시 귀를 기울였다. 여자의 신음 소리는 여전히 들려오고 있었다. 두 번째 방에서 들려오는 소리다.

문을 벌컥 연 다음에, 잘못 찾아온 척할 생각이었다. 그러면서 은근슬쩍 코흐만을 꼬시면 된다. 정 안 되면, 이런 잠자리를 좋아한다며 막무가내로 밀고 들어가면 된다. 어차피 한 번 보고 말 사람이니까.

루는 그 방 앞에 서서 심호흡을 하고, 안에 감춰 둔 단도가 잘 있는지 확인했다. 그리고 벌컥, 문을 열었다.

코흐만의 외모에 대해서는 유진에게 들어서 알고 있었다. 잿빛 머리카락과 검은 눈동자, 까무잡잡한 피부에 날씬한 몸매를 가진 남자. 눈매가 무척 날카롭다고 했다.

루의 짐작대로, 방 안에는 침대에 묶여 모진 고문을 당하는 여자가 있었다. 얼마나 심하게 당했는지, 온몸이 피투성이였다. 그리고 침대 옆에 채찍을 들고 서 있는 남자는 코흐만이 아니었다.

*   *   *

코흐만은 파필리아 지하의 방에서 여자 하나를 데려다가 마법을 걸어 두었다. 끔찍한 환각이 보이는 마법이었다. 절망에 찬 여자를 범하는 것이, 코흐만의 즐거움이었다.

여자는 아마도 그녀가 상상할 수 있는 가장 괴로운 일을, 머릿속에서 경험하고 있을 것이다. 처참하게 일그러진 그녀는 연신 눈물을 흘리고 있었다. 이 행위가 끝날 무렵엔 견디지 못하고 미치겠지.

상관없었다. 이런 곳에서 일하는 여자 따위, 어떻게 되든 신경 쓸 사람은 없다. 어차피 사내의 성욕을 채워 주기 위해 존재하는 여자들이지 않은가.

'옆방 녀석도 신났나 보군.'

아까부터 옆방에서 채찍 소리와 여자의 신음 소리가 들려왔다. 그리고 미미한 피비린내도 풍겼다. 혈향이 오히려 코흐만을 흥분시켰다.

'파필리아, 죽이는데.'

고급 유곽이라고 해서 점잖은 녀석들만 있는 줄 알았는데, 그렇지도 않은 모양이다. 역시 인간이란 더럽고 잔인하고 악하다. 인간의 숨겨진 본성을 보는 것이, 코흐만은 좋았다.

그때였다.

채찍 소리가 멈추며 강한 혈향이 코흐만의 후각을 자극한 것은.

'뭐야? 흥분해서 여자를 죽였나?'

그렇다면 곧 소란이 일어날 것이다. 사내가 도망치는 소리가 들리기를 기다렸지만, 아무 소리도 들리지 않았다.

'뭐지?'

코흐만은 경계심이 강한 자였다. 정신을 잃어 가는 여자에게 하던 행위를 멈추고 옷을 주워 걸쳤다. 그리고 조용히 방문으로 다가가 확 열어젖혔다. 언제든 마법을 사용할 준비를 하고서.

하지만 옆방에서 나오는 여자를 보는 순간, 저도 모르게 숨을 삼키고 말았다.

붉은색의 짧은 드레스를 입은 여자는, 심장이 쿵 내려앉을 정도로 아름다웠다.

천천히 고개를 돌리는 여자와 눈이 마주쳤다. 그녀는 사파이어처럼 파란 눈동자를 가지고 있었다. 코흐만은 주책맞게도 심장이 벌컥벌컥 뛰었다.

여자의 눈이 가늘어졌다. 여자는 수줍은 미소를 지으며 말했다.

"방을 잘못 찾아 들어갔지 뭐예요, 후후."

목소리도 예뻤다.

"방해해서 죄송해요. 성함이……?"

"코, 코흐만."

코흐만은 저도 모르게 본명을 말하고 말았다. 여자가 또 후후 웃었다. 듣기 좋은 웃음소리였다.

"저는 켈리라고 해요. 머리카락 색이……"

그렇게 말하며, 켈리는 옆방의 문을 탁 소리가 나게 닫았다.

"정말 예쁘시네요."

"아, 그거 고맙군."

"그럼 계속 볼일 보세요."

켈리가 미련 없이 돌아섰다. 코흐만은 황급히 뛰어나가 켈리의 손목을 붙잡았다. 힘을 주면 부러질 듯 가느다란 손목이었다.

"여기 여자인가?"

"그렇다면요?"

"나, 나는 이 도시에 온 서커스단의 단장이거든."

"후후후. 그러시군요."

"구경시켜 줄까?"

"아니요, 괜찮아요."

"서커스에 흥미 없어? 여인들은 서커스를 좋아하는 줄 알았는데."

"글쎄요. 별로요. 그런 꾸며진 무대 따위."

"그럼 뭘 좋아하는데?"

코흐만은 자기가 무슨 짓을 하는지도 자각하지 못하고 있었다. 켈리에게서 흘러나오는 향기가 코흐만을 아찔하게 만들었다.

"글쎄요. 음, 요샌 이것저것 다 재미가 없어서. 아, 그러고 보니 어릴 적에 마법사 얘기를 들은 적이 있어요. 마법 같은 게 정말로 있다면 한번 보고 싶긴 하더라고요. 후후."

그렇게 말하고, 루는 코흐만의 표정을 살폈다.

여자에게 홀린 사내의 표정을 알고 있다. 코흐만이 그런 눈빛을 하고 있었다.

방을 잘못 찾았다는 걸 아는 순간 절망과 함께 분노가 치밀었다. 침대에 묶인 여자는 금방이라도 죽을 것 같았다. 큰일을 앞둔 상황이니 모르는 척해야 마땅했지만, 아는 여자가 죽어 가는데 무시할 만큼 냉혹하진 않았다. 루는 들어가 사내의 목을 베었다.

뒷수습은 나중에 할 요량으로 방 밖에 나오다가, 옆방에서 나온 코흐만과 눈이 마주쳤다. 얼굴을 보는 순간 코흐만이라는 걸 알았고, 그가 루에게 홀렸다는 것 또한 알 수 있었다.

그렇다면 좀 더 정보를 얻어 보자는 생각으로, 파필리아에서 일하며 배운 기술들을 사용했다. 관심이 있는 척, 없는 척 남자의 마음을 애달프게 만드는 기술.

코흐만도 결국은 그렇고 그런 사내에 불과했다.

코흐만의 머릿속에선 옆방에서 풍긴 강한 피비린내의 정체 따위는 지워진 지 오래였다. 코흐만은 그저 켈리의 파란 눈이 깜짝 놀라는 것을 보고 싶었다. 작고 아름다운 얼굴에 존경심이 가득 차기를 원했다.

"마법을 안 믿나 보지?"

"음, 글쎄요. 두 눈으로 봐야만 믿거든요. 뭐라더라. 티, 뭐라고 했는데. 티그로스? 뭐, 그런 마법사 집단이 있다는 소문은 들었어요. 하지만 소문이라는 게, 원래 그렇잖아요. 부풀려지고 그런 거니까. 어디서 재주 좀 부릴 줄 아는 사람들이 마법입네, 뭐네 하는 거 아닐까요?"

"티그리스겠지."

"아, 맞아요. 티그리스."

"만약 내가 티그리스라면?"

"후후후후. 농담도."

켈리가 웃으며 코흐만의 가슴을 가볍게 쳤다. 그녀의 손이 스치고 지나간 부분이 뜨거웠다.

코흐만은 켈리를 놀라게 만들고 싶었다. 그녀의 몸을 가린 저 작은 천 조각을 찢어 내고, 그 안에 감춰진 풍만한 육체를 마음껏 유린하고 싶었다. 그녀의 얼굴이 쾌락과 고통으로 물들어 가는 것을 보고 싶었다.

"이건 너한테만 말해 주는 건데, 나는 티그리스의 간부야, 켈리."

"아하하하하. 농담도. 티그리스의 간부가 서커스단 단장 같은 걸 할 이유가 없잖아요."

"아니, 정말이야."

"나는 할 일이 있어요, 코흐만. 나중에 봐요."

"정말이라니까."

코흐만은 마음이 조급해졌다. 돌아서려는 켈리의 손목을 꽉 붙잡았다.

이대로 마법을 걸어서 가지고 노는 방법도 있겠지만, 켈리에게는 그러고 싶지 않았다. 일단은 저 오만한 얼굴을 존경으로 가득 채우고, 그 존경심이 고통으로 바뀌는 모습을 보고 싶었다.

"도망친 놈을 잡으려고 서커스단 단장 행세를 하며 여기저기 돌아다니는 것뿐이야."

"후후후. 그래서 이 도시까지 오신 건가요? 도망자는 잡으셨

고요?"

켈리는 전혀 믿는 눈치가 아니었다.

"그놈은 약삭빨라서 이런 대도시에 있을 리 없지. 아마 지도에
도 없는 작은 마을에 숨어 있을 거야."

"흐응."

"정말이야, 켈리. 원한다면 다른 마을에 갈 때 데려가 줄 수도
있어."

"그래요, 나중에 봐서요."

"왜 안 믿는 거지?"

"뭐, 안 믿는 건 아니에요. 그냥 좀 무서워서요. 만약 당신이
정말 티그리스라면, 티그리스에서 당신의 위치를 다 파악하고
있을 거 아니에요. 당신과 잠자리를 하는 여성에 대해서도. 다른
사람들에게 나에 대한 것들이 알려지는 게, 무섭기도 하고 싫기
도 하고 그래요."

"하하하. 그런 게 문제였어? 말했잖아. 난 간부라고. 간부는
본부에 일일이 위치를 보고할 필요가 없지. 수정구의 추적에서
도 제외가 되고."

"수정구의 추적?"

"마법을 사용할 때마다 위치를 파악하게 해 주는 수정구가 있
거든. 간부들은 충성스러운 자들이니까 이 목걸이를 줘서 어느
정도는 추적 마법으로부터 자유롭게 해 줘. 간부에게만 제공되
는 특혜지."

코흐만이 검붉은 돌이 달린 목걸이를 보여 주며 자랑스럽게 말했다.

"어느 정도?"

"한 군데서 다섯 번 이상의 마법을 사용하면 목걸이의 주인이 위험에 처했다고 생각되어, 다시 추적이 시작되지. 위험에 처하지 않는 이상, 같은 장소에서 다섯 번씩이나 마법을 사용할 리 없으니까."

"위기에 처한 티그리스의 간부를 돕기 위해, 수정구가 추적을 시작한다는 건가요?"

"그래, 여타 자잘한 티그리스 단원들과는 다르다, 이거야. 간부는 감시를 받는 게 아니라 보호를 받는 거지."

"후후후. 굉장히 잘 만들어진 거짓말이네요."

"정말이야. 내가 이곳에 있다는 거, 아무도 모를걸. 내가 어떤 여자를 품에 안든, 우리 둘이 무슨 짓을 하든, 본부는 몰라."

코흐만은 얼른 저 우윳빛 피부를 베어 물고 싶었다. 향기가 풍기는 살결을 핥으면 얼마나 달콤할까.

"그래도 역시 마법사라는 건 못 믿겠는걸. 마법은 사라졌다고 들었는데."

"의심이 많군, 켈리."

"바보처럼 다 믿는 여자는 매력이 없잖아요."

웃을 때면 반달로 접히는 눈매 안에 들어 있는 새파란 눈동자를 끄집어내고 싶었다.

"좋아, 켈리. 네게만 특별히 보여 주지."

"뭘요?"

"이리 와 봐."

다행히도 켈리는 코흐만이 이끄는 대로 걸어왔다. 코흐만은 켈리를 방 안에 데리고 들어와, 천장에서 내려온 줄에 묶어 둔 여자를 가리켰다.

"저 여자, 내가 환각 마법을 걸어 뒀지. 지금 끔찍한 환각을 보고 있을 거야."

"후후후후. 정말 못 말릴 분이시네. 제 눈엔 그냥 악몽을 꾸는 걸로만 보이는걸요."

"선 채로 잘 리가 없잖아."

"저렇게 밧줄이 고정시켜 두면 선 채로도 잘 수 있죠."

"에잇! 진짜로 의심 많은 계집이네. 그래, 좋아. 이건 내 특기는 아니지만, 눈에 보이는 마법을 보여 주지. 그러면 믿겠지?"

켈리의 눈이 동그래졌다.

"어떤 건데요?"

"불덩어리를 만들어 낼게. 잘 봐, 난 이 안에 아무것도 안 감췄어. 저절로 불덩어리가 생기는 거야."

화염구를 만들어 내는 것은 공격 마법에 속했다. 실체를 가진 공격 마법은 코흐만의 특기가 아니기에, 상당히 많은 힘이 필요했다. 켈리를 놀라게 해 주려면 거대한 불덩어리가 필요할 것 같아, 코흐만은 평소보다 집중하고 주문을 외웠다.

"절망을 이끄는 열기여, 내 앞에 모습을 보여라."

이미 마법을 사용할 준비를 하고 있었기에, 달리 마력을 모을 시간은 필요하지 않았다. 거대한 불덩어리가 코흐만의 손바닥 위로 둥실 떠올랐다.

"어머, 어머."

켈리가 놀라며 뒷걸음질을 쳤다.

"저, 절 죽이시려고요?"

두려워하는 듯한 켈리의 모습에, 코흐만은 기분이 좋아졌다. 그래, 계집이라면 이래야지.

"으흐흐흐. 죽이다니. 마법을 보고 싶대서 보여 준 거야. 이제 믿겠어?"

"괴, 굉장해요. 멋져요, 코흐만 님. 진짜로 마법사셨군요. 마법이 진짜로 있을 줄이야."

"으하하하."

"하지만…… 너무 뜨거워요. 방 안이 더워지고 있네요."

켈리가 손으로 느릿하게 자신의 목덜미와 가슴 부분을 닦아 냈다. 색정적인 모습에 입 안이 바싹 말랐다.

코흐만은 서둘러 화염구를 없앴다.

"자, 봐 봐. 더우면 불덩어리를 없애면 되는 거야. 이제 안 덥지?"

코흐만의 말에 켈리가 부드럽게 미소를 지었다. 그녀의 얼굴에 미소가 퍼지는 모습은 지금까지 코흐만이 본 것 중 가장 아름다운 광경이었다.

"그러게요. 이제 안 덥네요."

다음 순간, 은빛 무언가가 반짝였다. 코흐만이 그것을 인지하기도 전에, 목에 뜨거운 통증이 느껴졌다.

무슨 일이 벌어진 건지 알 수 없었다.

"쿨럭……."

코흐만은 피를 토해 내며, 두 손으로 목을 붙잡았다. 목에서 피가 콸콸 흘러나오고 있었다. 생전 처음 느껴보는 끔찍한 아픔이 전신으로 퍼져 나갔다.

켈리는 여전히 그 자리에 서 있었다. 하지만 그녀의 손에는, 코흐만이 못 보던 것이 들려져 있었다. 피가 묻은 단검이었다.

"다행이야, 코흐만."

켈리가 검지로 단검에 묻은 피를 쓱 닦아 냈다.

"네가 이 도시에 있는 걸 아무도 몰라서."

넌 누구냐. 누가 보냈지? 대체 무슨 짓을 한 거야? 언제 날 찌른 거지?

묻고 싶은 것이 많았다. 하지만 찢긴 목에서 흘러나오는 것이라고는 걱걱거리는 기괴한 소리뿐이었다.

"마법사라 그런가? 이쯤이면 죽어야 되는데 상당히 오래 버티네."

켈리가 다가왔다.

어떤 방법을 사용했는지는 모르지만 자신을 찌른 여자였다.

그런데도 코흐만의 눈에는 켈리가 무섭도록 아름다워 보였다. 그 섬뜩한 아름다움을 흩뿌리며 코흐만의 앞에 선 켈리가 손을 들어 올렸다.

그 순간 코흐만은 알게 되었다. 심장이 둘로 쪼개지는 고통이 어떤 것인지.

루는 코흐만의 가슴에 박아 넣었던 단검을 쑥 뽑아냈다. 그와 동시에 뿜어져 나오는 피를, 루는 가볍게 피했다. 코흐만의 목과 가슴에서 흐르던 피가 서서히 잦아들었다. 쓰러진 코흐만에게서 생명의 기운은 느껴지지 않았다.

'생각보다 별거 아닌데.'

방을 잘못 찾아갔을 때만 해도 앞이 캄캄했고, 방에 이끌려 들어갈 때만 해도 당혹스러웠다. 코흐만이 갑작스러운 공격을 해 오면 꼼짝없이 당할 터였는데, 이 어리석은 작자는 저가 알아서 마법을 사용해 주었다.

"수정구의 추적에서 벗어나게 해 주는 목걸이라."

코흐만의 목에 달려 있는 목걸이를 노려봤다.

"정말일까?"

허세를 부리기 위한 거짓말일지도 몰랐다.

"만약 거짓말이라면 코흐만이 마지막으로 마법을 사용한 장소가 여기라는 게 알려질 거야. 또 다른 마법사가 이 도시에 오게 되면 거짓말이 되는 거겠지. 하지만 한 달이 지나도록 아무도 안 오면…… 그래, 대장이 마법을 사용할 수 있게 돼."

루는 코흐만의 목에서 목걸이를 벗겨 내 잘 챙겨 넣고, 방 안을 둘러봤다.

환각 마법에 걸린 여자는 이제 신음을 흘리지 않았다. 죽었나 싶어서 가까이 갔더니 미약하게나마 숨을 쉬고 있었다. 기절한 모양이다.

'마법사가 죽으면 마법이 풀리나?'

루는 일단 밧줄을 풀어 여자를 침대에 잘 눕히고 이불을 덮어 주었다.

'문제는 시체 처리인데. 두 명이나 죽였으니, 연쇄살인범이 돌아다닌다는 소문이 퍼질지도 몰라. 다른 사람들 눈에 띄기 전에 숨겨야 할 것 같은데, 이걸 어쩐다.'

루는 일단 문을 잠그고 화장을 깨끗이 지웠다. 내려오는 사람이 없는지 확인하기 위해 청각을 밖으로 집중시켜 두고 있었다.

화장을 지운 다음에는 옷이 필요했다. 코흐만의 옷은 피에 젖어서 입을 수가 없었다. 루는 서둘러 옆방에 가서 옆방 사내가 입고 있던 옷을 가지고 돌아왔다. 옆방 사내는 알몸으로 당해서 옷은 무사했다. 남의 옷을 입는 게 유쾌하진 않았지만 별수 없었다.

"미안, 예일. 옷 좀 빌릴게."

기절한 여자에게 속삭인 후, 루는 구석에 너부러진 드레스를 가져다가 찢어서 가슴을 꽁꽁 동여맸다. 그러고 나서 가발을 벗어 빨간 드레스와 함께 잘 모아 두었다.

'누가 먼저 내려오려나.'

루는 가만히 귀를 기울였다. 누구든 지하로 내려오는 고용인이 있을 것이다. 얼마나 그러고 있었을까. 발소리가 들렸다. 하나인 걸로 봐서 고용인이 분명했다. 손님은 반드시 종업원과 함께여야 하니까.

루는 그 발소리가 계단을 다 내려오기 전에 서둘러 방에서 나와 계단 쪽으로 달려갔다.

"지트."

고개를 숙이고 내려오던 지트가 화들짝 놀라며 걸음을 멈췄다.

"이 목소리는…… 루?"

지트가 고개를 들고 루의 얼굴을 빤히 응시했다. 루가 싱긋 웃었다.

"응, 지트. 오랜만이야."

"아, 으응."

지트가 서둘러 고개를 옆으로 돌렸다. 루의 얼굴을 똑바로 볼 수 없었다. 심하게 괴롭힌 상대가 토스카 대장의 예쁨을 받게 된 데다, 심지어 아름다워지기까지 했다. 얼굴을 똑바로 볼 수 있을 리 없다.

"지트, 부탁 하나만 들어줄 수 있어?"

"부, 부탁? 그나저나 너, 여긴 언제 온 거야?"

"아, 뭐 놔두고 간 게 있어서 가져가려고 잠깐 들렀어."

"아, 그래. 부탁이 뭔데?"

"쿠빌레 지하 주점에 가면 토스카 사람들이 있을 거야. 그 사람들한테 여기로 좀 와 달라고 해 줘. 커다란 자루를 가지고."

"그, 그 사람들은 왜? 아니, 내가 왜 네 부탁을 들어줘야 하는데? 네가 토스카에 들어갔다고 해서 날 부려먹을 수 있다고 생각하는 모양인데, 나 그렇게 우스운 놈 아냐!"

그렇게 외치는 지트는 땅바닥만 보고 있었다. 루의 얼굴을 똑바로 보며 말할 용기는 없는 것이다.

"그거 큰일이네. 찾던 물건 찾으면 널 보내겠다고, 형님들한테 말해 뒀는데."

"혀, 형님들에게?"

루는 별로 안 무서워도 토스카의 다른 단원들은 무서운 모양이었다. 지트의 얼굴이 하얗게 질렸다.

"뭐, 별수 없지. 네가 싫다고…….”

"아니, 갔다 올게."

"그래 줄래?"

"젠장! 고맙게 생각해라. 이번 한 번뿐이니까!"

"응, 고마워, 지트.”

지트가 후다닥 계단을 뛰어 올라갔다.

그의 발소리가 멀어진 후, 루는 다시 방으로 돌아와 침대 위에 누워 있는 예일을 번쩍 안아 들고 옆방으로 옮겼다. 그리고 옆방에서 죽은 남자 시체를 코흐만의 방으로 옮겨 놨다. 여자들이 깨어나 시체를 목격해서 좋을 것이 없기 때문이다.

여자들이 있는 방으로 돌아간 루는, 이불로 바닥에 떨어진 피를 대충 닦아 냈다.

'뭐, 이 정도면 되겠지?'

벽지 군데군데 핏방울이 묻긴 했지만 자세히 보지 않으면 발견할 수 없을 정도였다. 루는 피 묻은 이불을 가지고 다시 코흐만의 방으로 돌아가 문을 잠근 후, 밖에서 들려오는 소리에 귀를 기울였다.

* * *

"우린 미쳤어!"

루의 미소에 홀려 있다가 뒤늦게 정신을 차린 유진이 비명을 질렀다.

"루를 혼자 보내다니!"

"어, 그러게."

나즐이 중얼거렸다.

"얼른 가 봐야 돼. 이기진 못하겠지만 혼자 죽게 하진 말아야지."

"그래, 맞아. 어차피 죽을 거라면 다 같이 죽는 게 낫지. 일어나, 나즐. 가자."

"빌어먹을. 루가 벌써 죽진 않았겠지?"

유진이 괴로운 표정으로 총을 점검하고 다시 품에 넣었을 때, 똑똑, 누군가 룸의 문을 두드렸다. 루일지도 모른다고 생각한 세 남자는 희망에 찬 눈으로 문을 쳐다봤다.

"저기, 파필리아에서 심부름을 왔는데요."

하지만 들려오는 목소리는 루의 것이 아니었다. 처음 듣는 청년의 목소리였다.

"저기, 전 지트라고 하는데요."

루에 대한 걱정 때문에 속이 타들어 가는데, 지트는 자기소개를 했다. 유진은 닥치고 본론부터 말하라고 비명을 지르고 싶었지만 꾹 참았다.

"그…… 커다란 자루를 가지고 와 달래요. 파필리아 지하방으로."

심장이 쿵 떨어졌다. 유진은 주먹을 꽉 쥐고 지트를 노려봤다. 유진의 살벌한 눈빛에 지트는 하얗게 질린 얼굴로 뒷걸음질을 쳤다.

"저, 그, 그럼…… 전 전달했으니까 가 볼게요."

지트가 도망치듯 룸을 나갔다. 문이 닫힘과 동시에 유진이 무너져 내렸다. 그는 두 손으로 머리를 거머쥐었다.

"빌어먹을, 코흐만. 루의 시체를 담아 갈 자루를, 우리 손으로 직접 가지고 오라는 건가? 그 자루에 우리 시체도 같이 담아 주겠다, 그건가?"

"루, 결국은…… 혼자 죽었어. 옆에 있어 줘야 했는데."

나즐이 울먹거리며 말했다.

"그렇게 보내는 게 아니었어. 같이 갔었어야 했는데……."

알리가 후회 가득 찬 목소리로 중얼거렸다.

세 남자는 루가 코흐만을 이겼을지도 모른다는 생각은 꿈에도 하지 않고 있었다.

"어쨌든 가자."

정신을 차리려는 듯 고개를 휘휘 저은 유진이 일어났다.

"루의 시체를 그런 곳에 버려 둘 순 없지."

"응. 루 혼자 외롭게 싸웠으니까, 우리도 부끄럽지 않게 싸우다가 루를 만나러 가자. 루가 먼저 가서 기다리고 있는 그곳으로."

나즐이 각오한 듯 눈을 빛냈다.

"대장에게 유언장을 써 두고 가는 게 좋겠어. 대장만 찾을 수 있는 곳에 숨겨 두고 가자."

알리의 말에 유진은 종이를 한 장 가져다가 끄적끄적 유언장을 작성했다. 그리고 케이의 방 창틀 밖의 틈새에 작게 접은 종이를 집어넣었다. 운이 닿는다면, 케이가 이것을 찾아서 읽을 수 있을 것이다.

못 읽는다면 어쩔 수 없고.

세 남자는 장렬히 싸우다 죽을 준비와 각오를 하고, 파필리아로 향했다.

　　　　*　　　*　　　*

　옅게나마 피비린내가 풍겼다.

　유진은 암담했다. 역시 루를 혼자 보내는 게 아니었다. 그녀의 아름다움에 홀려 붙잡을 생각을 하지 못했다.

　총을 꽉 움켜쥐고 언제라도 쏠 준비를 하며, 혈향이 나는 방의 문을 열어젖혔다. 방 안에서 혼자 움직이는 인영을 발견하자마자 총구를 겨누었을 때였다.

　"유진, 난 아직 총 맞아 죽고 싶지 않은데요."

　앞으로 듣지 못할 거라 생각했던 목소리가 들려왔다.

　"루!"

　뒤에 있던 나즐이 유진을 밀치고 들어가 루를 끌어안았다. 유진은 흔들리는 시선을 루에게 고정시켰다.

　루였다.

　'환각인가?'

　루는 멀쩡했다. 피 한 방울 묻지 않고, 상처 하나 나지 않은 멀쩡한 모습.

　'환각일 거야.'

　들어오는 순간, 혹은 파필리아에 발을 디디는 순간부터 코흐만의 마법에 걸렸을지도 모른다. 루가 살아 있다는 착각을 하게 만드는 환각이겠지.

　"환각일지도 몰라."

알리도 같은 생각인지 중얼거렸다. 그제야 나즐이 놀라며 루에게서 떨어졌다. 세 남자는 적개심이 가득한 눈으로, 환각일 게 분명한 루를 노려봤다.

"음, 저기요. 형님들?"

루가 난처한 표정을 지었다.

"저, 이거 환각 아닌데요."

"웃기지 마, 코흐만! 대체 무슨 짓을 한 거지? 루의 시체는 저 둘 중에 뭐야?"

나즐이 빽 외쳤다.

루의 옆에는 코흐만과 낯선 사내의 시체가 너부러져 있었다. 코흐만은 목과 가슴에 치명상을 입고 죽었다. 어쩌면 저게 루의 시체일지도 모른다고 생각하니 가슴이 섬뜩해졌다.

"이거 환각 아니에요. 저, 루 맞습니다."

루가 말했다.

유진은 총을 꽉 움켜쥐었다. 루가 아닐 것이 분명한데, 루의 얼굴을 한 그것에게 총을 쏠 수가 없었다. 어쩌면 루일지도 모른다고 생각하다가 다시 고개를 저었다. 루일 리 없다. 루가 이렇게 쉽게 코흐만을 이겼을 리 없다.

"어떻게 해야 믿어 주실까요?"

루가 물었다.

"우리만, 우리만 아는 비밀을 말해 봐."

나즐이 대답했다.

루는 잠시 고개를 숙이고 고민을 했다. 그 모습이 지독히도 루와 비슷해서, 유진은 가슴이 아팠다. 이 환각에서 벗어나면 저 얼굴은 코흐만의 것으로, 저 시체는 루의 것으로 바뀌겠지. 저렇게 곤란한 듯한 루의 얼굴을, 두 번 다시는 볼 수 없어지겠지.

루가 돌발 행동을 한 것은, 바로 그때였다.

갑자기 셔츠를 벗더니, 안을 꽁꽁 싸맨 천을 풀어헤친 것이다.

그와 동시에 꽉 눌려 있던 풍만하고 탱탱한 유방이 모습을 드러냈다.

가느다란 목덜미 아래에 자리를 잡은 두 개의 우윳빛 둔덕. 그 끝에 수줍게 존재하는 분홍빛 돌기.

생각지도 못한 광경에, 세 남자는 굳어 버렸다.

정작 루는 부끄럽지도 않은지 어깨를 으쓱했다.

"이제 됐습니까?"

"으, 으, 으아아아악! 루, 루, 루! 이, 이, 이게 뭐하는 짓이야!"

당황한 유진이 달려가, 루가 벗어 던진 셔츠를 집어 들어 그녀의 몸을 감쌌다.

"우리만 아는 비밀을 말해 보라고 하셔서요."

"야, 야, 야, 야, 야! 아, 아무리 그래도 그렇지, 아무리 그래도…… 어떻게 여자가 가, 가슴을 그렇게 막…… 으아……."

유진은 너무 당황해서 자기가 무슨 소리를 하는지도 몰랐다. 나즐과 알리는 여전히 뻣뻣하게 굳어 있었다.

"우리만 아는 걸 말하라고 해서……."

"그래도 그렇지! 이런 걸 막 내보이고 그러면 어떻게 해?"

"본다고 닳는 것도 아니잖아요."

"닳아! 닳는다고! 닳으니까 두 번 다시는 이런 짓 하지 마! 알겠어?"

"네에."

유진이 루의 양쪽 볼을 꼬집었다.

"입 비쭉거리지 말고 똑바로 대답해!"

"넵, 알겠습니다!"

"어휴, 내가 정말 못 살겠다."

루는 풀어 둔 천을 집어 들고 뒤로 돌아서서 다시 가슴을 동여맸다. 희고 고운 등과 허리선이 색정적인지라, 세 남자는 그 모습에서 눈을 뗄 수가 없었다.

간신히 정신을 차린 나즐과 알리가 서로를 쳐다본 후, 고개를 절레절레 저었다. 루는 정말이지 여자로서의 자각이 없다. 매번 이러다가는 큰일 날 것이다.

"루, 있잖아. 네가 여자라는 거, 다른 사람들한테는 알리지 않는 게 좋겠어."

알리가 말했다.

"아, 역시 그렇죠?"

"응, 아무한테도 말하지 마. 우리만 알고 있을게. 알겠지?"

"네, 그럴게요."

루가 순순히 대답했다.

"그나저나."

그제야 그들은 놀라운 사실을 받아들였다.

"이게 환각이 아니라면, 정말로 코흐만을 죽인 거야?"

"네, 그렇게 됐어요."

루는 지나가는 파리를 죽인 것처럼 가볍게 대답했다.

"음. 정말로?"

"네."

"어떻게?"

"그냥 뭐…… 여자들이 사용하는 기술을 조금 사용했을 뿐이에요."

"여자들이 사용하는 기술?"

"네, 파필리아에서 일하면서 배운 건데…… 그런 게 있어요. 그런 것보다는 우선 이 시체들을 처리해야 할 것 같아요."

'그런 것보다'라니.

티그리스의 간부인 코흐만을 죽였다. '그런 것보다'라고 표현할 만한 일이 아니다.

하지만 시체를 먼저 해결해야 했기에, 그들은 가지고 온 자루를 꺼내 주섬주섬 시체를 담고 피를 닦아 내기 시작했다.

〈다음 권에 계속〉